Angeleckt ist halb gelöst

LUCIA UND KITTY
ERMITTELN

CEL SILEN

WunderZeilen

1

Als ich heute Morgen mit meiner Ziege spazieren ging, fand ich im Unterholz eine Leiche. Das brachte zwar meinen Zeitplan durcheinander, aber mich schnell mit der hiesigen Polizei bekannt zu machen, erschien mir auch kein schlechter Plan, also wählte ich die niederländische Notfallnummer.

Der Herr am Telefon hatte mir versprochen, dass jemand kommen würde. Vor drei Stunden.

Ich las einen Artikel über den wöchentlichen Käsemarkt von Gouda zu Ende und ließ das Handy in der Rocktasche verschwinden. Kitty, die sich neben die Bank gelegt hatte, meckerte.

»Ja, ich will auch nach Hause.«

Erneutes Meckern.

»Nein, wir können uns nicht wenigstens die Leiche genauer ansehen. Wenn wir eine Spur verwischen, bringt die Polizei uns um.«

Kitty schnaubte.

Wer auch immer dort zwischen den Bäumen lag, musste da schon länger als ein paar Tage liegen. Mich wunderte, dass die Leiche bisher nicht gefunden worden war. Wobei der zu sehende Arm, von dem ledrige Haut herabhing, farblich zur Umgebung passte.

Lag da ein Mordopfer? Hatte sich ein tragischer Unfall ereignet? Um wen handelte es sich? Ein Blick in die Vermisstenanzeigen dürfte für Klarheit sorgen. Automatisch griff ich nach dem Handy, ließ es aber in der Tasche. Das hier ging mich nichts weiter an.

Sonnenstrahlen glitzerten auf dem See vor mir und offenbarten den Dreck auf den am Steg vertäuten Schaluppen. Kein Mörder war so dämlich, eine Leiche in einem winzigen Waldabschnitt zu entsorgen, der direkt neben einem See und Wohnhäusern lag. Oder doch? Ich schloss die Augen. Vermutlich schon, aber das hier war verdammt nochmal nicht mein Fall und ich würde mich nicht aus Neugierde in die Polizeiarbeit einmischen.

»Soll ich nochmal anrufen?«

Kitty rappelte sich auf, schüttelte sich und stampfte davon. Ein klares Nein.

»Wir können hier nicht einfach eine Leiche liegen lassen.«

Nasse Erde. Rindengeruch. Blätterrascheln.

Ich seufzte und stand auf. »Kitty, lass das!« Ich strich meinen langen schwarzen Rock gerade, der nicht dafür geeignet war, durchs Gebüsch zu klettern.

Kittys Meckern entfernte sich weiter.

Der Umzug in die Niederlande war spannend gewesen, aber seit wir ohne Auftrag in Gouda wohnten, langweilte sie sich. Ich strich über das Korsett, das ich innerhalb von nur zwei Tagen fertig genäht hatte. Nicht nur Kitty brauchte Beschäftigung. Höchste Zeit, in die Offensive zu gehen.

Warmes Blut. Nasser Hund. Bellen.

Aber nicht mitten rein in Polizeiarbeit! Ich lief Kitty hinterher. Sie stand bereits mit ausgestreckter Zunge vor der freiliegenden Hand. »Kitty! Jetzt reicht es aber. Nur weil dir langweilig ist, kannst du nicht einfach alle Regeln ignorieren.«

Kitty ruckte den Kopf zur Seite und stapfte in Richtung Weg davon, auf dem, Lilith sei Dank, endlich ein Auto vorfuhr. Ein gut in Schuss gehaltener alter Golf, mit dem blau-orangenen Zick-zack-Muster der niederländischen Polizei versehen.

Immer freundlich lächeln, offen und hilfsbereit wirken. Ich stellte mich an den Waldrand und winkte den Polizisten zu, die hoffentlich wegen des Leichenfunds hier waren. Sonst verlor ich die Geduld.

Aus dem Auto stiegen Ein Mann von vielleicht Ende vierzig und eine etwa halb so alte Frau. Kitty versteckte sich hinter meinen Beinen und starrte die Polizisten an. Die Frau kam mir bekannt vor. Kurze, wellige rote Haare, Sommersprossen, einen Kopf größer als ich. War ich ihr im Dorf schon begegnet? Nein. Sie kamen näher.

Oh, das Gesicht hatte ich mir schon oft angesehen, peinlich oft. Diese gerade Nase. Diese dünnen Augenbrauen. Auf dem Handy hatte ich die genauestens studiert. In einer Dating-App.

Ich hielt mir die Hände vor den Bauch und versuchte, meine Fingernägel nicht in den Stoff zu graben. Kitty sah zu mir hoch. Sie spürte meine Anspannung.

Die Polizistin stand vor mir und zeigte mir ihren Ausweis, den Blick auf Kitty gerichtet. »Guten Tag, ich bin Kommissarin Pia …« Sie sah zu mir, stockte, und ließ ihren Ausweis wieder sinken. »Lucia?«

Ich streckte ihr meine Hand hin und bemühte mich, das freundliche, offene Lächeln zu behalten und nicht nervös zu lachen. »Freut mich, dich persönlich zu treffen, obwohl ich erst heute Abend mit dir gerechnet hatte.«

»Äh, ja, freut mich natürlich auch.« Pia reichte mir die Hand. Gut, dass ich so schnell keine schweißfeuchten Hände bekam.

Ihr Kollege hob die Augenbrauen und strich sich eine Rastalocke über die Schulter. »Soll ich euch kurz alleine lassen? Ich kann mir schon mal ansehen, was ihr gefunden habt. Was ist es denn eigentlich? Ach, wie unhöflich von mir. Ich heiße Amissah Dya, Kommissar in der Abteilung Seelentierdelikte. Stets zu Diensten.« Sein breites Lächeln könnte es fast mit dem Glanz seiner Dienstmarke aufnehmen.

Kitty meckerte und stapfte zu einem Grasfleck. Hoffentlich nur für einen Snack.

»Freut mich. Hat man euch nichts von meinem Anruf erzählt?« Das klang nach beeindruckend schlechter Kommunikation.

Pia schüttelte energisch den Kopf, als wollte sie gleichzeitig wegschütteln, dass sie ihrem Date für heute Abend gegenüberstand. »Man hat uns nur gesagt, es läge etwas Verdächtiges im Unterholz und es hätte mit Seelentieren zu tun.« Nun, das war zumindest faktisch nicht falsch, ich hatte ihnen von Kitty erzählt, aber …

»Verstehe.« Ich zeigte in das Wäldchen. »Da vorne liegt eine Leiche. Ob die ein Seelentier hatte, kann ich aber nicht sagen. Gesehen habe ich außer meinem keins.«

Pia starrte mich an. »Bitte was?«

Amissah fuhr sich durch die Locken und pfiff. »Das ist dann wohl die berühmte Abwechslung der Polizeiarbeit in Aktion.«

Pia blinzelte ein paar Mal, wie um sich von der Nachricht zu erholen. »Habt ihr die Leiche angefasst? Habt ihr Spuren verwischt?«

Amissah legte Pia eine Hand auf die Schulter. »Was meine Kollegin fragen wollte, ist, ob es euch gut geht, oder ob ihr psychologische Betreuung benötigt.«

Pia schielte zu Amissah hoch. »Sie hat Anthropologie studiert. Das wird nicht ihre erste Leiche sein.«

»Na, dann wird sie auch wissen, dass sie keine Spuren verwischen darf.«

Aus dem Hintergrund erklang zustimmendes Meckern.

Ich nickte. »Wir waren zugegebenermaßen in der Nähe der Leiche, aber nur, weil sie unter Blättern versteckt ist und ich sie aus der Ferne nicht als solche erkannt habe.« Ich wollte hinterherschieben, dass ich durch Kittys Fähigkeiten Eindrücke eines Hundes gesehen hatte, aber da entfernte sich Amissah bereits in Richtung Wäldchen.

Pia räusperte sich. »Sorry, ich wollte euch nichts unterstellen. Uns kommen nur nicht oft solche schweren Fälle unter.« Mir schien, als rötete sich die Haut um ihre Sommersprossen ein wenig.

»Schon gut.« Ich schielte zu Kitty, um sicherzustellen, dass sie sich nicht doch nochmal die Leiche ansehen ging.

Pia öffnete den Mund, schloss ihn wieder und tippte dann mit dem Stift auf den Notizblock. »Bleib bitte hier, ich muss gleich noch deine Personalien aufnehmen.«

Ich atmete tief durch, während sie Amissah folgte. Die Vermischung von Liebesleben und Leichenfund war mir nicht ganz geheuer. Ich fasste mir, möglichst subtil, aber wer sollte mich schon beobachten, an die Wange. Hoffentlich war ich nicht auch rot geworden, bei meiner Haut sah mein Gegenüber so etwas viel zu leicht.

Kitty schielte zu mir hinauf. Sie kaute Gras, von dem ihr die Hälfte aus dem Maul hing. Ihr Blick sagte mehr als deutlich, was sie von der ganzen Situation hielt, nämlich nichts.

Ich seufzte und richtete meine Aufmerksamkeit lieber wieder auf die beiden Polizisten.

Weit waren sie nicht gekommen. Um sie zu belauschen, musste ich nur ein paar Schritte näher zu ihnen schleichen.

Pia stemmte die Hände in die Hüften und schloss die Augen. Sie sah aus, als würde sie innerlich bis zehn zählen. »Also kein Seelentierdelikt? Und dann auch noch eine echte Leiche? Was haben die sich dabei gedacht, erst uns zu schicken?«

»Na ja, wenigstens hat die Zeugin ein Seelentier. Das ist doch ein Fortschritt.« Amissah lächelte, aber sein Ausdruck blieb konzentriert. »Und vielleicht finden wir ja doch Hinweise.«

Pia seufzte und holte einen Notizblock aus der Jackentasche. »Ich schreibe nachher ein paar Mails. Wenn die uns noch mal so einen Fall andrehen, reißt mir der Geduldsfaden.«

Kitty scharrte mit den Hufen in der Erde und schnaubte.

»Ist ja gut.« Ich räusperte mich. »Da waren Blut und Hundebellen.«

Pia drehte sich um. »Was?«

»Meine Fähigkeit ist Eindrucksübertragung. Kitty hat in der Nähe der Leiche geleckt. Ich hab warmes Blut geschmeckt, Hundebellen gehört und nassen Hund gerochen. Vielleicht das Seelentier, nach dem ihr sucht.«

Pia hob die Augenbrauen, eindeutig nicht erfreut, dass ich mich von der Stelle bewegt hatte, kritzelte aber alles in einen Spiralblock von der Größe eines Handys. Das sah nicht so aus, als wäre es nachher noch lesbar, aber das war zum Glück nicht mein Problem.

Amissah entfernte sich ein Stück und telefonierte. Vermutlich rief er die Spurensicherung und informierte die hiesige Polizeistation. Wobei ich zugeben musste, dass ich über niederländische Polizeistrukturen noch nicht allzu genau informiert war und er genauso gut einen Leichenwagen oder eine Pizza bestellen könnte.

Pia schlug ein Blatt des Blockes um. »Habt ihr noch was bemerkt?«

»Nein. Sobald klar wurde, dass es sich um eine Leiche handelt, hab ich die Polizei gerufen und mich entfernt.« Ganz wie eine ordentliche Bürgerin.

Sie nickte und deutete mir, ihr zum Auto zu folgen.

Noch bevor sie sich auf dem Beifahrersitz niedergelassen hatte, hielt ich ihr meinen Ausweis hin. Wir schwiegen, während sie die Daten in einen Laptop aus dem letzten Jahrhundert tippte. Sie presste die Lippen zu einer Linie und zog die Augenbrauen zusammen.

Der Wind frischte auf und schüttelte das noch nicht ganz aus dem Winterschlaf erwachte Wäldchen. Morgen dürfte der Fund in Gouda die Titelstory sein und ich konnte hoffen, über den Fall auf dem Laufenden zu bleiben.

Sobald ich einmal persönlich involviert war, ließ ein Fall mich einfach nicht mehr los. Eine meiner Stärken oder Schwächen je nachdem, wen man fragt.

»Hier.« Pia reichte mir meinen Ausweis und eine Visitenkarte dazu. »Ruf an, wenn dir noch was einfällt. Und wenn sonst was ist, hast du ja meine Nummer.« Sie rückte ihre Weste zurecht. »Na dann bis heute Abend.«

2

Kein Auftrag. Das erste Mal in drei Jahren. Hoffentlich halfen die neue Website und das Büro dabei, diesen Zustand zu ändern. Ich wollte wirklich nicht zurück nach Deutschland, jedenfalls nicht so schnell.

Herumsitzen konnte ich aber auch nicht. Also begann ich, die Vermisstenanzeigen der Gegend rauszusuchen. Ich druckte alle aus und heftete sie sorgfältig mit dem Vorsatz ab, die Daten aktuell zu halten. Am Ende füllte ich einen halben Ordner mit Vermisstenanzeigen, unaufgeklärten Fällen und verschiedenen Straftätern. Zwar kam ich als Privatdetektivin eher selten zu einem Fall, der mit vermissten Personen zu tun hatte, aber informiert zu sein, war das wichtigste Gut überhaupt in diesem Job.

Kitty kam aus der Küche ins Arbeitszimmer geschlendert und legte sich zu meinen Füßen. Fräße sie kein Heu, könnte man meinen, sie sei ein Hund.

Ich streckte mich und begann mit den Vermisstenanzeigen. Zuerst fiel mir die einer jungen Frau in die Hand, die auf dem Bild lächelnd im Segelboot einer Sportschule saß. Vor zwei Jahren verschwunden und damit eine unwahrscheinliche Kandidatin. Das nächste Foto ließ kaum erkennen, dass es sich um einen älteren Herrn handelte, den das Altenhaus seit drei Wochen vermisste. So wenig Informationen, wie mir zur Verfügung standen, kämen beide in Frage. Inzwischen wünschte ich mir, ich hätte Kitty an der Kleidung lecken lassen, dann hätten wir jetzt einen Anhaltspunkt. Aber der Fall ging mich nichts an. Gerade als ich das dachte, leckte Kitty den Teppich ab.

Spinnen von Wolle, Knacken eines Webstuhls, wirbelndes Wasser.

Ich atmete einmal ein und aus. Mein Großvater hatte mir den Teppich geschenkt, ein handgemachtes Exemplar aus einem ukrainischen Bergdorf.

Ich beugte mich unter den Tisch. Mein Blick traf Kittys. Sie meckerte mich an und leckte am Tischbein.

Schaben von Holz, Schweiß, Kratzen von Federn.

Der Tisch war alt, wirklich alt, und schon vor mir hier gewesen.

»Wenn dir langweilig ist, geh was essen.«

Kitty meckerte noch mal, legte aber den Kopf auf den Teppich und ließ mich in Ruhe arbeiten. Wenn man das arbeiten nennen konnte, was ich da tat. Niemand klingelte, niemand schrieb mir eine Mail oder rief an. Natürlich brauchte die Etablierung Zeit, aber damit sich die Existenz einer Privatdetektivin in Gouda herumsprechen konnte, brauchte ich einen ersten Auftrag.

Gouda war ein wirklich niedliches Städtchen, das sich durch die Touristen und vor allem mit dem Verkauf des gleichnamigen Käses und Tickets zum Käse- oder Waffelmuseum an eben diese Touristen auf der Karte der besuchenswerten Städte hielt. Seit ich einmal Urlaub in Gouda gemacht hatte, stand die Stadt auf meiner Liste für gute potenzielle Wohnorte. Auch wenn seitdem ein paar Jahre ins Land gegangen waren, nun war ich hier.

Kitty hatte keine Lust auf einen Spaziergang gehabt, also schlenderte ich allein durch die Straßen. Bei einem der zahlreichen Käseläden kaufte ich mir ein Stück violetten Lavendelkäse und ein paar Cracker und machte mich dann auf, die Umgebung zu erkunden.

Ich konnte nie wissen, wann ich etwas Interessantes aufschnappte, wie zum Beispiel das Pappschild in einem Fenster auf dem stand: »Hier Heiltränke zum halben Preis.«

Das Fenster gehörte zu einem Reihenhaus in einer Wohnsiedlung. Hin und wieder fuhr ein Fahrrad vorbei, Autos noch seltener. Auf der anderen Straßenseite plätscherte wie oft in der Provinz Holland eine Gracht, in der höchstens Kanus oder schmale Schaluppen fuhren. Ich setzte mich auf eine Bank, holte meinen Proviant aus der Kleidertasche und beobachtete das Haus.

Nichts passierte. Kein Kunde kam und auch keiner der Bewohner ließ sich blicken. Allzu viel vom Inneren konnte ich auch nicht erkennen. Im oberen Stockwerk waren die Gardinen vorgezogen und im Raum im Erdgeschoss, anscheinend dem Wohnzimmer, erblickte ich einen Raumteiler. Bemerkte ich überhaupt, wenn jemand das Zimmer betrat?

Nachdem ich aufgegessen hatte, klingelte ich laut Klingelschild bei Familie Pawlik. Ein Mann ungefähr in meinem Alter öffnete. Seine weite Hose und ein lockeres, schlicht grünes Oberteil unterstrichen die Marihuanawolke, die mir entgegenschlug. Er kniff die geröteten Augen zusammen und tastete nach einer Brille, die seine Sicht offensichtlich auch nicht verbesserte, nachdem er sie aufgesetzt hatte. »Kann ich dir helfen?«

Der Moment war gekommen. Meine erste richtige Unterhaltung auf Niederländisch, die nicht mit Pia oder an der Supermarktkasse stattfand.

»Guten Tag, ich habe dein Schild im Fenster gesehen und mich gefragt, was für *Heiltränke* du verkaufst.«

Bei dem Wort Heiltränke war ich mir absolut sicher, dass ich es richtig aussprach. Auf alle Wörter mit Magiebezug hatte ich beim Lernen besonderen Wert gelegt. Alles andere unterlag noch einer gewissen Fehleranfälligkeit.

Der Mann öffnete den Mund, schloss ihn wieder und kam zu mir nach draußen, um in seine eigene Wohnung zu gucken.

»Scheiße, du hast recht. Da steht echt ein Schild.« Er fuhr sich durch die Haare. »Kann nur einer gewesen sein. Tomek!«, brüllte er nach oben. Ich hätte ja eher in den Flur gebrüllt, aber ich hatte auch noch nie einen Joint geraucht.

Das Fenster über uns wurde geöffnet und heraus blickte ein weiterer Mann, vielleicht ein, zwei Jahre jünger als der vor mir. Ich tippte auf Brüder. Er sah uns, schloss das Fenster sofort wieder und kurz darauf hörten wir Schritte im Flur.

Eindeutig Brüder. »Stojan, was soll das werden?« Tomek sagte noch etwas zu seinem älteren Bruder, das ich nicht verstand, da in … Polnisch? Tschechisch? Die beiden Sprachen konnte ich nicht gut auseinanderhalten.

Der Ältere wurde ins Haus geführt und Tomek lächelte nervös, als er wieder vor mir stand. Seine braunen Haare waren zu einem sorgfältigen Pferdeschwanz gebunden, was die schwarzen Kreuzohrringe zur Geltung brachte. Das Poloshirt allerdings wollte nicht so recht zur ausgeleierten Jogginghose passen.

»Tut mir leid. Hat er irgendwas Komisches gemacht?« Tomek schielte hinter sich in den Gang.

»Nein, er meinte nur, dass du für das Schild verantwortlich bist.«

»Die Heiltränke?« Er sah die Straße hoch und runter. »Hast du Interesse?«

»Das kommt ganz auf den Inhalt an.«

»Komm rein, dann zeige ich sie dir.« So schnell, wie er die Tür hinter uns schloss, fragte ich mich, ob ich mich ohne Kitty so weit hineinwagen sollte.

»Hier.« Er führte mich in die Küche, wo auf einem Regelbrett über dem Esstisch Fläschchen in allen Formen, Farben und Größen aufgereiht waren. Besonders ins Auge fielen mir eine alte braune Apothekerflasche mit einer stilisierten Lilie und eine große schwarze Weinflasche mit einem Totenkopf, die die Aufschrift *Geluk* trug, also Glück. Wie Glück und Totenköpfe zusammenpassten, wollte ich lieber nicht so genau wissen.

Ich hatte nicht damit gerechnet, aber anscheinend waren das echte Heiltränke. Normalerweise wiesen solche Schilder darauf hin, dass jemand einen Rosenquarz in Wasser eingelegt hatte und als Allheilmittel verkaufte. Aber das hier? Die Flaschen wirkten alt, mindestens fünfzig Jahre, aber sauber und die Etiketten noch gut zu lesen.

Hexenschuss. Nagelpilz. Hornhautentzündung. Gegen etliche Krankheiten standen hier Mixturen.

»Das ist der Restbestand meiner Großmutter. Sie ist vor einer Weile gestorben und niemand in der Familie möchte den Laden übernehmen.«

»Aber du hättest die Fähigkeiten dazu?«

Er wich meinem Blick aus. »Na ja, nein. Die Tränke haben durch ihr Seelentier erst ihre Wirkung bekommen. Seit sie gestorben ist, hat der Laden eigentlich keinen Sinn mehr.«

»Ich verstehe. Das ist natürlich schade.« Ich ließ meinen Blick erneut über die Sammlung streifen. »Ich hätte gerne ein Fläschchen.«

Er richtete sich auf und wirkte gleichzeitig etwas entspannter. »Äh, gerne, klar. Ein bestimmtes?«

Ich deutete auf einen Parfümflakon mit einer dunkelvioletten Flüssigkeit, die auf Lavendel und damit Spinnenabwehr hindeutete. Kitty besaß zwar ein Talent für das Beseitigen der Tiere, aber jedes Mal einen Eindruck davon zu bekommen, war mehr als unschön.

Tomek kletterte halb auf den Tisch, um das Fläschchen für mich vom Regal zu holen.

Ich bezahlte und gab ihm dabei gleich eine meiner Visitenkarten. »Ich bin übrigens Privatdetektivin. Wenn du ein Problem hast, ob magisch oder nicht, melde dich gerne bei mir.«

Er betrachtete die Visitenkarte, die eine stilisierte Illustration von Kitty schmückte. »Lucia und Kitty. Privatermittlungsservice.

Sitz in Gouda.« Er drehte die Karte um. Dort standen Adresse, Telefonnummer und Mailadresse. »Cool.« Sein Blick traf kurz meinen, und ich glaubte, dass er mich etwas fragen wollte, aber er ließ das bleiben. »Wenn was ist, melde ich mich. Danke.«

Danach verabschiedete ich mich und trat den Rückweg durch Gouda an, währenddessen ich mich mit fragwürdigen Käsesorten eindeckte. Um eine echte Niederländerin zu werden, musste ich mich schließlich durchprobieren.

3

Wir gingen pünktlich los, um nicht in Stress zu geraten, falls eine der Bahnen nach Amsterdam ausfiel. Ich wollte zum ersten Date wirklich nicht zu spät kommen, und noch kannte ich mich in der Hauptstadt nicht gut genug aus, um zu Orten zu sprinten. Zwar war mir in den Niederlanden noch nie passiert, dass die Bahn mehr als fünf Minuten Verspätung hatte, aber ich hatte in Deutschland einfach zu viel mitgemacht, um irgendeiner Form von öffentlichem Nahverkehr noch vertrauen zu können.

Auf der Wachtelstraat herrschte zu dieser Zeit reges Treiben und ich musste aufpassen, dass Kitty nah bei mir blieb. Die Fahrradfahrer hier kannten keine Rücksicht.

Wir überquerten eine Brücke, bogen links ab und kamen an einem vertäuten Hausboot vorbei. So verwachsen wie die Taue mit den Gräsern der Wiese waren, lag das Schiff hier schon eine ganze Weile. Es sah aus, als hätte jemand einen alten Schuppen blau lackiert, Fenster eingebaut und auf ein Floß gesetzt. Das Boot war nicht besonders hübsch, aber es ruinierte auch nicht die schöne Landschaft.

»Klaas! Was hast du dir dabei gedacht, die selbst du benutzen? Das war die letzte Seife der Lieferung!«

»Wir hatten halt keine Seife mehr!«

»Frag mich nächstes Mal gefälligst vorher, sonst kannst du zusehen, wie du an eine eigene Wohnung kommst!«

Ob die Leute wussten, dass Fenster und dünne Wände nicht schalldicht waren?

Kitty und ich passierten gerade die Tür, als sie aufging. Eine Frau in geblümtem Beachkleid und schwarzer Liebeskind-Handtasche, vermutlich die Mutter dieses Klaas, der einfach nur seine Hände waschen wollte, stieg auf den Weg und stieß fast gegen mich.

Einen Moment lang starrte sie mich mit zusammengepressten Lippen an, dann glätteten sich ihre Gesichtszüge und sie versuchte sich sogar an einem Lächeln. »Guten Tag. Du kommst nicht von hier, oder? Du wärst mir bestimmt im Gedächtnis geblieben.«

Sie griff in ihre Tasche und zog eine Visitenkarte hervor. *Angel Soaps. Handgemachte Seifen aus Gouda.* Roséfarbene Schrift zierte festes schwarzes Papier. Es fühlte sich rau und edel an. Die mussten teuer gewesen sein.

Im Inneren des Bootes wurde eine Tür zugeknallt. Die Frau warf einen wütenden Blick über die Schulter, drehte sich aber wieder lächelnd zu mir. »Ein tolles Geschenk. Oder auch für dich selbst.«

Kitty zog an meinem Rock. Sie hatte nicht weniger Vertrauensprobleme in die Bahn als ich, wir mussten weiter. Aber ich war hier noch nicht fertig.

Ich zog meine eigene Visitenkarte aus dem Rock und gab sie der Frau. »Wir sind tatsächlich gerade hergezogen. Ich freue mich, dich kennenzulernen.« Fremde Menschen nicht zu siezen, fühlte sich noch immer komisch an, aber ich musste zugeben, dass dieses Du einen sofort näherbrachte. Keine schlechte Eigenschaft des Niederländischen.

Die Frau wendete die Visitenkarte hin und her. Ihr Blick wurde nachdenklich. »Eine Privatdetektivin, was?« Ihre Augen waren halb von einem dunkelblonden Pony verdeckt. »Warst du schon an der Mühle?«

Kitty hörte auf, an meinem Rock zu ziehen und positionierte sich mit aufgestellten Ohren neben mir.

»Nein, noch nicht.«

»Falls du mal Langeweile hast. Da soll es spuken. Ich bin da selbst schon gewesen und glaub mir, da drinnen ist es ziemlich unheimlich.« Die Frau sah die Straße rauf und runter. »Da soll sogar jemand verstorben sein.«

Endlich! Zwar noch kein Fall, aber ein Hinweis, dem ich morgen nachgehen konnte.

»Vielen Dank.«

Ich fragte sie noch nach der Adresse. Die Mühle lag ganz in der Nähe. Perfekt. Wir verabschiedeten uns und verpassten den Zug in die Stadt, der tatsächlich pünktlich gekommen war.

Das Museum für Magiegeschichte lag auf halbem Weg zwischen dem Foltermuseum und dem Vondelpark. Das Foltermuseum wäre meine erste Wahl gewesen, aber aus Erfahrung wusste ich, dass nicht jede beim ersten Date etwas über Hexenverbrennungen lernen wollte. Ich schlenderte also an der Statue des Sensenmannes vorbei und folgte der Straße bis zum Leidesplein.

Kitty schmiegte sich an mein Bein und beäugte jeden, der uns entgegenkam, mit einer übertriebenen Portion Skepsis. Aber darüber sollte ich mich nicht beschweren, wenigstens lief sie nicht wild durch die Gegend wie der aufgedrehte Hamster vor uns. Sein Partner hetzte ihm kreischend hinterher.

Kitty sah zu mir hoch und meckerte.

»Woher soll ich das wissen? Vielleicht hat er was Leckeres gerochen.« Der Hamster könnte aber auch vor dem Uhu fliehen, der gerade dicht über meinem Kopf hinwegflog.

Wie die beiden ihre Stadtscheine bekommen hatten, war mir ein Rätsel. Kitty meckerte missbilligend. Zu beweisen, dass wir keine Gefahr darstellten und ich Kitty unter Kontrolle hatte, war uns leichtgefallen. Vögel verband oft ein loseres Band zu ihren Partnern und Hamster besaßen mehr Fressfeinde, als man an den Fingern zählen konnte.

Eine junge Frau in Croptop und kurzem Rock kämpfte sich durch die Menge, sie pfiff immer wieder in eine Vogelpfeife.

»Ramses! Komm sofort wieder her! Ich weiß, dass du mich hörst!«

Der Hamster samt Partner war verschwunden, vermutlich geflüchtet in eines der Restaurants. Der Uhu drehte demonstrativ noch eine Runde über dem Platz, bevor er auf dem Arm seiner Partnerin landete und sofort festgeschnallt wurde. Die Frau sah sich um, erkannte, dass sie von allen Seiten angestarrt wurde, und rannte davon.

Um dem Klischee treu zu bleiben, dass die Leute, die am nächsten am Treffpunkt wohnten, später ankamen als alle anderen, trat Pia um sechzehn Minuten nach sechs aus der Straßenbahn. Ihr grün-kariertes Hemd fiel locker über die Jeans und sie trug lässig eine Bauchtasche über der Schulter.

Ich hob meine Hand, um zu winken, aber Pia hatte mich bereits entdeckt und kam auf uns zu.

Während ich noch überlegte, welche Begrüßung am angemessensten war, umarmte sie mich schon. Sie roch nach Orangen und ihre Haare kitzelten mich an der Wange.

»Sorry, dass ich spät dran bin. Die Bahn stand zwanzig Minuten irgendwo im Nichts rum.« Nun gut, vielleicht war auch die niederländische Bahn nicht perfekt.

Kitty meckerte und schielte skeptisch zu Pia hoch.

»Lass dich von ihr nicht stören«, sagte ich. »Ich hoffe, wir haben euren Tagesplan mit unserem Fund heute Morgen nicht durcheinandergebracht.« Wir liefen los in Richtung Museum. Unsere Schultern berührten sich immer dann, wenn wir jemandem ausweichen mussten.

»Ich hoffe eher, die Leiche hat dich nicht so verschreckt, dass du das Land verlässt. Aber da du noch hier bist, nehme ich das Mal als gutes Zeichen.«

»Keine Sorge, von sowas lasse ich mich nicht aus der Fassung bringen.«

Vor dem Museum hatte sich eine kurze Schlange gebildet. Wie es sich für ein erstes Date gehörte, unterhielten wir uns über unsere Familienangehörigen. Meine zwei Schwestern kamen auf Gleichstand mit Pias Brüdern und Kitty konkurrierte mit dem Fuchs ihres Bruders.

Eine Glaskuppel, durch die die Besucher die vorbeiziehenden, weiß-grau-gefleckten Wolken beobachten konnten, bildete die Decke der Eingangshalle des Magiemuseums. Der Raum wirkte hell und modern, das Gegenteil von dem, was ich angesichts der alten Hausfront erwartet hatte.

»Zwei Erwachsene, ein Seelentier«, sagte Pia und bezahlte, bevor ich reagieren konnte.

Die Kassiererin schielte über den Tresen zu Kitty, die neben mir stand und zu ihr hochblinzelte. »Stadtschein?«

Ich hielt ihr die Karte hin. Seit ich sie in Deutschland einmal vergessen hatte und zur Kontrolle aufs Revier musste, verstaute ich sie immer griffbereit. Die Kassiererin tippte etwas in ihren Computer und aus dem Gerät neben ihr kamen drei Karten, die sie Pia reichte. »Für den Rundgang einfach den Pfeilen folgen.«

Vor der Karte des Museums hielten wir inne. Sie zeigte drei Stockwerke mit jeweils mehreren Räumen. Hier konnten Besucher sich problemlos den ganzen Tag aufhalten. Ich wollte einen Seitenschritt machen, um direkt neben Pia zu stehen, aber Kitty drängelte sich dazwischen. Ich atmete tief ein, um ein Seufzen zu unterdrücken.

»Was schulde ich dir?«, fragte ich.

Pia lächelte. »Nichts.«

Sie hielt mir die Hand hin und ich ergriff sie. Ich spürte meine Wangen rot werden und war froh, dass ich gerade nichts gegessen hatte, denn mein Magen vollführte einen Salto.

Pias bestimmter Griff gefiel mir, und dass sie mich um einige Zentimeter überragte ebenfalls. Ich spürte Kittys Blicke auf mir, aber damit musste sie jetzt leben. Das hier war schließlich mein erstes Date seit Anne.

Wir folgten dem Rundgang-Pfeil und betraten den ersten Raum – eine Reise in die Antike. In der Mitte stand eine Säule, die auch im Kolosseum nicht fehl am Platz gewirkt hätte. Statuen schmückten die Wände und die Kästen mit den ausgestellten Gegenständen, als wären wir im alten Rom. Auch die Beleuchtung und sogar die Hintergrundgeräusche passten zur Kulisse. Menschen riefen in Griechisch, Pferde schnaubten, Stein wurde gemeißelt.

»Antike, was?« Pia hatte die erste Infotafel durchgelesen, während ich mich noch versicherte, dass Kitty nicht einfach abhaute. Doch sie beschäftigte sich mit den Ausstellungsstücken nahe am Boden: Statuen und Geruchsproben für die Seelentiere.

»Sieht so aus«, sagte ich und wandte mich wieder Pia und den Exponaten zu.

Die Seelentiere, von denen der Raum erzählte, waren hauptsächlich Pferde, Ochsen, gelegentlich Vögel und die wilden Vorgänger moderner Hunde.

»Nicht schlecht.« Pia deutete auf die Statue eines Ochsen zusammen mit seinem Seelenpartner. »Die beiden konnten das Wetter vorhersagen, wenn der Ochse lange genug in den Himmel gestarrt hat.«

»Bestimmt nützlich für damals.«

Wir gingen in den nächsten Raum, in dessen Mitte ein Scheiterhaufen stand. Im Hintergrund knisterte Feuer, an den Wänden flimmerte ein wütender Mob.

Also kamen wir doch noch zu den Hexenverbrennungen. Damals hatte jeder schon Haustiere als Seelentiere gemieden wie die Pest. Wer eine Verbindung mit einem Nutztier einging, war dem Tod geweiht. In dieser Zeit hatte Holly gelebt, die heute jedes Kind kannte. Holly, die eine Verbindung mit einer Schneeeule eingegangen war. Akademiker betrachteten die Geschichte allerdings eher wie einen Mythos, und damit als genauso real wie Adam und Eva.

Wir umrundeten den Scheiterhaufen und kamen zu der Inquisition und ihren Foltermethoden, über die ich mich schon ausführlich im Foltermuseum informiert hatte. »Wusstest du, dass es damals den Glauben gab, dass Hexen alle möglichen Haushaltsgeräte mit einer Flugsalbe einrieben, um sie zum Fliegen zu bringen?«

Pia löste ihren Blick von der grausigen Malerei einer gefolterten Frau an der Wand. Ich wartete auf den Blick, der mir sagte, dass eigenartiges Wissen mir keine Pluspunkte einbrachte, aber sie hob nur die Augenbrauen. »Flugsalbe?«

»Um zum Hexensabbat zu kommen.« Ich deutete auf den Scheiterhaufen und wollte gerade ausführen, dass jemand im Mittelalter eigentlich schon tot war, sobald er in die Folterkammer geführt wurde. Aber ein Schrei unterbrach mich. Er kam aus dem nächsten Raum.

Pia ließ meine Hand los und rannte hin.

»Eindeutig Polizistin.« Ich seufzte und Kitty meckerte.

Die Menschen um uns herum erstarrten für einen Moment, sahen einander an, beobachteten das Geschehen und überlegten anscheinend, ob sie dem Schrei folgen oder lieber in die andere Richtung flüchten sollten.

Ich folgte Pia in den nächsten Raum, in dessen Mitte sich ein Schiff befand. Amsterdam in seiner Anfangszeit, zu erkennen an den historischen Häuserfronten, die an der Wand entlang nachgestellt waren.

Inmitten einer Ansammlung von Menschen standen sich eine Schlange und der Hamster von vorhin gegenüber wie in einem Pokémon-Kampf.

Pia versuchte, den völlig aufgelösten Hamster-Partner zu beruhigen, während sie die Seelentiere im Auge behielt.

Kitty machte einen Schritt nach vorn. Ich wusste, dass sie keine Nerven für Kleintiergezicke hatte, aber manche Magie war unberechenbar. Und der Hamster hüpfte umher, als hätte er ein Ass im Ärmel. Daher hielt ich eine Hand nach unten. Kitty hielt inne.

Die Schlange war eine Äskulapnatter. Eine Würgeschlange, ungiftig, circa ein Meter sechzig lang, graubraune Färbung. Der Feldhamster hatte einen braun gefärbten Rücken und einen schwarzen Bauch mit weißen Punkten an der Seite. Er führte sich auf wie auf Ecstasy, hüpfte herum und umrundete die Schlange. Die beobachtete ihn nur und wackelte mit der Zunge.

Wo war der Partner der Schlange? Kurz wünschte ich mich wieder in mein Heimatdorf zurück, wo ein Kampf zwischen zwei Seelentieren als Ereignis des Jahrzehnts in die Geschichtsbücher einging. In der Stadt handelte es sich dabei anscheinend um etwas Alltägliches.

Die Schlange schoss nach vorn und schnappte nach dem Hamster. Der riss das Maul auf und – sein Schrei übertönte alles. So laut wie Sirenen und so durchdringend wie das Kratzen auf einer Tafel. Ich hielt mir die Ohren zu und konnte nur zusehen, wie die Schlange sich aufbäumte und paralysiert zur Seite kippte.

Ich musste mich zwingen, meine Beine zu bewegen. Der Schrei des Hamsters musste verdammt stark sein, wenn er sogar auf Menschen Auswirkungen hatte. Und das bei einem so kleinen Seelentier ... Da fielen mir einige realisierbare Schauerszenarien ein, nicht zuletzt Kidnapping oder Terrorattacken. Gerade vor allem sehr schlecht für die Schlange. Sie lag da wie ein Stock, den jemand vergessen hatte. Kurz machte ich mir Sorgen, dass sie den Anschlag nicht überlebt hatte, doch dann bewegte sich ihre Zunge und sie zischelte verärgert.

Der Hamster wackelte mit dem Hinterteil und rannte im Kreis herum, als vollführte er einen wilden Siegestanz.

Pia erholte sich als Erste von dem Schrei und schnappte nach dem Hamster, aber er war zu schnell und entwischte zwischen den Beinen der Umstehenden hindurch in den nächsten Raum. Pia blickte ihm kurz nach, doch dann kniete sie sich zu der Schlange. »Zu wem gehört dieses Tier?« Ihre Stimme füllte den Raum aus, doch niemand reagierte.

Kitty dagegen lief los, ich hinterher. Der Hamster sauste schneller davon, als ich erwartet hatte. Dass das Museum voll war, half auch nicht, aber Kitty störte das nicht. Wer ihr nicht schnell genug aus dem Weg hüpfte, hatte Pech und später einen blauen Fleck am Bein.

Der Hamster versuchte gerade, auf die Statue eines Löwen zu klettern, rutschte aber an der glatten Oberfläche ab. Er drehte sich um, sah uns und öffnete schon den winzigen Mund.

Kitty rammte ihn mit dem Kopf, der Hamster drehte ein paar Purzelbäume in der Luft, bevor er landete und ich mich vor ihm auf den Boden werfen konnte. Ich packte ihn, hielt ihn fest und versuchte seine Zähne von meinen Fingern fernzuhalten. Mit mäßigem Erfolg.

»Shit.« Kurz überlegte ich, ob man Hamster wie Katzen am Nacken packen konnte, da hielt Pia mir schon einen Hamsterkäfig hin und ich schmiss das Tier förmlich rein.

»Wo hast du den denn so schnell aufgetrieben?« Ich stand auf und begutachtete die Bisswunde an den Fingern. Gut, dass ich vor meinem Umzug alle Impfungen aufgefrischt hatte.

»Vom Partner.« Durch die Locken, die ihr ins Gesicht fielen, betrachtete sie den randalierenden Hamster.

Besagter Partner kam herangeschlurft. Er war blass und völlig durcheinander. »Vielen Dank.« Er nahm den Käfig entgegen und starrte ihn an, als wäre darin der Geist seiner Vorfahren eingeschlossen. Vielleicht spielten da wirklich ein paar illegale Substanzen mit rein. Aber das ging mich zum Glück nichts an. Dachte ich jedenfalls, bis mein Date den Zwischenfall zu ihrem Problem machte.

Pia griff den Mann am Arm und zog ihn weg von der starrenden Menge, die danach ihre Aufmerksamkeit auf mich richtete. Ich war starrende Menschen gewöhnt, also stellte ich mich einfach an die Seite, holte mein Mini-Erste-Hilfe-Set aus dem Rucksack und verarztete die Bisse. Kitty stupste mir mit dem Kopf ans Bein. Ich wusste, was sie mir sagen wollte. Hätte ich sie gleich eingreifen lassen, wäre ich nicht verletzt worden.

»Du weißt, dass das zu gefährlich gewesen wäre.«

Sie meckerte und schmiegte sich an mein Bein.

»Wäre der Sicherheitsdienst zur Stelle gewesen, hätte ich gar nicht einzugreifen brauchen. Aber ich seh keinen.« Während ich darüber nachdachte, fand ich das ziemlich ungewöhnlich. Vielleicht war er in einem anderen Teil des Museums beschäftigt.

Jedenfalls saß ich ohne Date da. Ich seufzte. »Das lief ja super.«

Kitty meckerte zufrieden.

»Du kennst sie doch noch gar nicht, wie kannst du sie denn jetzt schon nicht mögen?«

Ich wartete noch eine Weile, dann erkundete ich allein den Rest des Museums. Kitty und ich verbrachten ein paar informative Stunden dort.

Ich begutachtete gerade am Ende des Rundgangs eine Tafel voller moderner Seelentiere mit deren Partnern, da vibrierte mein Handy. Eine Nachricht von Pia.

Tut mir leid, dass ich so plötzlich verschwunden bin. Ich musste mich um die beiden Tiere kümmern und selbst aussagen. Es tut mir echt leid, können wir uns nochmal treffen? Nächstes Mal mische ich mich auch nicht in Kämpfe ein, versprochen!

Kitty meckerte.

»Jetzt gib ihr doch mal 'ne Chance.« Ich atmete einmal tief durch. Das erste Treffen neben einer Leiche, das zweite endete in einem Seelentier-Kampf. Das schienen mir keine guten Zeichen für eine erfolgreiche Beziehung. Oder – genau die richtigen. Außerdem hatte Pia mich bisher nicht ein einziges Mal komisch angesehen oder abwertende Bemerkungen über meinen Stil gemacht. Und ich konnte nicht leugnen, dass ich Pia durchaus attraktiv fand.

Ich tippte: *Kein Problem. Lass uns das nächste Mal vielleicht alleine an einem ruhigen Ort treffen ;)*

4

Die Tulpen blühten weiß, orange, rot und rosa nebeneinander, die Blütenpracht füllte die breite Fläche zwischen Kanal und Mühle aus.

»Hier bleiben.«

Kitty meckerte, kam aber aus dem Tulpenbeet, in dem sie schon halb stand, und lief die nächsten zehn Meter brav neben mir her, bevor sie wieder vom Weg abwich.

Ich machte ein paar Fotos – von Kitty, den Tulpen, und der Mühle. Alles sah so hübsch aus, und ich wirkte auf diese Weise wie eine waschechte Touristin und konnte so lange in der Umgebung herumstarren, wie ich wollte.

Bisher kam mir hier in der Nähe der Mühle nichts ungewöhnlich vor. Auf dem Kanal schipperte eine kleine Yacht, deren Insassen sich an Deck drängten und Fotos schossen. Zwei Fahrradfahrer fuhren an uns vorbei, ein Stück vor uns ging ein Pärchen mit seinem Dackel spazieren, und gerade überholte uns eine joggende Frau mit Kinderwagen.

Die Mühle thronte in der Ferne, als bewachte sie das Feld. Der obere Teil bestand aus dunkelblau gestrichenem Holz, der untere aus grauem Stein. Das Ganze wirkte etwas zu modern, um schon verflucht zu sein, aber vielleicht war das auch ein Neubau auf einer alten Mühle.

Wir schlenderten an den pinken Tulpen vorbei, und ich stoppte für Fotos, weil die Farbe so schön mit Kittys schwarzem Fell harmonierte.

An der Mühle hing keine Infotafel, wie ich gehofft hatte, denn das Internet hatte nichts hergegeben. Zwar war sie online verzeichnet, aber da hörten die Informationen auf. Kein Name, kein Baudatum, nicht mal, um welche Art von Mühle es sich handelte.

Ich erkannte zumindest, dass sie ein Galerieholländer war. Die Galerie in der Mitte bot sicher einen tollen Ausblick.

Man konnte ungehindert zu der Mühle gehen und ehrlich gesagt sah sie aus wie eine etwas vernachlässigte Ferienwohnung. Eine verschnörkelte, metallene Fünf prangte neben der Eingangstür, und es gab sogar einen Briefkasten, aber ohne Namen. Neben der Tür bestand immer eine gute Chance, interessante Eindrücke zu finden, vor allem bei angeblich verfluchten Gebäuden. Ich blickte mich um, und als ich niemanden sah, der uns beachtete, nickte ich Kitty zu. Sie leckte am Gemäuer.

Splitternder Stein. Staub. Fließendes Wasser. Nichts Besonderes.

Ich umrundete die Mühle, während Kitty durch das Gras schlenderte und sich einen Snack genehmigte.

Hier war also jemand verstorben. Die Flügel standen still, obwohl der Wind die Tulpenbeete aufmischte und die Bäume sich neigten. Die untere Etage hatte viele Fenster, die meisten davon allerdings dank zahlreicher Vorhänge kaum einsehbar. Durch die Lücken erspähte ich ein Sofa und eine Ikea-Einbauküche. Na toll. Ich versuchte, die Enttäuschung zurückzuhalten, aber einen Fall konnte ich hier nicht sehen. Diese Mühle war einfach eine Wohnung, und dass in Wohnungen Menschen starben, war nun wirklich keine Besonderheit. Wenn in allen Gebäuden angeblich etwas spukte, nur weil dort jemand gestorben war, dann könnte man sich nur in Neubauten sicher bewegen.

Kitty meckerte.

»Ach komm, wenigstens haben wir einen schönen Spaziergang gemacht.«

Sie meckerte erneut, dieses Mal energischer.

»Was denn?«

Ich umrundete die Mühle und kam wieder bei Kitty an, die ein Ohr an die Haustür gepresst hatte. War jemand zu Hause? Dann sollten wir vielleicht besser verschwinden. Wir wirkten vermutlich verdächtig genug, dass ein besorgter Jogger sich im Recht sah, die Polizei zu verständigen. Und wenn Pia das erfuhr, lief da bestimmt nichts mehr zwischen uns. Ich rieb mir die Schläfen. Ich machte mir schon mehr Gedanken um Pia als um meine blütenreine Polizeiakte. Vielleicht sollte ich das doch lieber lassen mit dem Daten.

Kitty stupste die Tür mit der Nase an und deutete dann zur Klingel. Ich sah zu ihr runter. »Was soll ich denn sagen? Hi, man erzählt sich, dass es hier spukt, möchten Sie mit mir darüber reden?«

»Äh, hi, das ist Deutsch, das ihr da redet, oder?«

Ich sah auf und blickte in Tomeks verwundertes Gesicht. Wie zur Hölle hatte er unbemerkt die Tür geöffnet?

Kitty meckerte triumphierend und schmiegte sich samt Hundeblick an mein Bein.

Ich antwortete auf Niederländisch. »Ja, tut mir leid. Wir wollten nicht stören. Wir haben nur Gerüchte gehört, dass … «

Tomek verzog den Mund. »Dass es hier spukt. Ja, das hab ich auch schon gehört.«

Einen Moment lang sah er so aus, als wollte er die Tür wieder schließen, doch dann trat er beiseite. »Möchtet ihr reinkommen? Ich hab gerade Tee aufgesetzt.«

Kitty trabte an ihm vorbei ins Innere, bevor ich überhaupt reagieren konnte. »Ja, sieht so aus. Danke für die Einladung.«

Drinnen brannte Licht, ein stylischer Kronleuchter funkelte über dem modernen, grauen Sofa und drei Regale quollen mit Büchern über.

»Setzt euch.«

Kitty ließ sich das nicht zweimal sagen und streckte sich auf dem flauschigen Teppich aus, der vor dem Sofa lag. Ich begutachtete den Inhalt der Bücherregale. »Hat es einen Grund, dass die Vorhänge zu sind?«

Tomek kam mit einem Teeset, das aus verschiedenen Teesets zusammengewürfelt war, die alle auf einem Dorfflohmarkt nicht fehl am Platz gewesen wären.

Er setzte sich auf das Sofa und goss uns ein. »Tja, ja den gibt es. Ich weiß wirklich nicht, wer diese verdammten Gerüchte verbreitet oder wie das passiert ist, aber seitdem die Leute denken, dass es hier spukt, habe ich keine ruhige Minute mehr. Dass meine Großmutter verstorben ist, weißt du ja schon. Die Mühle gehörte ihr, und jetzt ist es meine. Sie hat sie mir vermacht. Sie wollte immer, dass das hier eine Ferienwohnung wird, aber wer bucht denn schon eine Wohnung, in der es spukt?«

Ich gesellte mich zu ihm und nahm einen Schluck vom Tee, der in einer Rosentasse mit Goldrand grün-rot schimmerte. Nicht schlecht, der Mann wusste, wie guter Brennnesseltee zubereitet wurde. »Du würdest dich wundern, was die Menschen alles machen. Dass sie sich für die Mühle interessieren, ist doch schon Beweis genug, dass sie einen Erlebniswert hat.«

Tomek lehnte sich zurück. »Vielleicht hast du recht. Jedenfalls bin ich jetzt immer hier, wenn ich mich meiner Großmutter verbunden fühlen will.«

Wir schwiegen eine Weile. Kitty rollte sich genüsslich auf die Seite, der Teppich gefiel ihr anscheinend.

»Deine Großmutter, ist sie erst vor kurzem verstorben?«

Tomek schüttelte den Kopf. »Ist schon zwei Jahre her. Aber … tut mir leid, ich würde lieber nicht darüber reden.«

»Ich verstehe.« Also kein natürlicher Tod. Das würde auch erklären, warum sich Gerüchte um die Mühle der verstorbenen Großmutter spannen. Gab es einen Mörder, der nie gefasst wurde? Wusste man nicht, wie der Mord geschehen war? Ich legte mir eine mentale Liste aller Fragen an, die mir in den Sinn kamen. Dass Tomek nicht darüber reden wollte, hieß aber auch, dass ich dem Ganzen nicht weiter nachgehen sollte. Jedenfalls noch nicht.

»Wie ist denn die Umgebung hier? Lässt es sich hier in der Gegend gut leben oder sollte ich mich doch nochmal umsehen.«

»Nicht nötig, hier gibts alles, was man braucht. Nicht allzu weit weg von Amsterdam und Rotterdam, und ein Tagesausflug ans Meer ist auch drin.«

Das Meer notierte ich mir mental sofort als Date-Idee.

Tomek legte den Kopf schräg und sah zu den verhangenen Fenstern. »Käse kannst du natürlich in Massen bekommen und ...«, er sah mich an und grinste, »... sehr viele der Touristen sind deutsch, da fühlst du dich bestimmt gleich wie zu Hause.«

»Das ist mir auch schon aufgefallen. Ich fürchte nur, Touristen erschweren mir die Arbeit.« Da hatte ich zugegebenermaßen in der Umzugshektik nicht drüber nachgedacht.

»Wo wir von Arbeit reden, also deiner Arbeit. Was ist denn eure Fähigkeit?« Er schielte zu Kitty, die vor sich hindöste.

»Eindrucksübertragung.«

»Also, ähm, das ist vielleicht kein spannender Auftrag, aber ich hätte da was, bei dem ich Hilfe gebrauche könnte.«

Endlich! Ich richtete mich auf und faltete meine Hände auf den Schenkeln. Der schwarze Stoff des Kleides schimmerte im Licht des Kronleuchters. »Natürlich. Wir helfen immer gerne, wenn wir können.«

Kitty öffnete ein Auge und blinzelte zu mir hoch. Ja gut, immer war vielleicht übertrieben, aber auch nicht ganz gelogen.

Tomek stand auf. »Sehr gut, dann kommt einmal mit.«

Die Treppe wand sich an der Seite der Mühle hoch. Unten hingen noch Bilder von Tulpen und Segelschiffen, weiter oben zeigte ein Bild eine Frau in ihren Dreißigern mit drei Kindern - zwei Jungs und ein Mädchen – in einem Sandkasten. Die beiden Jungen waren Tomek und Stojan, vermutete ich einfach mal, das Mädchen vielleicht eine Schwester oder Cousine. Das nächste Bild zeigte eine junge Frau in altmodischen Kleidern, die lächelnd mit einem Zettel in der Hand auf einem Waldweg stand. Vielleicht ein Diplom?

Oben hatte ich ein modernes Schlafzimmer erwartet, aber wir traten in eine Art Studierzimmer, in dem die Zeit 1890 stehen geblieben war. Auf einem Massivholzschreibtisch, bei dem ich mich fragte, wie die Bewohner ihn hier raufbekommen hatten, stapelten sich haufenweise Zettel. Auch ein alter Schrank stand da und - ich musste zweimal hinsehen - eine Badewanne. Mit Füßen, aber ohne Wasseranschluss. Von hier stammten wohl auch die Teetassen, aus denen wir getrunken hatten. Ich hatte das Gefühl, eine Zeitreise gemacht zu haben.

»Das Stockwerk wollte meine Großmutter noch renovieren, hat es aber nicht mehr geschafft, bevor ... na ja, du weißt schon.« Tomek bückte sich und zog unter dem Schreibtisch eine chihuahuagroße Kiste hervor. »Hier, darum geht es. Man braucht einen Schlüssel, um die Kiste zu öffnen, den ich nicht habe. Und sie ist aus Metall.« Er klopfte auf den Deckel, wie um seine Aussage zu untermauern. Das Ergebnis klang nach einer ordentlich dicken Schicht Metall mit wenig Hohlraum darunter. »Man kann sie bestimmt trotzdem aufbrechen, aber das würde ich gerne vermeiden.«

»Ich verstehe. Du denkst, die Eindrücke könnten Hinweise auf den Schlüssel liefern.«

Er zuckte mit den Schultern. »Irgendwie sowas. Ist das denn möglich?«

Ich kniete mich vor die Kiste und fuhr mit der Hand darüber. Kalt, staubig und stabil. »Ja, ist es. Wir können uns das mal ansehen. Im Notfall kann ich das Schloss bestimmt knacken.«

»Du kannst Schlösser knacken?«

Ich nickte vage. Als Kind war ich so sehr von Sherlock Holmes fasziniert gewesen, dass ich mir von meiner Tante ein Schlösserknackset gewünscht hatte, mit dem ich jahrelang nach der

Schule trainierte. »Ich hatte früher Angst, eingesperrt zu werden, also habe ich es gelernt.« Das war der andere Teil der Wahrheit.

Tomek nickte nur und fragte netterweise nicht näher nach.

Hufe auf der Treppe kündigten an, dass Kitty sich vom Teppich erhoben hatte und zu uns nach oben kam. Sie näherte sich der Kiste mit gesenktem Kopf, als würde gleich ein Clown daraus hervorspringen. Sie schnupperte daran, bevor sie versuchte, durch das Schlüsselloch zu spähen.

»Ich nehme an, du weißt nicht, was drin ist?«

Tomek schüttelte den Kopf. »Nicht die geringste Ahnung. Ich hab aber ein paar Vermutungen. Könnten gefährliche Heiltränke sein oder Listen von hochrangigen Kunden. Oder vielleicht ein Dankesschreiben der Königsfamilie.«

Ich schielte zu Tomek hinauf. Er lachte und zuckte mit den Schultern. »Es könnte wirklich alles sein. Aber das mit den Heiltränken erscheint mir logisch.«

Da hatte er nicht unrecht. Könnten Kitty und ich Dinge herstellen, würden wir bestimmt auch vorsichtig damit umgehen. Was mich allerdings mehr interessierte, war, ob sich in dieser Kiste vielleicht auch Hinweise auf die Todesursache von Tomeks Großmutter finden ließen. Bisher wusste ich ja nicht einmal ihren Namen.

»Na dann los, Kitty.«

Kitty vollführte ein paar Sprünge um die Kiste herum und leckte dann an einer Stelle direkt neben dem Schloss.

Schabendes Metall. Der Geruch von Erdbeeren. Seufzen.

Ich rieb mir die Ohren. Das Schaben von Metall hallte weiterhin in meinem Kopf. Solche Eindrücke waren wirklich lästig.

»Verbindest du etwas mit Erdbeeren oder Erdbeerkuchen?«

Ich konnte den genauen Moment sehen, in dem Tomek anfing, an unseren Methoden, und sogar unserer Glaubwürdigkeit zu zweifeln. Komische Eindrücke halfen einfach nicht dabei, das Vertrauen unserer Auftraggeber zu gewinnen.

»Äh, ne, nicht wirklich.« Er richtete einen seiner Ohrringe. »Also, sie hat ab und zu welchen gebacken, aber das ist ja nichts Besonderes.«

Das schabende Metall war vermutlich das Öffnen der Kiste und das Seufzen konnte alle möglichen Ursachen haben. Vielleicht wollte sie den Inhalt der Kiste nicht wegsperren, hatte aber keine Wahl?

»Ich nehme an, dass du in den Schränken schon nach dem Schlüssel gesucht hast?«

Er nickte. »Kurz nach ihrem Tod hab ich hier alles auseinandergenommen. Aber ich war damals ziemlich mies drauf, also könnte ich ihn übersehen haben.«

Wo würde ich einen Schlüssel verstecken? Unter den Dielen? Mir sprang keine ins Auge, die lose sein könnte. In der Badewanne? Ich umrundete sie einmal, aber mir fiel keine Stelle auf, die sich als Schlüsselversteck eignete. Klassischerweise fanden sich verlorene Schlüssel lose in Schreibtischschubladen, aber der Holzschreibtisch besaß keine verschlossenen Schubladen. Allerdings gab es ein leeres Fach, das mir bei dem Zettelberg auf der Arbeitsfläche verdächtig vorkam. Drei Bildchen waren auf den Boden gezeichnet, eine Schildkröte, eine Erdbeere und ein Stück Kuchen.

Tomek schaute mir über die Schulter. »Ihr Seelentier war eine Schildkröte. Sie hieß Pie.«

»Und sie hat gerne Erdbeeren gegessen?«

»Ja, die durfte sie einmal im Monat haben.«

Ich fühlte über die Bilder und erspürte eine Einkerbung neben dem Kuchenbild. Ich drückte darauf und das Holz ließ sich bewegen, bis etwas klickte. In den Wänden musste eine Art Seilzug angebracht sein, denn an der hinteren Wand des Faches öffnete sich ein Abteil mit einer faustgroßen Kiste darin. Ich griff danach und reichte sie Tomek. Er öffnete sie und hielt einen schnörkeligen, filigranen Schlüssel in der Hand.

»Wow.« Er fuhr über das Metall und betrachtete die Konstruktion.

Ich ließ ihm Zeit und setzte mich schon mal vor die Kiste. Es dauerte nicht lange, bis Tomek sich zu mir gesellte und den Schlüssel in das Schloss steckte. Er passte und ließ sich drehen. Klick. Langsam, unter lautem Schaben, öffnete Tomek die Kiste. Ein roter Strampler, eine weiße Bluse, ein Kinderanzug, ein schwarzes Kleid und noch mehr Kleidungsstücke. Zugegeben, damit hatte ich nicht gerechnet. Tomek allem Anschein nach auch nicht. Er hob die fein säuberlich zusammengelegten Kleidungsstücke nacheinander vorsichtig an und förderte darunter mehrere Fotoalben zu Tage. Aus dem Klamottenstapel zog er eine Kuscheldecke, auf deren hellblauem Hintergrund ein lachender Elefant jonglierte. »Das war meine Babydecke.« Mehr als ein Flüstern war seine Stimme nicht. »Ich wusste nicht, dass sie das alles aufbewahrt hat.«

Ein Brief oder ähnliches fand sich nicht, aber das war bei plötzlich Verstorbenen auch kein Wunder. Wir schwiegen eine Weile, während Tomek die Kiste und die Babydecke anstarrte. Vermutlich sollten wir gehen und ihn mit den Sentimentalitäten in Ruhe lassen, aber ich musste einfach fragen. Ich krallte die Hände in den Rock. Kitty sah mich mit schräg gelegtem Kopf an. Ich wollte in diesem Fall ermitteln. Schließlich konnte ich nicht zusehen, wie ein Mord ungestraft blieb, wenn ich es verhindern konnte.

»Willst du nicht wissen, wie sie gestorben ist?«

»Nein.« Tomek drehte sich zur Seite. Seine Finger gruben sich in die Decke. »Wenn ich es wüsste, und es kommt raus, dass jemand sie ermordet hat, was dann? Dann läuft ein Mörder frei herum und ich kann nichts dagegen machen. Die Polizei hat nichts gefunden, und ich will das glauben, auch wenn es keinen Sinn ergibt.« Er seufzte und ließ den Stoff in seinen Schoß sinken. Mit dem Finger fuhr er über den lachenden Elefanten. »Ich habe oft mit meinem Bruder darüber gesprochen und er meinte, wir sollten es einfach sein lassen.«

Aha. Na, das war doch mal eine interessante Information. Ein Bruder, vermutlich Stojan, hatte also Überzeugungsarbeit geleistet, um Tomek von Nachforschungen abzuhalten. Ich zwickte mir in den Finger. Verdammt, Lucia, er hat dir gerade gesagt, dass du nicht ermitteln sollst. Aber was, wenn seine Großmutter wirklich ermordet wurde und der Täter noch frei herumlief? Lag es nicht in meiner Verantwortung als Privatdetektivin und neue Bürgerin dieser Stadt, mich dieser Tat zu widmen? Oder wollte ich einfach nur endlich eine Aufgabe?

Tomek zog die Nase hoch und wischte sich mit dem Ärmel über die Augen. »Sorry deswegen. Danke, dass ihr die Kiste geöffnet habt.«

»Kein Problem.« Ich stand auf. »Wir wollen nicht weiter stören.« Sonst suchte ich nur nach weiteren Hinweisen.

Er nickte und brachte uns nach unten.

»Bekommt ihr was dafür?«

Ich schüttelte den Kopf. »Nein, aber es würde uns freuen, wenn du uns weiterempfiehlst. Und wenn du mal ein Problem hast, weißt du, wo du uns finden kannst.«

Sein Lächeln wirkte nicht allzu fröhlich, vermutlich weil seine Augen noch feucht waren. »Danke. Kommt gerne mal wieder vorbei.«

Tomek schloss die Tür, und wir fanden uns inmitten der Tulpen wieder, die sich in einem stärkeren Wind als vorhin wiegten. Kitty lief vornweg, während sie vor sich hinmeckerte. Ich folgte ihr, hörte aber nicht wirklich zu. Meine Gedanken hingen bei Tomeks Großmutter fest. Käme denn jemand zu Schaden, wenn ich ganz unauffällig ein paar Recherchen anstellte?

Kitty blieb stehen und meckerte mich an.

»Tut mir leid, was hast du gesagt?«

Mehr Meckern.

»Nein, wir ziehen nicht in eine Mühle. Wir können aber ein paar Tulpen anpflanzen, wenn du möchtest.«

5

Niemand wollte, dass ich in diesem Fall ermittelte, also setzte ich mich am Nachmittag im Büro an meinen Schreibtisch und fing an, zu recherchieren. Wenn ich mich immer davon abhalten ließe, das zu tun, was andere Menschen nicht von mir wollten, wäre ich nicht hier, sondern noch in Trier bei meiner Ex. Ich rollte den Stuhl näher an die Tischkante. Bloß nicht an Anne denken.

Zuerst suchte ich nach der Traueranzeige für Tomeks Großmutter. Die Familie hieß laut dem Klingelschild Pawlik. Kajetan Pawlik - gestorben vor acht Jahren mit sechsundvierzig. Vermutlich Tomeks Vater.

Ich googelte vor mich hin, um herauszufinden, wie seine Mutter oder andere Verwandte hießen, als ich eine Nachricht bekam: *Sorry nochmal wegen gestern. Ich hoffe, ich habe dich nicht vergrault. Als nächstes erschien das Bild von einer Schaluppe. Die gehört meinem Cousin. Wie wärs - nur du, Kitty und ich. Am Wochenende. Ich zeig dir ein paar nette Stellen. ;)*

Ich konnte mir ein Lächeln nicht verkneifen. Dass Pia im Museum einfach drauflosgelaufen war, machte sie mir nur sympathischer. Und zu einer Bootstour mit einer Einheimischen sollte ich sowieso niemals Nein sagen. *Wir sind dabei*, schrieb ich.

Ich legte das Handy beiseite. Was dachte ich mir nur dabei, mit einer Polizistin auszugehen? Ich atmete tief ein und aus, um das Lächeln aus meinem Gesicht zu bekommen, aber es hielt sich hartnäckig.

Ich konzentrierte mich wieder auf das professionelle Googeln, scrollte durch Insta-Feeds und durchstöberte X. Es schien mir so, als wäre Familie Pawlik nicht viel online unterwegs. Bis ich auf Facebook kam. Bei der Suche nach alten Menschen erwies sich die Plattform tatsächlich manchmal noch als hilfreich. Pawlik, Tomek. Nur ein Bild vom Rotterdamer Hafen. Aber er war verbunden mit: Piotra Kamerczak. In ihrem Account fand ich Bilder von alten Damen an Gartentischen mit Wein- und Sektgläsern in der Hand, Bilder von Blumentöpfen und einer Menge Bigos, Krokiety und Pierogi und eine zwei Jahre alte Todesanzeige. Bingo! Nun musste ich nur noch herausfinden, wo sie begraben lag, und wir konnten loslegen. Aber erst am nächsten Tag.

Kitty kam aus dem Flur und steckte den Kopf ins Büro.

»Gibt gleich Abendessen.«

Sie meckerte und schlurfte in die Küche.

Ich streckte mich und betrachtete die untergehende Sonne durch das Fenster. Bis es um diese Tageszeit draußen noch hell war und wir rausgehen konnten, würde es noch ein bisschen dauern. Das hieß, bis Kitty wieder zu dieser Zeit rausging. Ich hatte schließlich keine Angst im Dunkeln.

Piotra Kamerczak lag auf dem »oude begraafplaats gouda« begraben, einem Friedhof, der direkt neben einem Fabrikgebäude mit großen Tanks lag, die einem durch ihre leuchtende Silberfarbe sofort ins Auge fielen. Auch wuchs das Gras ein wenig wild und hoch, dafür sah nur die Hälfte der Grabsteine aus, als bräuchten sie dringend eine Wäsche. Und es wurde noch besser: Ich konnte fast alle Namen noch lesen.

Kitty meckerte.

»Komm schon. Ich kauf dir nachher auch, was immer du möchtest.« Vermutlich ein weiteres Kissen für ihren Thron. Sollte mir recht sein.

Leise meckernd presste sie sich an mein Bein und folgte mir die Reihen der Grabsteine entlang.

Piotra lag am Ende einer Reihe, weit entfernt von der Fabrik und nah am Friedhofshaus, das sich zwar nicht gegen die Tanks behaupten konnte, aber zwischen den Bäumen trotzdem etwas Majestätisches ausstrahlte.

Den hellen Marmor des Grabsteins zierte eine Gravur, die laut Online-Übersetzer so etwas bedeutete wie: »Gelebt und gestorben in Liebe ihrer Kinder und Enkel.« Unter der Schrift prangte eine eingravierte Schildkröte.

Kitty sah zu mir hoch und ich zu ihr runter. »Du weißt ja: An nichts lecken, das gefährlich ist, und du musst nichts tun, was du nicht möchtest.«

Sie meckerte.

»Guck nicht so. Du hättest auch zu Hause bleiben können.«

Sie verdrehte die Augen, leckte aber am Grabstein.

Heiße Tränen auf der Wange. Frisch ausgegrabene Erde. Weinen.

Das war wohl die Beerdigung. Die Eindrücke waren noch stark. Ich wischte mir aus Reflex über die Wange, aber die war trocken.

Kitty sah mich an und ich nickte. Sie leckte an der Erde.

Sprießende Wurzeln. Regentropfen. Raschelnde Blätter.

Ich rieb mir über die Schläfen. Ein leichtes Ziehen kündigte Kopfschmerzen an. Kitty leckte erneut am Stein.

Metallisches Hacken. Schweiß. Dröhnende Maschinen.

Ich musste mich hinsetzen. Kitty stupste mich in die Seite.

»Schon gut. Die Eindrücke sind hier besonders intensiv.«

Kitty meckerte.

»Ja, hilfreich bisher nicht, das hab ich auch schon gemerkt.«

Ich holte meinen Stift aus der Tasche und notierte mir zumindest, dass einige Menschen zu ihrer Beerdigung gekommen sein mussten.

Zwei elegant gekleidete Damen betraten den Friedhof. Ich wollte sie grüßen, aber als sie uns sahen, drehten sie um und eilten den Weg zurück.

Kitty schmiegte sich an meine Seite und starrte die beiden unter meinem Arm hindurch an. »Na komm, das ist doch nichts Neues. Meinst du, einmal geht noch?«

Kitty nickte und baute sich vor dem Stein auf. Ich schloss die Augen.

Vogelkrallen. Raschelnde Blätter. Kreischende Menschen.

Ich hielt mir den Kopf. Was sollte das denn bedeuten? Kitty lief unruhig den Weg hinter mir auf und ab. Kreischen jeglicher Art war generell kein gutes Zeichen, aber ich glaubte nicht, dass es etwas mit der Beerdigung oder Piotra zu tun hatte. Vielleicht ein Halloweenstreich oder eine Mutprobe. Die kamen mir auf Friedhofseindrücken leider viel zu oft unter.

»Wo willst du denn hin?«

Kitty lief Richtung Ausgang, bog dann aber auf den Weg in Richtung Friedhofsgebäude ab. Ich stand auf, klopfte mir den Dreck vom Rock und folgte ihr, während ich mit mir debattierte, eine Schmerztablette zu nehmen. Wenn wir noch mehr Eindrücke sammelten, würden die Kopfschmerzen bald überhandnehmen. Bevor ich mich entscheiden konnte, blieb Kitty vor dem Haus stehen.

»Den Friedhofswärter fragen, ob er etwas weiß?« Ich notierte mir erst einmal die Eindrücke von eben. »Können wir schon machen, denke ich.« Die Idee war mir auch schon gekommen. Bis vor Kurzem gehörte das zum Standard, wenn ich eine Frage zu einer toten Person hatte. Nur war ich in meinem Heimatdorf mit dem Sohn der Friedhofswärterin zur Schule gegangen, und hatte keine Ahnung, was die hiesige Etikette vorschrieb. Gut möglich, dass die Leute mir, einer Unbekannten und Ortsfremden, überhaupt keine Informationen gaben. Manchmal wünschte ich mir, ich könnte einfach eine Marke vorzeigen wie die Polizei, und alle Infos würden magisch angeflogen kommen.

Kitty leckte an der Mauer.

Stein, der in Mörtel gesetzt wird, flüsternde Menschen, Krähen.

Ich stützte mich an der Mauer ab. »Ich dachte, du wolltest mit dem Personal reden.«

Sie meckerte.

»Ja, aber auch ein Priester könnte etwas wissen.«

Ohne mich eines Blickes zu würdigen, trabte sie zur anderen Seite des Gebäudes und spähte um die Ecke. Ich folgte ihrem Blick. Ah, sie wollte etwas von jemandem hier erfahren, aber nicht vom Friedhofspersonal. Da waren die beiden Frauen, die nach uns den Friedhof betreten hatten. Sie standen vor einem Grab und unterhielten sich leise.

Die eine, im langen grauen Mantel und mit flachem schwarzem Hut, hielt sich eine Hand vor den Mund. Die andere, in langem Strickkleid und mit hochgesteckten Haaren, fing laut an zu lachen. Perfekt. Die beiden wirkten wie der Typ Mensch, der genaustens über alle Geschehnisse der Nachbarschaft Bescheid wusste. Und wenn sie hier auf den Friedhof kamen, standen die Chancen gar nicht schlecht, dass sie Piotra gekannt hatten.

Ich strich meinen Rock gerade und ging auf die beiden zu, Kitty stolzierte neben mir. Als die beiden Damen uns bemerkten, zuckte die eine zusammen, während die andere interessiert lächelte.

Ich legte mir die Worte im Kopf zurecht, noch kam Niederländisch leider nicht so flüssig aus meinem Mund wie Deutsch, Englisch oder Französisch.

»Guten Tag, die Damen, ich bin Lucia und das ist mein Seelentier Kitty.«

Keine Antwort. Die beiden tauschten Blicke aus, die im Mantel neugierig, die im Kleid ängstlich.

»Kanntest du zufällig eine Frau namens Piotra Kamerczak?«

Ich wollte noch eine Geschichte spinnen, warum ich nach ihr fragte, aber die Dame im Mantel stemmte bereits die Hände in die Hüfte, als würde sie mit Stolz ihre neue Modekollektion präsentieren wollen. Fältchen um das verschmitzte Lächeln verliehen ihr eine offene Ausstrahlung.

»Natürlich haben wir sie gekannt – die Hexe mit der Mühle. Sie hatte so eine hässliche Kröte, die Heiltränke herstellen konnte. Man erzählt sich, dass es in ihrer Mühle spukt, weil sie da gestorben ist.«

»Mary …« Die Dame im Kleid klammerte sich förmlich am Gurt ihrer Tasche fest. »… bist du sicher, dass …«

»Das sind doch keine Geheimnisse, Lil.«

Lil gab den Widerstand wohl auf, seufzte und entspannte ihren Griff. »Man erzählt sich, dass sie sich selbst umgebracht hat.«

»Schwachsinn!« Mary kreuzte die Arme und beugte sich näher zu mir. »Das erzählen sich die Leute nur, um sich besser zu fühlen, weil ein Täter nie geschnappt wurde. Aber in Wahrheit wurde sie umgebracht, da gebe ich dir Brief und Siegel drauf.«

»Jetzt geht das wieder los.« Lil, vermutlich Lilian, außer sie hatte einen Rappernamen, lächelte. »Piotra ist vor zwei Jahren gestorben, aber ihr Tod wird immer wieder zum Gesprächsthema. Sie hat nie richtig Niederländisch gelernt, sich aber trotzdem gut mit der ganzen Nachbarschaft verstanden und ihre Heilmittel oft umsonst weggegeben. Ja, sie war manchmal etwas laut, aber sie als Hexe zu bezeichnen, da wird man ihr nicht gerecht. Und außerdem …« Sie warnte Mary mit einem strafenden Blick. »… spricht man nicht so über Tote.«

Mary zuckte mit den Schultern. »Warum interessiert sie dich überhaupt?«, fragte sie mich. »Du bist keine Verwandte, oder?« Sie verzog den Mund, atmete aber erleichtert aus, als ich den Kopf schüttelte.

»Könnt ihr mir sonst noch etwas über Piotra erzählen? Ihre Vorlieben oder engen Freunde vielleicht? Und könnt ihr euch noch erinnern, wie der Fall damals behandelt wurde?« Wenn ich Frage eins nicht beantwortete, vergaß Mary sie vielleicht wieder …

»Aber natürlich.« Mary grinste und räusperte sich, während Lil besorgt zu ihr schielte. »Sie hatte eine beste Freundin, die beiden waren immer zusammen. Die hatten, glaube ich, beide Seelentiere. Aber frag mich nicht, wer das war oder was für ein Tier, so genau erinnere ich mich dann doch nicht. Und der Fall wurde ziemlich schnell beiseitegelegt, obwohl die Familie darauf beharrte, dass es kein Selbstmord war. Man hat wohl keine Hinweise gefunden. Aber …« Mary sah sich zu allen Seiten um. »… man erzählt sich, dass das nicht stimmt. Dass sie für eine Leiche zu bleich gewesen sei, heißt es.«

»Mary, das sind doch nur Hirngespinste.«

Heller werdende Haut gehörte für manche Leichen zum normalen Verwesungsprozess. Das hing mit dem Blut zusammen, das sich nach Aussetzen des Kreislaufs unten sammelte und dort Leichenflecken bildete. Die Leichenblässe an sich war ein Todeszeichen, aber kein sicheres. Fragte sich nur, ob die Gerüchte sich auf dieses Phänomen bezogen. Oder ob es doch um eine ganz normale Bleiche ging? Vielleicht Blutarmut? Das könnte wiederum auf eine Krankheit oder Fremdeinwirken hinweisen. Doch bei Fremdeinwirken hätte die Polizei Hinweise finden sollen.

Ich notierte mir die Blässe im Hinterkopf und ging weiter zu den Fragen, die mir noch im Kopf umherschwirrten. »Hatte Piotra Feinde?«

Lil rückte ihre Tasche auf der Schulter zurecht. »Nun, ich glaube nicht, dass wir sie gut genug kannten, um das zu beantworten.«

Mary wedelte mit der Hand und setzte sich auf den nächsten Grabstein. »Natürlich hatte sie Feinde. Aber keine Todfeinde. So unbeliebt war sie nun auch nicht. Ich hab da ein paar Theorien. Willst du sie hören?«

Ihr Gesicht ließ darauf deuten, dass sie ihre Theorien unter allen Umständen erzählen wollte, also nickte ich.

Doch Lil stemmte die Hände in die Hüfte. »Was machst du da eigentlich? Du kannst dich doch nicht einfach auf einen Grabstein setzen!«

»Warum nicht? Ich hab schließlich dafür bezahlt. Der Nichtsnutz hat ja nicht mal genug Geld für sein eigenes Grab gehabt.«

»Aber Mary, die Totenruhe!«

Mary winkte ab. »Hat er nicht verdient. Jedenfalls habe ich zwei Theorien. Erstens, einer ihrer Tränke hat nicht oder falsch funktioniert und jemand ist ausgerastet und hat sie im Streit ermordet. Oder, zweitens und meine favorisierte Theorie, jemand hat sie mit Gift umgebracht. Da hab ich schon von gelesen. Gifte, die man nachher nicht nachweisen kann. Geruchlos, geschmacklos, unsichtbar. Passt perfekt, oder?«

Gift war kein schlechter Anhaltspunkt. Das hätte Piotra allerdings auch selbst nehmen können, wenn sie sich hatte töten wollen.

Ich nickte und rieb mir die Schläfen. Die Kopfschmerzen ließen schon wieder nach, aber noch nervten sie. »Das sind interessante Theorien. Denkst du, die Polizei wird den Fall wieder aufnehmen?«

Mary schüttelte den Kopf. »Nicht in diesem Leben.«

Der Wind frischte auf und ließ die Blätter über uns rascheln. Dazu kamen tiefes Dröhnen und rhythmische metallene Schläge von der Fabrik nebenan. Die beiden Damen zogen ihre Mäntel enger und ich merkte, dass Kitty ungeduldig wurde.

»Eine letzte Frage noch. Ihr sagt, dass ihr Piotra nicht gut kanntet, aber kennt ihr vielleicht Orte, an denen sie sich oft aufgehalten hat?«

Mary lehnte sich nach hinten und sah zum Blätterdach hoch. »Da fällt mir nur ihr Laden ein.«

»Und natürlich der Käsemarkt«, sagte Lil. »Sie hatte dort immer einen Stand, neben Angel Soaps.«

»Angel Soaps?« Perfekt, das war ein solider Anhaltspunkt. Den Käsemarkt wollte ich mir sowieso diese Woche noch ansehen.

»Oh ja, die Seifen sind wie aus einer anderen Welt. Der Duft ist fast berauschend. Die liebe Aikje führt den Laden mit ihrem Neffen, seit ihre Schwester erkrankt ist.«

»Erkrankt?«

»Ja, die Arme sieht man kaum noch, aber eine Todesannonce gab es noch nicht.«

Mary lachte auf. »Aber ich bin die Makabre? Joline kommt bestimmt wieder auf die Beine. So alt ist sie noch nicht.«

»Ich verstehe.«

Inzwischen wurde der Platz in meinem Kopf für mentale Notizen knapp, aber Menschen fühlten sich unwohl, wenn man ihre Aussagen notierte, so als hätten sie etwas verbrochen oder als könnten sie bei jedem falschen Wort angeklagt werden. Zugegeben, mir ging es genauso.

»Ich danke euch, ihr wart sehr hilfreich.«

Mary grinste. »Immer wieder gern. Halt uns auf dem Laufenden!«

»Mary, du bist zu neugierig!«

»Stimmt doch gar nicht.«

Lil zog Mary von dem Grabstein hoch. »Seid vorsichtig. Das hier ist ein sicheres Land, aber das heiß nicht, dass es keine Gefahren gibt.«

»Aha, wenn ich zu neugierig bin, bist du zu dramatisch.« Mary kramte ein Notizbuch aus der Tasche, notierte etwas und reichte mir den abgerissenen Papierfetzen. »Falls du noch Fragen hast. Ich bin in Rente und mir ist langweilig«

Lil rieb sich die Stirn. »Meine Güte, Mary.« Sie lächelte uns an. »Habt noch einen schönen Tag.« Damit zog sie Mary hinter sich her, raus aus dem Friedhof.

Ich verbrachte ein paar Minuten damit, mir alles zu notieren und fuhr dann mit Kitty in die Innenstadt von Gouda, damit sie sich ein neues Kissen für ihren Berg aussuchen konnte.

6

Es gab zwei Orte, an denen Kitty und ich nach Hinweisen suchen konnten, den Laden, den auch schon Tomek erwähnt hatte, und den Käsemarkt, oder genauer, den Stand von Angel Soaps.

Den Laden ausfindig zu machen, hatte eine Weile gedauert, aber schließlich standen wir davor. Und kamen nicht rein. Das Gebäude wirkte eingequetscht zwischen zwei höheren Häusern und recht schmal. Die Blumenkästen hingen leer vor einem Fenster, das den Großteil der Vorderseite einnahm. Von innen versperrte ein Rollo die Sicht, und das ehemalige Ladenschild glänzte mit Abwesenheit. Von seiner Existenz zeugten nur noch Bohrlöcher und eine blasse Wand.

Ich hatte gehofft, dass vielleicht jemand den Laden übernommen hätte, schließlich lag Piotras Tod schon zwei Jahre zurück. Anscheinend gehörte der Familie Pawlik das Gebäude, sonst wäre es schon lange neuvermietet. Es lag verkehrsgünstig mitten in der Fußgängerzone, die heute dank Markt noch voller war als sonst. Nun gut, in Geschäften hielten sich Eindrücke sowieso nicht lange, da einfach zu viele Menschen in ihnen verkehrten.

Beim Käsemarkt erhoffte ich mir auch keine Eindrücke, aber dafür ein interessantes Gespräch mit Aikje.

Noch nie hatte ich so viel Käse an einem Ort gesehen. Und ich war neben einem Ziegenkäsebauern aufgewachsen.

Den Marktplatz zwischen der Kirche und den Restaurants belegten Reihen von Käserädern. Immer ungefähr zwölf lagen in Zweierschichten auf weißen Tüchern. Rund um den Käse standen Buden mit noch viel mehr Käse und gelegentlich auch anderen Dingen, doch die standen weiter außerhalb. Kitty konnte sich nicht entscheiden, ob sie positiv aufgeregt oder nervös sein sollte, und tippelte daher immer ein wenig in die Menschenmenge hinein und schnupperte an Käse, bis sie wieder zu mir kam und gleich wieder verschwand.

Ich schlenderte gemütlich über den Markt, ließ mich dabei von den Menschen leiten, die von Stand zu Stand gingen. Immer wieder hörte ich Fetzen deutscher Gespräche, dann wieder Niederländisch und, nicht zu vergessen, ziemlich viel Englisch. Ein Stand verkaufte typische Snacks wie Brotchips und Nüsse in Schokolade in Tüten und Dosen, der nächste roch ziemlich stark nach Schimmelkäse, der darauffolgende vertrieb ganze Käselaibe. Und dann endlich kamen die Stropjewaffels. Ich kaufte mir eine frische mit noch warmem Sirup im Inneren, und schlenderte vorwärts, bis ich nicht mehr weiterkam. Vor einem Stand hatte sich eine so lange Schlange gebildet, dass ich kaum erkennen konnte, wo sie eigentlich endete. Eine einzige unüberhörbare Menschentraube. So viel zu unserem Plan, uns hier mit Aikje zu unterhalten.

Kitty tauchte von irgendwoher wieder an meiner Seite auf und schnupperte in der Luft.

»Käse?« – Sie meckerte.

»Kibbeling?« – Meckern.

»Die Seifen?« – Zustimmendes Meckern.

»Ob sie noch welche haben?«

Neben uns unterhielten sich ein Mann und eine Frau, beide hellblond und mit Brille.

»Vermutlich nicht«, meinte der Mann. »So schnell wie die immer ausverkauft sind.«

Die Frau seufzte. »Ich hab doch gesagt, wir sollen früher losfahren. Aber nein, wir mussten noch ausgiebig frühstücken.«

»Ist doch egal. Dann kaufen wir halt woanders Seife, ist eh günstiger.«

Sie boxte ihn sanft gegen die Schulter. »Du weißt, dass die hier anders ist. Ich weiß nicht, was die da reintun, aber, mein Gott, der Geruch, das Gefühl! Es ist einfach unbeschreiblich.«

Ich aß das letzte Stück meiner Waffel und deutete Kitty an, mir zu folgen. Ich wollte endlich wissen, was es mit diesen Hype-Seifen auf sich hatte.

Ich quetschte mich durch die Menge und bog in die nächste Standreihe ab, um mir Angel Soaps von hinten anzusehen. Viel war nicht zu erkennen, ein Plan hing hinter den Seifen, aber ein Blick durch die Ritzen bestätigte die Annahme des blonden Mannes: ausverkauft. Gerade verpackten sie die letzten Stücke.

»Wir sind ausverkauft!«, brüllte Aikje der Menge zu und ein allgemeines Murmeln und Stöhnen ging herum.

Die Menschen am Rand begannen bereits, sich über den restlichen Markt zu verteilen, aber es würde eine Weile dauern, bis die Traube sich verlief. Der perfekte Zeitpunkt. Ich ging wieder zurück, doch als ich vor dem Tisch stand, war von Aikje oder Klaas keine Spur zu sehen. Na super.

Kitty schnupperte am Tisch, dann leckte sie daran.

Lavendel. Meersalz. Rose. Moschus. Kiefer.

Ich schloss die Augen und atmete tief durch. Die Gerüche waren so stark, dass ich keine anderen Eindrücke mitbekommen hatte. Jedenfalls wusste ich jetzt, welche Geruchsrichtungen die Seifen hatten.

Kitty schüttelte sich, dann erstarrte sie. Sie spähte zwischen den Ständen hindurch und folgte jemandem mit dem Blick.

»Ist Aikje da?«

Meckern. Nein. Sie blickte zu mir hoch, wieder zu der Person, und lief los. Es stellte sich heraus, dass Ziegen sich schneller durch Menschenmassen winden konnten als Privatdetektivinnen Ich brauchte eine Weile, um mich aus den Reihen der Stände zu kämpfen und neben ihr die Gasse vor dem Eingang zu erreichen.

»Kitty, was haben wir zum Weglaufen gesagt?«

Sie meckerte nur und tippelte in die Gasse. An den Fenstern hingen Blumentöpfe, überall standen Fahrräder und gelegentlich lief uns eine Katze über den Weg, die sich weder von Kitty noch mir stören ließen.

Wir folgten der Gasse eine Weile, bis sie nach links abbog und ich vor einem Zombie stand. Ich machte einen Schritt zurück. Die Frau war blass, die Augen gerötet, und das Nachthemd hing schlaff an ihr herunter. Sie war natürlich kein echter Zombie, aber sah auch nicht so aus, als sollte sie hier und überhaupt zu Fuß unterwegs sein.

»Entschuldigung, brauchst du Hilfe?«

Die Frau reagierte nicht. Schritt für unsicheren Schritt ging sie die Gasse entlang. Ich zog mein Handy aus der Tasche, um einen Krankenwagen zu rufen, da kam von vorn Aikje angerannt. »Joline! Was um Himmels willen machst du denn hier?«

Aikje hob die Frau auf die Arme wie eine Frischvermählte, die ihre neue Ehefrau gleich aus Versehen fallen lassen würde, blickte uns kurz genervt an und eilte dann die Gasse hinunter in die Richtung, aus der sie gekommen war. Sowas galt auch in den Niederlanden nicht als normal, oder? Ich steckte mein Handy wieder weg und sah den Frauen nach, bis sie um die Ecke verschwunden waren.

Das war dann wohl Joline gewesen, die kranke Schwester. Mary hatte nicht gelogen, als sie meinte, jene könnte bald sterben. Ich tippte auf Krebs, einfach weil das heutzutage viel zu häufig auftrat. Drogenkonsum läge auch im Bereich des Möglichen. Aber eigentlich konnte alles Mögliche die Ursache sein, nur nichts Ansteckendes, sonst läge sie im Krankenhaus.

Kitty schmiegte sich an mich und ich streichelte ihr über den Kopf. Die Familie hatte es anscheinend nicht leicht. Ich nahm mir vor, ein anderes Mal mit Aikje oder Klaas zu reden. Vielleicht klopfte ich auch einfach mal bei ihnen zu Hause an die Tür, schließlich wusste ich, wo sie wohnten.

7

»Du hast nicht wirklich geglaubt, dass das unbemerkt bleibt, oder?« Stojan baute sich vor mir auf. Er wirkte um einiges weniger high als beim letzten Mal und das Hemd und die Hose waren zugegebenermaßen auch imposanter als der Jogginganzug.

Ich konnte mir schon denken, worauf er hinauswollte. Nur, wie hatte er so schnell davon erfahren?

»Hör mal zu, nur weil du meinst, eine …«, er schielte zum Klingelschild, »… Privatdetektivin zu sein, kannst du nicht einfach in anderer Leute Tod herumschnüffeln.«

Kitty kam aus ihrem Kissenzimmer und scharrte am Ende des Ganges mit den Hufen.

»Schnüffeln? Ich habe nur ein paar oberflächliche Fragen gestellt, um die Fälle der Umgebung besser im Überblick …«

»Bullshit!«

Er hatte natürlich nicht unrecht. Ich hatte herumgeschnüffelt, aber das war schließlich meine Spezialität. Trotzdem fühlte ich die Zweifel an mir nagen wie ein Hund an einem Knochen. Wäre Tomek nicht so offen gewesen, und hätte mir überhaupt davon erzählt …

Kitty schmiegte sich an mein Bein und blickte aus ihren großen Schlitzaugen zu mir hoch. Sie hatte recht.

Ich musste zu meinen Taten stehen und ordentlich um Entschuldigung bitten. Trotzdem war ich mir mittlerweile sicher, dass hinter dem Fall mehr steckte als ein Familiendrama oder ein Unfall.

Ich hielt seinem Blick stand.

Er meinem nicht. Sein Blick zuckte hin und her, zur Straße, in den Flur hinter mir, zum Blumenbeet, in denen die Tulpen – dank meiner Nachbarin – in voller Blüte standen. Er hatte Angst.

»Hör mal, ich will euch wirklich nichts antun, falls das deine Sorge ist.«

Er blinzelte und sah mich direkt an.

Das war also nicht das Problem gewesen. Gut zu wissen.

Er schüttelte den Kopf. »Lass es einfach, okay? Und vor allem, lass Tomek da raus. Er hat schon genug mit ihrem Tod zu kämpfen gehabt.«

Kitty schüttelte sich, mehr als bereit, ihre Hörner gegen ein Schienbein zu rammen, sollte sich dafür die Notwendigkeit eröffnen.

»Glaub mir, es ist nicht meine Absicht, jemandem wehzutun.«

»Gut.«

Er ging ein paar Schritte zurück, deutete mit zwei Fingern auf seine Augen und dann auf mich. Er blickte öfter über die Schulter und je weiter er kam, desto unsicherer wurde sein Blick. Eindeutig nicht der beeindruckendste Abgang, den ich je gesehen hatte. Als er das Zauntor hinter sich schloss, zog ich die Tür zu und notierte mir die Zeit.

Nicht mal sechs Stunden waren vergangen, seit ich mit den beiden Damen auf dem Friedhof geredet hatte. Die Informationen verbreiteten sich um einiges schneller, als ich erwartet hatte. Das bot jeder Dorfoma Konkurrenz.

Kitty legte den Kopf schräg und sah zur Tür. Keine fünf Sekunden später klingelte jemand.

Ich öffnete.

Tomek versteckte sich im Türeingang und beobachtete die Straße.

»Hi, dein Bruder war gerade schon hier. Wenn es um …«

Er zuckte zusammen. »Ah, Lucia. Gott sei Dank. Kann ich reinkommen?«

»Worum geht es denn?«

»Um meinen Bruder. Ich will dich engagieren.«

Ich besaß exakt zwei Outfits, die nicht schwarz waren, für genau diesen Zweck. Ich setzte mich auf die Parkbank, von der aus wir das Haus der Brüder im Blick hatten. Es lag im Bahnhofsviertel neben einer Grünanlage, die ich das letzte Mal als schmalen Waldweg abgetan hatte. Das Rattern der Züge verschmolz im Hintergrund mit dem Rascheln der Blätter.

»Bist du sicher, dass das funktioniert?« Tomek deutete auf Kitty. »Wär es nicht besser, sie zu Hause zu lassen?«

Kitty starrte Tomek an und meckerte. Die unterschwellige Drohung darin blieb ihm hoffentlich verborgen.

Ich zuckte mit den Schultern und reichte Tomek ein Fernglas. »Sie kann die Tür alleine aufmachen.«

»Sehen wir damit nicht etwas verdächtig aus?«

»Nicht, wenn du es mit genug Selbstbewusstsein benutzt.« Ich sah durch mein eigenes und fokussierte Stojan, der auf der anderen Seite des Parkes wild gestikulierend telefonierte. »Also dann. Dein Bruder verhält sich seltsam.«

Zugegeben, ich war mir nicht sicher, ob ich wirklich in einen Streit unter Brüdern hineingezogen werden wollte, aber ein Job bedeutete bezahlte Miete. Und wenn ich so der Lösung des Mordes näherkam … Trotzdem, etwas mehr Abstand würde der Objektivität helfen.

Tomek rieb sich das Ohrläppchen, oder spielte mit dem Ohrring. So genau konnte ich das aus den Augenwinkeln nicht erkennen.

»Er kam nach Hause und fing an, sich zu beschweren, dass sich jemand nach unserer Großmutter erkundigt hätte. Da habe ich ihm von dir erzählt.« Er seufzte. »Tut mir leid, dass er dir gedroht hat. Das ist auch der komische Teil. Ist vielleicht schwer zu glauben, aber so ist er normalerweise echt nicht. Er raucht ein bisschen, macht seinen Job und hängt mit seinen Freunden ab. Ich …« Er ließ sich von Kitty ablenken, die hinter uns ins Unterholz stolzierte.

»Pass auf Zecken auf.« – Meckern.

»Tut mir leid, sprich weiter.«

»Ah, ja. Ich möchte wissen, warum er so reagiert. Ich glaube, er verheimlicht was. Und langsam möchte ich auch wissen, was passiert ist. Besser, ich kenne die Antwort, auch wenn sie mir nicht gefällt, als dass ich mir immer neue Szenarien ausdenke.«

Das Gefühl kannte ich nur zu gut und das gewohnte Drücken kam leise und schleichend zurück, als wäre es nie weg gewesen. Ich nickte, wartete einen Moment, ob er noch etwas sagen würde, und richtete meine Aufmerksamkeit dann wieder auf unsere Zielperson. »Er sieht jedenfalls ziemlich aufgebracht aus.«

Gerade legte Stojan auf, steckte das Handy in die Tasche und ging in Richtung Bahnhof.

Ich stand auf, um ihm zu folgen. »Hat er dir gesagt, wer ihm von den Nachforschungen erzählt hat?«

»Nein. ›Ist doch scheiß egal‹, hat er nur geantwortet, als ich gefragt habe.«

Der Kies knirschte unter unseren Füßen und Kittys Hufen. Die Sonne versteckte sich mittlerweile hinter den Baumkronen und die knallpinke Jacke mit den Blumen drauf wärmte nicht besonders gut.

Tomek stopfte seine Hände in die Taschen. »Bist du eigentlich ganz allein hergekommen? Ich meine, die meisten Menschen ziehen entweder ihrer Arbeit oder einem Partner hinterher.«

Ich war mir nicht sicher, ob er von der Situation ablenken wollte, oder ob er zu den Personen gehörte, die Schweigen nicht ertragen konnten. Beides konnte ich ihm nicht verdenken, allerdings fragte ich mich, ob ich überhaupt eine Antwort kannte. Ich hatte einfach hergewollt.

»Bei mir war es wohl andersherum. Ich bin sowohl von meiner Arbeit als auch meiner Ex … geflohen ist das falsche Wort, aber so etwas in der Art.«

Tomek hörte mir anscheinend nicht richtig zu – vermutlich besser so –, denn er blickte zu seinem Bruder, der die Unterführung zum Bahnhof betrat.

Ich holte den Stadtschein aus der Tasche und klippte ihn an Kittys Weste. »Sieht aus, als würden wir gleich ein bisschen Zug um Zug spielen.«

»Was?«

»Ist ein Brettspiel.«

So im Nachhinein betrachtet hätte mir klar sein müssen, dass das Ganze nicht so einfach wird. Jemanden auf dem Dorf zu beschatten, lief eben anders ab als in der Stadt.

Wir standen im Türbereich des Doppeldeckerzugs, den Stojan genommen hatte. Nein, natürlich hatten wir nicht gesehen, ob er nach oben oder unten gegangen war. Nur bei rechts, da waren wir uns sicher. Mehr oder weniger.

Kitty schmiegte sich an mein Bein, während Tomek in die Gänge spähte, um nach seinem Bruder zu suchen. Dabei zog er die Aufmerksamkeit eines Rottweilers und eines blau-grünen Tropenfrosches auf sich. Der Frosch wandte seinen Blick auch nicht ab, als er mit der Zunge seine Netzhäute befeuchtete. Die Frau, auf dessen Schulter er saß, starrte vertieft auf ihr Handy.

Der Rottweiler schaute Kitty an, Kitty den Frosch, der Frosch Tomek und Tomek mich.

»Was machen wir jetzt?« Tomek stolperte und griff nach einer Metallstrebe, als der Zug in eine Kurve fuhr.

Das war eine exzellente Frage. Wir hätten Stojan vielleicht einen Tracker unterschmuggeln sollen.

Vor dem Fenster zogen grüne Felder vorbei, in der Ferne verlief eine Autobahn. Die Anzeigen in diesem Land funktionierten tatsächlich und über uns wurde verkündet, dass der nächste Halt Lansingerland-Zoetermeer in zehn Minuten erreicht würde. Endhaltestelle Den Haag.

»Entweder wir warten und hoffen, dass er uns nicht sieht, wenn er aussteigt. Oder wir erraten, wo er aussteigen wird.«

Kitty wanderte davon, vermutlich, um nach einem Sitzplatz zu suchen. »Hey.«

Sie streckte mir die Zunge raus und lief in die andere Richtung, zu dem Rottweiler, der freudig mit dem Schwanz wedelte.

»Kitty.«

Sie wirbelte herum und schoss mir einen Blick zu, der »Spielverderberin« schrie, legte sich dann aber neben meine Beine.

Dieser Frosch! Irgendwas kam mir falsch vor. Vor allem die Tatsache, dass die Art mir nicht geläufig war. Ich holte mein Handy raus und öffnete die Definitionsapp. Dass jemand sich mit einer Amphibie verband, passierte schon selten, dann auch noch ein Frosch. Einer, der gut genug hören sollte, dass er einfach auf der Schulter sitzen blieb?

Tomek drehte sich hin und her, sah mehrmals in die drei Gänge, die vom Türbereich abgingen. Oben, unten, und ins andere Abteil. »Ich glaub, ich geh mal vorsichtig gucken. Vielleicht sehe ich ihn ja.«

»Geduld ist nicht deine Stärke, oder?«

»Wirst du bei sowas nicht nervös?«

»Nicht bei Menschen.« Ich hielt das Handy hoch, ließ es aber sofort wieder sinken.

Der Frosch setzte zum Sprung an.

Ich packte Tomeks Arm und zog ihn zur Seite, sodass das Vieh gegen die Wand platschte. Die junge Frau mit den Flechtzöpfen und dem Karokleid, zu dem er gehörte, quietschte auf und lief zu ihrem Tier. Vorsichtig löste sie ihn von der Wand und begutachtete ihn. Er quakte, also ging es ihm wohl ganz gut.

»Kitty.«

Sie fokussierte ihre Schlitzaugen auf das Tier und schnaubte. Kein Seelentier. Kittys Wahrnehmung war zwar nicht perfekt, aber sie lag häufiger richtig als falsch, und das reichte mir. Fragte sich nur, ob ich die Frau darauf ansprechen sollte. Einerseits sah der Frosch wirklich nicht freigangstauglich aus, andererseits befanden wir uns hier immer noch mitten in einer Beschattungsmission.

Die Frau schielte Tomek böse an, der wiederum perplex den Frosch beobachtete. Im Hintergrund hechelte der Rottweiler, dessen Herrchen so tat, als würde er in einer Zeitschrift der Bahngesellschaft lesen.

»Hat das Ding gerade versucht, mich anzugreifen?«

»Ding?« Die Froschfrau legte ihre Hand schützend über das Tier und tat meiner Meinung nach ein wenig übertrieben schockiert. Und sie trug Handschuhe. Ein wenig ungewöhnlich bei den Temperaturen.

»Was fällt dir ein?«

»Mir? Was ist das denn für ein Frosch?«

Nun lächelte sie und ihre Sommersprossen tanzten förmlich auf den Wangen. »Ein blauer Baumsteiger.«

Kitty meckerte.

Da konnte ich nur zustimmen. »Die sind giftig. Und in der Regel keine Seelentiere.«

Ihr Lächeln verschwand so schnell, wie es aufgetaucht war. »Natürlich ist er mein Seelentier. Was soll er sonst sein?«

Tomek verschränkte die Arme. »Ein Haustier, das man nicht einfach so mit in die Bahn nehmen sollte.«

»Sowas lasse ich mir nicht gefallen! Erst lockst du meinen Frosch an und dann beleidigst du mich.«

»Anlocken? Soll das ein Witz sein?«

Sowohl Rottweiler als auch Herrchen beobachteten unser Gespräch mittlerweile unverhohlen. Es konnte auch nicht lange dauern, bis das hier noch mehr Aufmerksamkeit auf sich zog. So viel zu unauffällig bleiben.

Da kam die Lautsprecheransage. Nächste Station: Lansingerland-Zoetermeer. Stojan könnte jeden Moment hier runterkommen und uns sehen. Die ersten Menschen standen bereits auf.

Kitty senkte den Kopf. Ich legte eine Hand darauf, um sie von dem abzuhalten, was auch immer sie sich in ihrem störrischen Ziegenköpfchen ausgedacht hatte.

Das hier musste enden. Wir hatten einen Job zu erledigen. »Hör mal, du kannst nicht einfach ein giftiges Tier mit dir rumtragen.«

»Ich hab doch gesagt, das ist …«

Tomek unterbrach sie. »Ein Tropenfrosch? Wie willst du dich denn mit dem verbunden haben? Bist du nachts in den Zoo eingebrochen und hast jedes Tier angefasst?«

Sie öffnete den Mund. Ihre Wangen färbten sich rot und sie schloss ihn wieder. »Das geht dich einen Dreck an!«

Die beiden lieferten sich einen Anstarrwettbewerb. Kitty behielt den Frosch im Auge und ich hielt Ausschau. Wenn Stojan hier ausstieg, mussten wir schnell reagieren.

Der Zug stoppte und die Türen öffneten sich. Weiterhin keine Spur von Stojan. Nach und nach verließen die Menschen den Zug und neue stiegen ein, nicht ohne Blicke aller Art von neugierig bis genervt in unsere Richtung zu werfen.

Die Türen schlossen sich, die Menschen verteilten sich nach oben und unten und ließen uns wieder allein. Weiter ging die Fahrt. Ich sah aus dem Fenster. Da stand Stojan und las etwas auf seinem Handy.

»Scheiße.«

Das Mädchen wirbelte zu mir herum. »Was? Hast du ein Problem?«

»Ja, dich. Spätestens wenn dein Frosch jemandem wehtut. Kauf dir wenigstens einen Käfig.« Ich griff mir Tomek und zog ihn ins nächste Abteil, während Kitty hinter mir vor sich hin meckerte.

Der Bahnhof Lansingerland-Zoetermeer war leer, bis auf eine Frau, die versuchte, ihre Gans davon zu überzeugen, einfach unter der Schranke hindurchzulaufen statt ein Ticket vorzuhalten. Ich setzte mein Geld auf den Vogel.

Man hatte die Brücke, die den Bahnsteig überspannte, mit einem weißen Kunstwerk versehen, das je nach Interpretation das Innere von fluffigem Sauerteigbrot oder das Muster eines Gepards darstellen konnte. Kitty legte den Kopf schräg und meckerte.

»Ach komm, so schlecht schneide ich Käse nun auch wieder nicht.«

Tomek grinste. »Wenn die Ziege das sagt, dann muss es stimmen.«

Kitty wedelte mit ihrem Schwänzchen und meckerte erfreut. »Denkst du, wir finden ihn noch?«

»Nein.« In Zoetermeer Ost umzusteigen und wieder zurückzufahren, hatte uns eine halbe Stunde gekostet. Stojan könnte mittlerweile sonst wo sein, abgeholt von jemandem oder mit Bus oder Zug weitergefahren.

»Warum sind wir dann hier?«

Ich zuckte mit den Schultern. »Nur weil ich etwas denke, heißt es nicht, dass es auch wirklich so ist.« Und weil ich noch keine anderen Aufträge habe, laufe ich lieber hier rum, als im Büro rumzusitzen.

Er richtete seinen Nasenring. »Interessant.«

Die Frau an der Ticketschranke gab auf und hielt eine Karte vor. Sofort watschelte die Gans los und quakte. Seine Begleitung seufzte.

»Oh, warte.« Tomek drehte sich einmal im Kreis und deutete dann über die Schienen in Richtung einer Autobahn. »In der Richtung liegt, glaube ich, der Van Tuyllpark. Da kann man gut feiern, da steht so eine kleine Blockhütte, die am Wochenende nachts zur Disco wird.«

Kitty meckerte belustigt.

Ich verschränkte die Arme. »Als ob die Strohpartys zu Hause was anderes gewesen wären.«

Pause. Beleidigtes Meckern.

»Kannst du uns hinführen?«

»Das ist ein bisschen enttäuschend.« Tomek rieb an seinen Ohrringen. »Tja, nachts wirkt es hier irgendwie cooler.«

Wir standen vor einem flachen Gebäude, das den Charme einer Schnellbaugarage versprühte. Nicht einmal Fenster hatte das Ding, dafür lag es auf einer Halbinsel in einem See in der Größe von ungefähr drei Fußballfeldern und einem Albert-Heyn-Parkplatz. Über Beschwerden von Nachbarn musste man sich hier definitiv keine Sorgen machen.

Kitty schnupperte an dem Gebäude. Dann leckte sie das Metall an.

Bummerndes Dröhnen. Flackerndes Licht. Rauch.

Ich musste husten. Eindeutig eine Party.

Die Tür öffnete sich einen Spalt breit und eine Dame in ihren Siebzigern kam heraus. Die langen weißen Haare waren zu einem Pferdeschwanz gebunden und fielen bis auf einen übergroßen Blazer, der wiederum locker die weite Hose umspielte. Grandma chic sozusagen.

»Wollt ihr die Hütte mieten?« Sie deutete auf Tomek. »Du warst schonmal hier, oder?«

»Nein und ja. Wir suchen meinen Bruder.«

Oh Lilith. Ich versuchte ihm mit Blicken klarzumachen, dass er nicht zu viel verraten sollte. Er sah mich nicht an.

»Stojan?«, fragte die Frau und kratzte sich an der Nase.

»Ja, genau!«

Kitty rammte Tomek mit dem Kopf in die Kniekehle.

»Au!«

Ich seufzte. Die Frau kicherte. »Er ist grad auf dem See mit dieser Kifferin, die er so geil findet. Geht um irgendwelches Geld. Ihr wisst ja, er hat da vor 'ner Weile sowas abgezogen. Ach, die beiden können auch nicht ohne und nicht miteinander.«

Die Frau war wirklich ein offenes Buch, zumindest über das Leben anderer. »Ist es in Ordnung, uns das einfach zu erzählen?«

Sie lachte. »Keine Geheimnisse!« Sie hob den Finger. »Das wissen hier alle. Wer etwas vor meinen Augen tut, der muss damit rechnen, dass es die Runde macht. Das hat schon so einige Taugenichtse davon abgehalten, Dinge zu tun, die sie bereuen würden, da bin ich mir sicher.«

Spannende Taktik. Ich holte meinen Notizblock raus und wollte ein paar Fragen stellen, aber Tomek kam mir zuvor.

»Geld? Was für Geldsachen?«

Sie wedelte mit der Hand, als ob der Gedanke als lästiges Insekt vor ihr herumschwirren würde. »Viel weiß ich gar nicht. Aber vor einer ganzen Weile hat Stojan ihr ziemlich viel Geld geliehen, und sie hat es ihm bis heute nicht zurückgezahlt.«

»Das hat er mir gar nicht erzählt.« Tomek kniff die Augen zusammen und blickte in Richtung See, als könnte er durch das dichte Schilf etwas anderes erkennen als Blätter und Algen.

»Soll um ziemlich viel Geld gegangen sein.« Sie tippte sich ans Kinn. »Sonst ist er zugegeben keiner, der viel Ärger macht.«

Aus dem Inneren der Hütte erklang Call Me Maybe von Carly Rae Jepsen. Das fröhliche Lied katapultierte mich gedanklich in meine Schulzeit zurück.

»Oh, entschuldigt mich. Kundschaft. Bis denne!«

Ich steckte den Block wieder weg, auf dem ich nur *viel Geld,* notiert hatte. »Verdient Stojan gut genug, Geld zu verleihen?«

Tomek schüttelte den Kopf, war aber eindeutig mit den Gedanken woanders. Ich ließ ihn in Ruhe denken, das brachte bei

Verwandten oft erstaunlich wilde Theorien hervor. Meist falsch, aber immer unterhaltsam.

Wir suchten uns danach noch eine freie Stelle und beobachteten Stojan und seine Freundin eine Weile. Sie sahen beide ziemlich high und nicht so aus, als würden sie demnächst ihr Boot verlassen. Also taten wir, was das Ende jeder guten Beschattung bedeutete, und holten uns auf dem Weg zur Mühle Kibbeling.

8

Tomek schloss die Mühle auf. Er trat ein und ich folgte ihm. Dieses Mal hatte ich mehr Ruhe, um den modernen Betonboden, die vertrockneten Pflanzen und den entfernten Geruch nach Putzmittel auf mich wirken zu lassen. Erstaunlicherweise tat das der allgemeinen Gemütlichkeit der Mühle keinen so großen Abbruch, wie man glauben könnte.

»Shit.« Tomek verzog die Miene und tippte etwas in sein Handy. Dann reichte er mir den Schlüssel zur Mühle. »Sorry, ich muss los. Meine Mutter braucht mich. Du kannst so lange hierbleiben, wie du willst.« Dann verließ er die Mühle fluchtartig und zog die Tür hinter sich zu.

Ich wartete einen Moment und beobachtete ihn durch die Fenster dabei, wie er zu seinem Lastenfahrrad eilte.

Kitty hatte es sich bereits auf dem Kissen vom letzten Mal bequem gemacht. Sie streckte ihre Vorderbeine gerade aus und schmatzte.

»Wir sind zum Arbeiten hier.« – Meckern.

»Wie alleine? Ich dachte, wir wollen Eindrücke sammeln.«

Sie öffnete ein Auge halb und gab mir zu verstehen, dass dieser Gedanke nur in meinem Kopf existiert hatte.

»Na super.« Dann eben so.

Tomek hatte mir erlaubt, mich durch sämtliche Schubladen zu wühlen, also plante ich genau das. Ich zog meine Handschuhe aus dem Rucksack und fing in der Küche an. Das Geschirr war hochwertig und bunt. Die Ränder der Teller zierten filigrane Blumen und die Schüsseln zeigten Unterwasserwelten. Allem gemein war, dass sich Schildkröten an jeder Ecke versteckten. Ich öffnete die Tür zu den Töpfen. Schildkrötenhandschuhe. Ich faltete die Geschirrhandtücher auf. Schildkröten. Ich nahm einen grünen Salzstreuer mit Glubschaugen in die Hand. Der Panzer enthielt den Pfeffer. Ungewöhnlich war das ja nicht, ich konnte mehr als genug Personen mit Seelentieren aufzählen, deren Innenausstattung verdächtig viele Tiere der gleichen Art zeigten. Bei mir gestaltete sich das etwas schwieriger. Schwarze Ziegen wurden irgendwie nicht verkauft, das war den Unternehmen wohl symbolisch zu negativ aufgeladen. Meine Schwester hatte mal versucht eine Plüschziege schwarz zu färben. Manchmal besuchte mich das Tier in meinen Albträumen.

Die Schildkrötenthematik setzte sich zum Glück nicht in den Kochbüchern fort. Die enthielten eine Mischung aus polnisch und niederländisch und in die meisten davon hatte Piotra Verbesserungen hineingeschrieben. Jedenfalls ging ich davon aus, dass sie es gewesen war, und machte ein paar Fotos.

Im Wohnzimmer standen ein Gummibaum und eine ehemals wohl recht pompöse Strelitzie vertrocknet zwischen den Fenstern. Aus Erfahrung wusste ich, dass beide Arten nichts für Anfänger waren und bei falscher Pflege so schnell eingingen, dass man dabei zusehen konnte. Ich fuhr ein raues, eingeschrumpftes Blatt nach. Zwei Jahre war der noch nicht tot. Könnte also eine spätere Zugabe sein.

»Bist du langsam bereit?« Ich inspizierte die Blumentöpfe und sah hinter den Vorhängen nach, auf der Suche nach Hinweisen, die mich dem Fall oder zumindest Piotra näherbrachten.

Kitty gähnte derweil und tat so, als hätte sie mich nicht gehört.

Ich suchte oben bei der Badewanne weiter. Bis auf die blassgrüne Lackierung fanden sich erstaunlicherweise keine Schildkrötenandeutungen. Auch kein Wasseranschluss. Es kam mir ein wenig aufwendig vor, jedes Mal heißes Wasser in Eimern hinaufzuschleppen. Ich suchte im Badezimmer und fand einen Gartenschlauch. Gut, die Wanne passte wohl einfach nicht mehr neben die Dusche. Ich bewunderte die Hingabe.

Über der Wanne befand sich in der Wand ein Fensterladen, der sich nach innen öffnen ließe, wenn er nicht mit einer Kette verschlossen wäre.

»Kitty! Wir müssen hier was rausfinden, bevor wir nachher Pia treffen!«

Lautes Meckern.

Ich trat an die Treppe, um nicht so laut rufen zu müssen. »Entweder ich treffe mich mit Pia oder wir treffen uns mit Pia. Deine Entscheidung.«

Sie streckte sich noch einmal ausgiebig, ließ sich dann aber dazu herab, hinaufzutrappeln. Als ich auf den Fensterladen deutete, ging sie einfach wieder nach unten.

»Ich kann dich doch hochheben.«

Kein Kommentar.

Dann eben nicht. Ich kletterte in die Badewanne und inspizierte das Schloss selbst. Rost hatte das Metall eingenommen und rot verfärbt. Das bekäme ich mit meinem Schloss-Kit nicht auf. Die marode Kette dürfte leicht zu durchbrechen sein, aber ich wollte nichts kaputt machen.

Wasser. Feuchte Erde. Schaufeln.

Ich blinzelte und wischte meine Hände am Rock ab, als wären sie tatsächlich nass. Sah so aus, als machte Kitty unten ohne mich weiter.

Sie hatte ihre Zunge schon rausgestreckt, als sie mich auf der Treppe sah und wartete, bis ich unten angekommen war, bevor sie am Sofa leckte.

Kratzen auf Stoff. leicht rosiges Parfüm. Schnarchen.

Jetzt wo ich so drüber nachdachte, fiel mir auf: Hier stand nirgendwo ein Bett. Dafür sah das Sofa echt bequem aus, wenn auch etwas düster mit seinem schwarz-dunkelgrauen Muster.

Ich ließ mich darauf fallen und schloss die Augen. Kitty meckerte und stupste mich mit ihrem feuchten Näschen an die

Wange. Ich strich ihr über den Kopf. »Alles gut, nur ein paar Kopfschmerzen.«

Drinnen fanden wir nichts Interessantes. Zwar notierte ich mir alles, aber nichts deutete auf abnormale Aktivitäten hin. Nur der Teppich fehlte noch. Ich öffnete ein Auge und betrachtete den hellgrauen Beton neben dem neuen Flauscheteppich. Laut Tomek hatte dort vorher ein dunkelblauer Teppich mit einem Wellenmuster gelegen. Und dort war sie verstorben. Ich ging nicht davon aus, dass der Teppich noch existierte und Tomek erwies sich dahingehend nicht als hilfreicher Informant. Blutflecken aus einem Teppich zu bekommen, klang auch aufwändiger als es wert war.

Ich seufzte. Mich beschlich das Gefühl, dass alles von Belang nicht mehr hier oder verschlossen war.

Kitty meckerte und ich folgte ihrem Blick. Über den Tulpen strahlte die Sonne in warmem Abendrot, violette Schlieren schwebten über dem Wasser.

Ich richtete mich auf und strich mir übers Gesicht. So ein Mist. Wir hatten die Nachforschungen ein wenig übertrieben. Ich holte mein Medikamentenkästchen aus dem Rucksack und nahm eine Schmerztablette.

Kitty schüttelte sich und tapste davon, ihre Hufe klackten auf dem Betonboden.

Vor der Tür blieb sie stehen, drehte sich um und meckerte mich an.

»Ich komm ja schon. Es wird doch noch lange nicht dunkel, es ist nicht mehr Winter.« – Meckern.

»Ja, aber trotzdem sind die Tage schon länger.« – Energischeres Meckern.

»Ich dachte, die Geisterstunde beginnt erst um drei. Jetzt doch schon bei Sonnenuntergang?« – Schnauben.

Ich nahm meinen Rucksack und öffnete die Tür. Kitty lief so schnell davon, als wäre sie eingesperrt gewesen und schüttelte sich erneut. Manchmal verhielt sie sich ein wenig paranoid. Sie schnupperte noch etwas in dem Beet vor der Mühle, in dem rote, orangene und gelbe Tulpen blühten. Sie kam an ein Fenster und stützte sich an der Mauer mit ihren Hufen ab, um am Fenstersims zu schnuppern.

Meckern.

»Bist du sicher?« Ein paar Gehirnkapazitäten musste ich mir für das Date mit Pia schon noch übrigbehalten. Wenn wir auf einem Boot waren, konnte sie schlecht abhauen. Ich sah zum Wasser und strich den vorherigen Satz mental durch.

Kitty schnupperte währenddessen weiter und mich überkam das Gefühl, dass sie mich ein wenig ärgern wollte. Dann leckte sie am Fenstersims.

Kameraklicken. Reiben an Glas. Hauchen.

Ich schauderte und rieb mir den Nacken, als hätte dort gerade ein Geist mit der Hand langgestrichen.

»Journalisten.« – Zustimmendes Meckern.

Frostgeruch. ›Hey, was machen Sie da?‹, Kratzen.

Mit geschlossenen Augen ließ ich die Eindrücke auf mich wirken. Vielleicht ist das doch kein Journalist gewesen, sondern jemand Schaulustiges. So oder so, diese Person könnte ein paar interessante Fotos haben, vorausgesetzt, die Polizei hatte sie nicht weggenommen.

Meckern. Ein Huf wurde an mein Bein gestupst und sie sah aus ihren großen Schlitzaugen zu mir hoch.

»Schon gut. Einmal noch, dann geht es los.«

Letzter Versuch für heute!

Kitty schnaubte.

»Dieses Mal meine ich es so.« Glaubte ich. Eigentlich wusste ich, dass noch weiter Eindrücke einzusammeln, nachdem ich schon eine Schmerztablette genommen hatte, dazu führte, dass ich in den nächsten Stunden kaum zu etwas zu gebrauchen wäre, aber ich konnte diesen Hinweis auch nicht unbedacht hier liegen lassen.

Kitty sah so aus, als wollte sie diskutieren, ließ es aber bleiben und leckte nochmal an der gleichen Stelle.

Schabende Metallteile. Eine Stimme, weder männlich noch weiblich. Tabak.

Ein stechender Schmerz durchzuckte meinen Kopf. Ich rieb mir die Schläfen und atmete ein paar Mal tief durch, bis er verklungen war.

Meckern.

»Ja, ist ja gut. Nächstes Mal hör ich auf dich.«

9

Ich bezweifelte, dass abends mit dem Boot loszufahren, eine gute Idee war, aber Romantik zählte zugegebenermaßen nicht zu meinen Stärken.

Da ich voriges Mal nach Amsterdam gefahren war, hatte Pia darauf bestanden, dieses Mal nach Gouda zu kommen. Gefiel mir. Sie versuchte gerade, den Motor des Schlauchbootes zum Laufen zu bringen und sah ziemlich niedlich aus, wie sie dastand und ihn mit Blicken erdolchte. »Soll ich dir helfen?«

»Nein, schon gut. Er klemmt nur ein bisschen.«

Gut, mehr als moralischen Support hatte ich sowieso nicht zu bieten. Also unterhielt ich mich damit, Pia zu beobachten. Sie trug einen dunkelgrünen Strickpullover, der einen interessanten Kontrast zu ihren roten Locken bot und hatte in der Mitte des Bootes eine erstaunlich vollgepackte Sporttasche verstaut. Am Flughafen würde man da schon Bombenalarm auslösen, wenn sie für ein paar Sekunden unbeaufsichtigt herumläge. Ich hoffte, dass sich Essen darin befand, denn Sprengstoffe zogen einfach zu viel Aufmerksamkeit auf sich, so viel Spaß sie auch machen konnten.

Nach ungefähr dem zwanzigsten Versuch startete der Motor und heulte kurz auf. Der Lärm verringerte sich dann zu einem gleichmäßigen Summen. Pia ließ sich auf den Sitz fallen. »Na endlich.«

Wir fuhren los und ich widmete mich meiner Lieblingsaktivität auf dem Wasser: Vorgärten kommentieren.

Ich deutete auf ein Haus, dessen Garten aussah wie aus einem Cottage-Core-Traum entsprungen. Versteckte Pfade, Beerenbüsche, ein Gartenhäuschen mit großen Fenstern und einem Büro darin. »Das ist niedlich.«

»Und teuer.«

Ja, diese Erkenntnis hatte ich bei der Wohnungssuche ebenfalls erlangt. Wer direkt am Wasser wohnen wollte, brauchte tiefe Taschen.

Pia steuerte uns um die Ecke und auf den See hinaus. Eine Segelschule übte noch in der Abenddämmerung und ein paar Angler tranken gemächlich Dosenbier in ihren Campingstühlen.

»Irgendwelche interessanten Mordfälle, seit wir uns das letzte Mal gesehen haben?«

Pia lachte auf. »Da bist du vermutlich besser informiert als ich. Heute Morgen musste ich zu einer Elster ausrücken, die jemand darauf trainiert hatte, Wertsachen zu stehlen. Und das war das Highlight des Tages.« Sie legte ihren Kopf schief und lächelte mich an. »Bis jetzt, versteht sich.«

Ich grinste. Kitty schnaubte missmutig.

»Hey, du hättest auch zu Hause bleiben können.«

Pia sah an mir vorbei, runzelte die Stirn und passte unseren Kurs an. Kitty und ich drehten uns gleichzeitig um. Da wackelte ein Ruderboot auf den seichten Wellen und darin stand ein Mann um die fünfzig, der die Wasseroberfläche mit einem Mini-Fernglas betrachtete. Er schüttelte den Kopf, dass seine Schirmmütze fast von den grauen Haaren flog und steckte das Fernglas in die knallgelbe Regenjacke. Aus der anderen Tasche zog er eine Lupe.

Ich sah Pia an, und sie mich. Ich nickte in Richtung des Mannes. »Wollen wir mal mit ihm reden?«

»Bist du sicher?«

»Kann ja nicht schaden, mal zu fragen, was er da macht.«

Sie zuckte mit den Schultern. »Kurios sieht es schon aus.«

Kitty streckte den Hals und betrachtete das Wasser. Sie meckerte.

»Nein, hier gibt es keine Nessi.« – Meckern.

»Nein, auch keine Piranhas.«

Ein Segler zog vor uns vorbei und das Mädchen mit übergroßer Schwimmweste darin sah nicht so aus, als hätte sie ihr Boot vollkommen unter Kontrolle. Der Mann unseres Interesses sah auf und verzog das Gesicht, als hätte er gerade einen Geist gesehen.

»Ist alles in Ordnung?« Pia winkte dem Herrn zu. Ein paar Meter von ihm entfernt kamen wir zum Stehen. Nah genug, dass wir uns unterhalten konnten, weit genug weg, dass er keine Möglichkeit hatte rüberzuspringen.

Kitty meckerte leise. Da sprang im anderen Boot ein lockiger Golden Retriever auf und hechelte fröhlich. Er trug eine neonorangene Schwimmweste und setzte seine Pfote schon auf den Rand des Bootes, bevor sein Herrchen ihn daran festhalten und zurückziehen konnte.

Kitty setzte sich und ließ sich langsam auf den Boden gleiten, um so zu tun, als wäre sie nicht da.

Der Mann nahm die Mütze vom Kopf und strich sich die Haare aus der Stirn. »Ja, nun, es scheint ganz so.«

»Suchen Sie etwas?«

»Ja schon, aber wenn ich euch das erzähle, haltet ihr mich für Deutsch.«

Ich überschlug meine Beine. »Sicher?«

Er betrachtete mich, sein Blick blieb an den gestickten Totenköpfen im schwarzen Kleid hängen, und zuckte dann mit den Schultern. »Ich glaube sonst keine Gerüchte, aber einer meiner guten Bekannten hat mir erzählt, er hätte ein Krokodil hier im See gesehen. Kann natürlich sein, dass es jemand hier ausgesetzt hat.« Er legte den Kopf schief und betrachtete das trübe Wasser, als könne er darin die Weisheit des Lebens finden. »Ich glaube aber, er hatte ein Bier zu viel und hat ein bisschen zu lange gewartet mit dem Heimfahren. Da sieht man schon mal Dinge im Wasser, die es nicht gibt.« Er ließ sich auf die Bank seines Bootes fallen und streckte den Rücken durch. Es knackte. »Ich habs auch nur ernst genommen, weil letztens wer in meinem Schuppen geschlafen hat. Müssen ein paar Jugendliche gewesen sein. Nicht dass es hier bald Verletzte wegen Krokodilangriffen gibt. Das würde ich gerne verhindern.«

»Keine Obdachlosen?« Ich lehnte mich über den Rand und fasste ins Wasser. Es war kalt, aber angenehm und klar genug, dass ich meine Hand noch deutlich erkennen konnte. Alles darunter lag in den Schatten, der Boden kaum zu erahnen. Wer wusste schon, was sich dort unten versteckt hielt. Vielleicht ein paar Leichen oder ein weggeworfener Ehering, eine verrostete Mordwaffe oder jemandes Haarbürste. Bei letzterem spreche ich aus Erfahrung, wenn ich sage, dass die gerne mal von jüngeren Geschwistern über Bord geworfen werden.

Kitty zog an meinem Rock und meckerte. Ich nahm die Hand wieder aus dem Wasser, bevor Kitty sich noch größere Sorgen machte, und trocknete sie an meinem Rock.

»Glaub ich nicht.« Er deutete hinter sich auf das Ufer.

»Is' 'ne Insel, und keine schöne, um ehrlich zu sein. Da gibt's bessere Plätze. Die meisten Obdachlosen, die ich kenne, besitzen kein Boot. Jugendliche können sich das eher mal ausleihen.«

»Haben Sie das gemeldet?«, fragte Pia.

»Nah, wozu. Da ist nichts drin. Mir egal, wer da schläft, solange alles heile bleibt.«

»Dürfen wir …« Pia stockte und räusperte sich. Ich grinste und Kitty meckerte schon, bevor ich meine Gedanken überhaupt zu Ende gedachte hatte. Aber wenn Pia auch wollte … Ein Abenteuer klang doch nach einem ausgezeichneten Date. Ich holte meine Visitenkarte raus und reichte sie dem Herrn. »Haben Sie was dagegen, wenn wir uns das einmal ansehen?«

Wir streckten uns beide so lang wir konnten. Er nahm die Karte und kniff seine Augen zusammen, um sie zu lesen. »Oho, spannend. Warum nicht? Der Schuppen steht hier auf der Insel.« Er deutete hinter sich. »Sie ist nicht groß, den Schuppen kann man gar nicht verfehlen.«

Der Golden Retriever tippelte mit den Vorderpfoten und fiepte sein Herrchen an. »Mario hier muss mal für kleine Hunde, fürchte ich.« Er hob die Hand zum Gruß und fuhr davon.

»Dabei hab ich es noch geschafft, mich zurückzuhalten.« Pia verließ ihren Platz am Steuer und kam zu mir. Das Boot bekam leichte Schlagseite, aber die Einzige, die das störte, war Kitty, die prompt meckernd zum Steuer hüpfte.

Pia nahm meine Hand und flüsterte mir ins Ohr, dass ich Gänsehaut bekam. Ihre Haare kitzelten an meiner Wange. »Wir haben ein kleines Problem. Der Motor ist ausgegangen und er blinkt rot.«

Ich drehte mich zu ihr, wir waren uns so nah, dass ich ihren Atem auf meinen Lippen spüren konnte.

»Na dann gut, dass wir schon fast an unserer Zielinsel sind, was?«

»Schon, aber wir sollten jemanden organisieren, der uns rettet.« Ihre Augen funkelten in der Abendsonne mit der Wasseroberfläche um die Wette. Ich legte meine Hand auf ihre.

»Darüber können wir uns später Gedanken machen.« Lautes Meckern.

Ich seufzte. »Gut, dann eben gleich. Aber erstmal sollten wir vom See runter.«

Wir drehten uns gleichzeitig um. Meckern.

»Kitty meint, da wäre ein Anleger.«

Pia kniff die Augen zusammen. »Ja, da vorne.« Dann zog sie Sweatshirt und Hose aus und saß im grünen Sport-BH und pinker Unterhose neben mir. Wenn ich einen Fächer dabeigehabt hätte, ich hätte ihn gut gebrauchen können. Sie schnappte sich das Seil und sprang mit einem eleganten Köpper ins Wasser.

Oh shit!

Besorgtes Meckern. Da musste ich ihr zustimmen. »Haben wir echt keine Ruder dabei?«

Pia tauchte wieder auf, das Seil auf Spannung, und zog uns vorwärts.

Mehr besorgtes Meckern. Ich zog meinen goldenen Brieföffner (meine Waffenwahl Nummer eins, weil offiziell keine Waffe) aus der Rocktasche. »Keine Sorge, wenn ein Krokodil kommt, kümmere ich mich drum.«

Kitty sah mich entsetzt an und Pia lachte. »Glaub es oder nicht, ich hab in der Ausbildung tatsächlich eine Unterrichtseinheit zum Krokodilwrestling gehabt.«

»Ach, und da dachtest du jetzt, die muss auch mal zum Tragen kommen, ja?«

Pia grinste mich kurz über die Schulter an, dann schwamm sie weiter. Mittlerweile waren wir nur noch ein paar Meter von der Wiese entfernt, die eine Uferbefestigung aus Metallstreben besaß. Um die Wiese herum standen Bäume und Büsche, durch die mehrere Trampelpfade führten.

Ich behielt das Wasser rund um Pia im Auge. Zwar erschien mir unrealistisch, dass hier tatsächlich ein Krokodil herumschwamm und noch unwahrscheinlicher gerade vor uns, aber ich wollte es nicht darauf ankommen lassen.

Pia erreichte den Anleger und kletterte an der Metallwand hinauf. Oben angekommen, zog sie das Boot heran und befestigte es an Metallringen, die in den Boden eingelassen waren, bevor sie mir und Kitty hinaushalf.

Als hätte sie ein Bad vorhergesehen, holte sie ein Handtuch aus ihrer Bombenbox. Während ich kurz wegsah, um zwischen den Bäumen nach anderen Menschen, Tieren oder was auch immer Ausschau zu halten, hatte sie sich auch schon wieder angezogen.

»Sah nicht so aus, als hättest du das zum ersten Mal gemacht.«

»Du glaubst nicht, wie oft mein Bruder vergisst, den Tank aufzufüllen. Spielt keine Rolle, wie oft man ihm das sagt. Und immer muss ich es ausbügeln.«

»Klingt anstrengend.«

»Kleine Geschwister eben. Er ist so niedlich, man kann gar nicht lange wütend sein.« Sie breitete ein Picknicktuch aus, samt Käse, Wein, Brot und Weintrauben.

Eine starke Frau mit einem guten Verhältnis zu ihrer Familie, die für Essen sorgte. Das wurde ja immer besser. Ich lächelte, als Pia auch noch Kerzen aus dem Korb holte, und sie anzündete. Dann biss ich mir auf die Unterlippe. Und ich? Ich hatte ihren Beruf, nur in unseriös, mir klebte eine dickköpfige Ziege an den Beinen, und egal, wo ich hinging, ich schaffte es immer, Aufmerksamkeit auf mich zu ziehen.

Pia beobachtete mich. »Alles in Ordnung?«

Ich nickte und setzte mich neben sie. »Ja, das ist wirklich romantisch.« Mir Gedanken zu machen, brachte nichts. Sie hatte mich zu einem zweiten Date eingeladen, also hatte zumindest die Ziege sie nicht abgeschreckt.

Besagte Ziege schnupperte allerdings gerade am Käse.

»Kitty.«

Sie meckerte und rollte sich dann auf der Decke ein.

»Sie ist schon niedlich.« Pia legte ihre Hand auf meine.

»Ja, wenn sie will.«

Die Lichter der Häuser und Straßenlampen auf der anderen Seite des Sees spiegelten sich im ruhigen Wasser. Die Sterne wurden immer deutlicher. Kaum eine Wolke zog über den Himmel.

Wir aßen und sprachen über alles und nichts. Ich schaffte es sogar, keinen einzigen Kriminalfall anzusprechen.

Auch Kitty aß Abendbrot, ich hatte ihr vorsorglich Heu, Tomaten, Äpfel und Klee eingepackt. Auch ein paar von den Trauben durfte sie haben.

Nachdem wir fertig waren, legte Pia sich hin und ich mich neben sie. Ich hatte keine Ahnung, welche Art von Körperkontakt sich für ein zweites Date gehörte, alle bisherigen Freundinnen hatte ich schon aus meiner Kindheit gekannt.

Pia streckte ihren Arm aus und ich legte meinen Kopf darauf. Ihre Haare rochen ein wenig nach dem modrigen Seewasser, aber dafür fühlte sich ihr Sweater weich und angenehm an meiner Wange an. Sie drehte sich zu mir und unsere Nasenspitzen berührten sich.

War ein Kuss akzeptabel für ein zweites Date?

Leider konnte ich mir darüber keine weiteren Gedanken machen, denn aus dem Wald hinter uns kam ein lauter Knall, als würde Metall auf harten Boden gedonnert.

Wir schreckten hoch. Kitty stand als Erste auf den Beinen, senkte ihren Kopf und scharrte mit den Hufen.

Pia zog aus ihrer Wundertasche eine Taschenlampe, die augenblicklich die ganze Lichtung erhellte. Ich dagegen zog meinen Brieföffner und das Tierabwehrspray.

»Wollen wir uns das ansehen oder verschwinden?«, fragte Pia und leuchtete systematisch den Wald aus.

»Verschwinden? Womit?«

»Touché«

Der Schuppen war tatsächlich nicht zu übersehen. Einer der Trampelpfade führte direkt dort hin. Kitty presste sich an mein Bein und gab keinen Ton von sich. Ihre Augen huschten hin und her und beim leisesten Geräusch zuckte sie zusammen. Ich streichelte ihr über den Kopf. »Schon gut, hier ist nichts.« Sie meckerte leise.

Pia richtete den Strahl der Taschenlampe auf den Schuppen. Die ehemals wohl rote Farbe splitterte vom Holz, die Scharniere waren angerostet. Die Fenster hingen alle voller Spinnenweben und eines war zerbrochen. Aus dem Inneren kamen keine Geräusche, nur aus den Bäumen hallten der gelegentliche Schrei einer Eule und ominöses Rascheln. Nicht einmal der Wind ging heute stark genug, um die frischen Blätter zum Singen zu bringen.

»Vielleicht die Übernachtungsgäste, von denen der Herr erzählt hat.« Pia leuchtete auf das Wasser. Kein Schiff weit und breit.

»Oder ein Tier. Da einzubrechen, dürfte nicht schwer sein.«

»Sollen wir mal reinschauen?«

Kitty meckerte, immer noch leise, aber energisch.

»Ihr zwei könnt hier warten, ich werfe mal einen Blick rein.«

Ich checkte, ob wir hier Empfang hatten, falls etwas sein sollte. Zwei Balken, immerhin. Beim Akku gestaltete sich das Ganze etwas weniger optimal. 6%. Und meine Powerbank hatte ich zu Hause vergessen.

Pia stellte sich auf Zehenspitzen, war aber immer noch zu klein, um wirklich durch das Fenster spähen zu können. Da aber weder Geräusche noch Licht aus dem Inneren kamen, glaubte ich nicht, dass sich jemand darin aufhielt. Langsam schlich sie sich zur Tür und lugte durch den Spalt. Sie zog die Augenbrauen zusammen.

Ich hob die Sicherheitslasche des Pfeffersprays und legte meinen Finger auf den Auslöser.

Pia zog an der Tür. Sie quietschte so laut, dass jeder auf der Insel das hören musste. Ich sah ihr über die Schulter.

Etwas kratzte auf dem Betonboden und schlitterte dann ins Wasser. Pia hielt die Taschenlampe zu spät auf die fragliche Stelle. Nur winzige Wellen zeugten davon, dass dort eben noch etwas gewesen war.

Kitty meckerte.

»Quatsch. Bestimmt nur eine Schildkröte.« Ich glaubte nicht, was ich da sagte, und Kittys Blick zufolge sie ebenso wenig.

Pia leuchtete uns an, dann wieder das Wasser. »Sieht aus, als müsste ich morgen mal mit dem Tierschutz telefonieren.«

Ich rieb meine Hände aneinander. Trotz des einziehenden Frühlings wurde die Nacht ziemlich frisch. Die Situation half auch nicht besonders. »Ein Krokodil, was? Sieht aus, als würde es mit dir nicht so schnell langweilig werden.« Wirklich gesehen hatte ich das Tier nicht, es konnte immer noch gut sein, dass unsere Wahrnehmung uns nur einen Streich spielte, weil wir davon gehört hatten und es nun auch da sahen, wo es nicht hingehörte.

Pia lächelte, aber ihr Blick blieb konzentriert und aufmerksam. »Das Gleiche könnte ich über dich sagen.« Sie öffnete die Tür komplett. Das Innere des Schuppens bestand aus einem glatten Boden, der nach der Hälfte in eine Rampe ins Wasser überging. An den Wänden hingen ein paar gebrauchte Seile, ein Kajak, das aussah, als hätte es jemand angeknabbert, und mehrere leere Haken. Unter einem davon lag ein altes Ruder auf dem Boden. Ansonsten stand das Gebäude leer, auch an der Decke befand sich nichts.

»Warum guckst du nach oben?« Pia beleuchtet die spinnenwebenbedeckte Decke.

»Guckst du keine Horrorfilme?«

Kitty schnupperte an dem Ruder. Ich hob es auf. Als ich den breiten Teil anfasste, hatte ich prompt ein Stück morsches Holz in der Hand. »Sieht nicht so aus, als wäre das unsere Rettung.«

»Nein. Lass uns zurückgehen.« Sie rieb sich die Arme. »Ist nicht sehr gemütlich hier.«

An unserem Ankerplatz holte Pia zwei Decken aus der Tasche, eine für uns beide und eine für Kitty, die sich aber lieber an mich kuschelte. Ich strich ihr über das weiche Fell, bis sie einschlief.

Dagegen taten weder Pia noch ich zunächst ein Auge zu, wir lagen einfach aneinander gekuschelt da, betrachteten die Sterne und lauschten Kittys Geschnarche, bis wir doch irgendwann in einen Dämmerschlaf verfielen. Kurz vor Sonnenaufgang erreichten wir telefonisch den Bootsverleih und ein junger Mann, der kaum älter als neunzehn sein konnte, kam uns abholen. Er hörte erst auf, sich zu entschuldigen, als wir in Pias Auto stiegen und davonfuhren.

10

Die Eindrücke von der Mühle lagen vor mir ausgebreitet auf dem Schreibtisch. Dazu hatte ich alle Blogartikel und Zeitungsbeiträge geöffnet, die ich zu dem Thema hatte finden können. Die schabenden Metallteile könnten Ringe gewesen sein, die beim Fotografieren aneinandergekratzt hatten. Das Wegscheuchen deutete darauf hin, dass es sich um keine offizielle Quelle handelte, aber das missachtete freie Journalisten, die ihre Stoffe an Zeitungen verkauften.

Die Stimme hatte noch am meisten Potenzial, auch wenn ich keine Worte hatte heraushören können.

Ich saß eine ganze Weile vor dem PC und suchte nach Stimmproben von einzelnen Journalisten, aber bis auf ein Podcastduo blieb ich erfolglos.

Kitty hob den Kopf und meckerte. Jemand war an der Tür.

Ich wartete auf das Klingeln. Es kam nicht. Also stand ich auf und sah nach.

Ich öffnete die Tür und erwischte Mary dabei, wie sie etwas in meinen Briefkasten warf. Hinter ihr waberten noch die morgendlichen Nebelschwaden über dem Wasser und die Sonne tauchte die Beete samt verdächtiger Frau in schwarzem Mantel in sanftes Licht. Mary hielt in der Bewegung inne wie ein Reh im Scheinwerfer und zog dann ganz langsam den Brief zurück. Sie räusperte sich. »Freut mich, dich wiederzusehen.«

»Mich auch.« Das war die Wahrheit, egal ob sie eine Einladung oder Morddrohung in der Hand hielt. Beides besser als Büroarbeit.

Aus dem Flur kam Hufklacken und eine verschlafene Kitty tauchte neben mir auf.

»Oh, hallo, kleines Zicklein.«

Mary hielt Kitty ihre Hand hin und Kitty schnupperte höflicherweise daran. Anlecken durfte sie ja nicht.

»Also, ich dachte, ich biete mich mal an.« Sie reichte mir den Brief. »Da steht alles drin. So als Bewerbung sozusagen. Weißt du, als Rentnerin ist es manchmal ein bisschen …«

Ich öffnete den Brief.

»Oh, du musst den nicht jetzt gleich lesen.«

Ich las ihn gleich. Oder überflog ihn zumindest, denn er bestand aus fünf Seiten, in gequetschter Schrift verfasstem Dorfklatsch. Mary wirkte, als bereute sie, je den Stift angesetzt zu haben.

»Wollen Sie kurz reinkommen?« Shit. Das mit dem Duzen ging mir echt nicht leicht von der Zunge.

»Ach, ich will mich nicht aufdrängen. Lil hat auch gesagt, ich soll es sein lassen, es gehört sich ja nicht, zu lästern.«

Ich lächelte und deutete ins Innere. »Wenn du mir wirklich helfen willst, ich glaube, ich hätte da was.«

Ihre Augen leuchteten auf und sie nahm Haltung an. »Immer gerne.«

Ich nahm sie mit ins Büro und platzierte sie mit Tee und Keksen auf einem der zwei antiken Ohrensessel, aus denen die Kundengesprächsecke bestand. Einen bequemen pinken Teppich mit schwarzen Kissen für Kitty gab es natürlich auch.

»Worum geht es? Du glaubst gar nicht, wie langweilig es werden kann, wenn alle deine Freunde nur noch mit ihren Enkeln beschäftigt sind. Ein Albtraum!«

»Wenigstens leben sie alle noch.«

»Pah. Das kommt dann auch bald, dass die alle sterben, bis nur noch wenige zurückbleiben. Und im Altersheim kann man sich das nicht mal schöntrinken.«

Ich setzte mich ihr gegenüber. »Nicht sehr positive Aussichten.«

Sie zuckte mit den Schultern. »Man muss sich nur beschäftigt halten.«

»Dabei kann ich helfen.« Ich reichte ihr die Liste der Eindrücke und meine Gedanken dazu. »Ich suche jemanden, der vor zwei Jahren am Tatort Bilder geschossen hat. Vermutlich unerlaubt, also lege ich wenig Hoffnung in offizielle Quellen.«

Ihre dünnen Augenbrauen zogen sich zusammen und die rosa geschminkten Lippen bewegten sich, als würde sie die Fakten kosten.

»Neutrale Stimme?«

Ich nickte. »Weder hoch noch tief, nicht eindeutig männlich oder weiblich.«

Sie tippte auf das Papier. »Ich habe ihre Stimme noch nie gehört, aber vom Aussehen her, das könnte passen. Da weiß man auch nicht, ob Mann oder Frau. Und Ringe trägt die bestimmt auch.«

»Hast du einen Namen?«

»Hm, einen komischen. Den hat sie sich selbst gegeben. So 'ne Art Pseudonym, glaub ich.« Sie stand auf, setzte sich einfach an meinen Schreibtisch und klickte am PC herum. Ich hielt sie nicht auf, da waren keine heiklen Daten drauf. Jedenfalls nicht ohne Passwortschutz.

»Ah, guck mal, ist ja schon offen.«

Ich sah ihr über die Schulter. Sie hatte den Tab eines Blogs geöffnet. True Crime. Die Seite beinhaltete Fälle aus den ganzen Niederlanden, aber ich hatte schon gesehen, dass die Autorin in Gouda wohnte und sich die Fälle hier häuften. Darunter befanden sich allerdings oft weit hergeholte Spekulationen und nicht gerade nette Darstellungen der Polizei. Seriös war etwas anderes. Aber das Webseitendesign war top: düster mit Wäldern bei Nacht und Mondschein hinter schnörkeliger Schrift, aber modern.

»Das muss sie sein. Denim steht da als Name.«

»Weißt du, wo man die Person finden kann?« Ich nahm Mary die Maus ab, scrollte selbst runter und erwartete die Adresse eines Impressumsservices. Doch die Postleitzahl gehörte zu Gouda. Ich gab die Straße in Maps ein und fand ein Mehrfamilienhaus in einem Wohngebiet.

»Oh, da kann man ganz toll spazieren gehen.« Mary deutete auf eine Art Damm, den ich nicht für einen Weg gehalten hätte. Doch als ich ranzoomte, erkannte ich ihn auch. Die Gegend war als Naturschutzgebiet gekennzeichnet. »Sieht aus, als würden Kitty und ich da heute unseren täglichen Spaziergang machen.«

Zwei Stunden später saß ich auf einer Bank und beobachtete vorbeifahrende Boote von Kajak bis Yacht und die fragliche Häuserfront, während Kitty die Jogger und Gassigeher im Auge behielt.

Der Weg entpuppte sich als breiter und begrünter, als er in Maps ausgesehen hatte. Und dadurch, dass hier keine Autos fuhren, lag eine angenehme Ruhe in der Luft. Noch besser wäre gewesen, wenn sich nicht ein Mann mit seinem röchelnden Mops neben uns gesetzt hätte.

Ein Minipony trabte vorbei und geschlagene fünf Minuten später fragte ein Mädchen im Realschulalter mit Halfter in der Hand und vollkommen außer Atem, ob wir ihr Tier irgendwo gesehen hätten. Nach zwanzig Minuten kamen sie wieder, das Mädchen erschöpft, das Pony stolz wie ein Honigkuchenpferd.

Kitty meckerte.

»Natürlich habe ich einen Plan.«

Stille.

»Wir locken einen Journalisten oder eine Journalistin an.« Resigniertes Schnauben.

Der Plan bestand darin, dass ich an die Mailadresse auf der Blogseite eine etwas ominöse Mail geschrieben hatte, der jemand wie Denim nicht widerstehen können dürfte. Wenn ich richtig lag und Denim nicht gerade unterwegs war, hatte sie uns bestimmt bereits gesehen und eingeschätzt. Blieb nur abzuwarten, ob sie uns ansprechen würde.

»Lucia und Kitty, nehme ich an?«

Ich sah auf. Perfekt. Das musste Denim sein.

»Genau.« Ich stand auf und reichte meine Hand. Mein Gegenüber trug eine blaue Jeans und eine schwarze Jeansjacke. Daran steckte ein Regenbogenpin mit der Aufschrift »Alle Pronomen« Ich entschied mich für meinen inneren Dialog der Einfachheit halber für sie. Ihre Haare waren kinnlang und sie trug einen Haarreif, der sie aus dem Gesicht hielt. Natürlich bezogen mit Jeansstoff.

»Also. Ein Angebot auf Zusammenarbeit«, sagte sie und beäugte uns aus wachen braunen Augen leicht von oben herab, da sie einen halben Kopf größer war als ich. Eins achtzig, schätzte ich. Sie hatte uns sicherlich schon lange begutachtet. Nun wollte sie uns auch wissen lassen, dass wir unter Beobachtung standen und sie jederzeit den Notfallknopf drücken konnte, der aus ihrer Hosentasche schaute.

»Richtig. Wollen wir ein wenig Spazieren gehen?«

Eine Weile schlenderten wir schweigend nebeneinanderher, hauptsächlich weil wir beobachteten, wie eine Schar Enten einen Spielplatz einkesselte.

»Wie du sicher bereits vermutet hast, suche ich Informationen, von denen ich denke, dass du sie besitzt.«

Denim nickte. »Um welchen Fall geht es?«

»Piotra Kamerczak.«

Wieder nickte sie. Wir schwiegen, während die Enten strategisch Kinder ablenkten, um ihnen Kekse zu klauen. Eine wagte sich sogar an eine Tupperdose voller Tiercracker.

»Meinen Artikel dazu hast du schon gelesen, nehme ich an?«

»Ja.«

»Viel mehr weiß ich nicht, fürchte ich.«

»Warst du nicht am Tatort?«

Sie blieb stehen und sah mir intensiv in die Augen. Dann Kitty. »Eure Fähigkeit?«

»Eindrucksübertragung.«

Ihre Augen verengten sich ein wenig. »Wie lange reicht das zurück?«

»Schwer zu sagen, es kommt auf die Intensität an und weniger auf die Zeit.«

Eine Weile nickte sie vor sich hin. »Gut. Ich war am Tatort, aber zu spät, sie hatten die Leiche bereits abtransportiert. Die Fotos, die ich hatte, musste ich alle löschen. Was ich sagen kann, ist, dass auf dem Teppich, auf dem sie angeblich gestorben war, so gut wie kein Blut war. Durch das Fenster konnte ich jedenfalls keines erkennen.«

Vor uns watschelte eine Ente mit einer Bäckereitüte im Schnabel über den Weg und hopste freudig mit dem Schwänzchen wedelnd ins Wasser. Nicht weit entfernt weinte ein Kind.

Ich wartete, dass Denim noch etwas sagte, doch sie beobachtete nur ein vorbeifahrendes Schiff, auf dessen Deck sich ein Hase sonnte.

»Ist dir bei der Recherche noch irgendetwas Seltsames aufgefallen? Oder irgendjemand?«

»Nein. Das liegt daran, dass ich den Fall nicht recherchiert habe, denn vor zwei Jahren steckte ich in etwas anderem.« Sie holte einen zerknitterten Zeitungsartikel aus ihrer Jackentasche. Ich las ihn mir durch.

»Selbstmordserie in Gouda. Nunmehr fünf Menschen haben sich innerhalb von zehn Jahren auf die gleiche Weise selbst getötet und einen ähnlich anmutenden Brief hinterlassen. Ihnen allen haftete eine unheimliche Blässe an. Die Polizei weigert sich, einen möglichen Zusammenhang zu ermitteln.« Der Ausschnitt glich eher einer Randnotiz als einem Artikel, aber ich verstand, worauf Denim hinauswollte.

»Fünf Tote in zehn Jahren. Du denkst, es gibt einen Serienmörder, obwohl alle Abschiedsbriefe hinterlassen haben?«

»Mittlerweile sind es mehr. Ich dachte, Piotra könnte dazugehören, aber bei ihr wurde kein Brief gefunden. Seitdem gab es drei weitere ähnliche Fälle. Der letzte gerade diese Woche. Hier.« Auf ihrem Handy zeigte sie mir auf einer Karte die Stelle, an der Kitty und ich erst vor ein paar Tagen die Leiche gefunden hatten. Dazu hatte es nicht einmal einen richtigen Artikel gegeben.

»Hast du Beweise?«

»Nope.« Sie deutete mit dem Handy auf Kitty. »Da kommt ihr ins Spiel.«

»Ich bin nicht überzeugt.« Selbstmorde waren zwar tragisch, aber keine große Seltenheit. Trotzdem konnte ich mir das Ganze ansehen, wenn ich Piotras Fall gelöst hatte.

Wir umrundeten eine Ansammlung von alten Pappeln und kamen auf die andere Seite des Spielplatzes. Mittlerweile lief auch ein Schwan zwischen den Geräten herum und die Eltern waren vollends beschäftigt, ihre Backwaren und Kinder gleichzeitig zu beaufsichtigen.

»Weißt du, ich auch nicht. Ich war mir so sicher. Alle Leichen, die ich gesehen habe, waren so unheimlich blass und ausgelaugt. Anders als andere Leichen. Aber die Polizei hat immer wieder betont, dass es nur ausgeprägte Leichenblässe ist.« Denim drehte sich um, doch bis auf eine Ente, die vermutlich als Wache auf einer Schaukel hockte, befand sich niemand in Hörweite. »Ich hab das damals auf meinem Blog gepostet, und weißt du, wo es gelandet ist? In einer Zeitung für Übernatürliches. Die dachten, hier könnte ein Vampir am Werk sein.« Sie machte mit den Händen internationale Zeichen für »Woooohoooo, ein Geist« und die passenden Geräusche dazu.

Nun wurde das Ganze doch noch interessant. Durch die gestoppte Blutzirkulation sinkt das Blut dank der Schwerkraft nach kurzer Zeit nach unten und bildet dort Leichenflecken. Der obere Teil der Leiche, wie rum auch immer sie liegt, wird dadurch blasser. Ein ganz normaler Prozess und meist nach einer halben Stunde abgeschlossen. Doch wenn Vampirspezialisten meinten, das wäre was für sie, dann könnte mehr dahinterstecken.

»Hast du Fotos, die ich mir ansehen kann? Ich nehme auch alle anderen Infos, die du hast.«

Sie grinste.

»Was?«

»Ich wusste, du würdest nicht widerstehen können. Das war mir schon nach deiner Mail klar.« Sie reichte mir die Hand und ich schlug ein.

Ich grinste ebenfalls. »Nicht schlecht. Ich freue mich auf gute Zusammenarbeit.«

Eine Ente baute sich vor uns auf und quakte.

Kitty meckerte und sah mich an.

»Echt jetzt?«

Sie wackelte mit den Ohren.

Ich seufzte, kramte einen Keks aus der Tasche und gab ihn der Ente. Zufrieden watschelte sie davon.

11

Als die Mail von Denim ankam, fühlte ich mich wie ein kleines Kind zu Ostern, das für seine Schokolade nicht in Büschen hatte herumkriechen müssen. Fein säuberlich stand darin, wer wann wo verstorben war und begraben lag. Außerdem im Anhang alle Zeitungsartikel und selbst recherchierten Fakten und Beobachtungen von Denim. Wundervoll! Ich vertiefte mich so sehr in die Recherche, dass ich erst drei Stunden später wieder aufstand, als jemand an der Tür klingelte. Hatte ich schon wieder nachts was bestellt, woran ich mich nicht erinnerte?

Ich öffnete und erwartete halb, dass Mary wieder draußen stand, doch stattdessen erwartete mich eine gedrungene Dame Ende vierzig mit einem riesigen Strauß Lilien in der Hand. Sie konnte kaum daran vorbeischauen. Hatte ich Pia schon erzählt, was meine Lieblingsblumen waren?

»Sind Sie Lucia Rosen?« Die Frau fragte auf Deutsch mit starkem niederländischem Akzent. Warum auf Deutsch?

»Ja, kann ich Ihnen helfen?«

»Die Blumen sind für Sie.«

Ich nahm ihr die Blumen ab. »Ähm, danke schön.« Ich roch daran und fühlte mich in meine Kindheit zurückversetzt, wenn mein Vater mich mit auf Blumenshows genommen und mir auf Mittelaltermärkten Kronen gebastelt hatte. Ich musste automatisch lächeln. Hätte nicht gedacht, dass Pia der Typ wäre, der Blumen verschickt, vor allem so früh, aber ich konnte nicht leugnen, dass es mir irgendwie gefiel.

Problem war nur, dass meine Augen bereits anfingen zu tränen. Ich hätte vielleicht das mit den Lieblingsblumen nicht erwähnen sollen, denn ich konnte sie nur aus der Ferne wirklich bewundern.

Die Dame reichte mir außerdem eine Karte, aber ich hatte die Hände voll, also nahm Kitty sie ins Maul.

»Da scheinst du echt jemand Tollen gefunden zu haben.« Sie lächelte, als würde sie gerade Zeugin einer Vermählung, dann winkte sie und hüpfte förmlich zurück zu ihrem Auto. Na, da hatte wohl jemand seinen Traumberuf gefunden.

Kitty ließ die Karte fallen und schnupperte daran.

»Gib mal her.«

Ich kramte aus der hintersten Ecke des Küchenschranks eine verstaubte Vase, stellte die Blumen hinein, und putzte mir die Nase. Im Brief stand:

»Happy einen Monat in den Niederlanden! Ich freue mich, dass du hergezogen bist.

<3 Pia.

PS: Mein Bruder Leo freut sich schon sehr darauf, euch kennenzulernen.«

Mich beschlich der Verdacht, dass ein gewisser jüngerer Bruder bei dieser Idee eine Rolle gespielt hatte. Klang so, als würde auch ich mich freuen, ihn kennenzulernen.

Die Lilien waren zu schön, um sie zu entsorgen, aber sie im Haus zu behalten, war auch keine gute Idee. Ich öffnete ein Fenster und nahm ein zweites Taschentuch.

Kitty stupste mir ans Bein.

»Du hast recht. Wir verschenken sie weiter.«

Genau so ein Moment hatte bisher gefehlt, um die neue Anschaffung zu rechtfertigen, die ich schon seit dem Umzug haben wollte.

Eine halbe Stunde später hüpfte Kitty in den Korb des Lastenfahrrades und ich klemmte meinen Rock unterm Hintern fest, damit er nicht in die Speichen geriet.

Meckern.

»Eine Decke kauf ich dir morgen, heute muss es so gehen.«

Sie legte sich hin und platzierte ihr Schnäuzchen auf dem Rand des Holzes. Sie war echt zu putzig. Leider hielt das Bild auf dem Kopfsteinpflaster nicht lange an. Sie starrte mich grimmig nieder, bis ich mich bereiterklärte, nach Hause zu fahren. Nachdem Prinzesschen auf ihren Kissen thronte und auf die Lilien aufpasste, konnten wir los zu den Tatorten, die für nicht zusammengehörende Selbstmorde für meinen Geschmack ein paar zu viele Gemeinsamkeiten aufwiesen.

Zuerst ging es in den Wilheminakade, einen Park am Rand von Gouda, der aus Wald- und Grünflächen bestand, voller Baumhäuser und vergessenen Spielzeugen, die langsam, aber sicher mit der Erde verschmolzen. Auf den ausgedruckten Daten war dieses Wäldchen als Fundort von Jonathan eingezeichnet. Jonathan, fünfunddreißig Jahre alt, seit Jahren depressiv, Alkoholiker, keine Freunde, kaum Familie. Inzwischen, zehn Jahre später, lebte nur noch seine Schwester. Über keinen der Fälle war viel an die Öffentlichkeit gegeben worden, vor allem nicht bei den anfänglichen. Wirkliche Zweifel an einem Selbstmord lagen hier auf den ersten Blick nicht vor.

Wir suchten nach dem genauen Fundort, was sich nach so vielen Jahren auch mit Foto nicht unbedingt als einfach erwies. Dass das Foto verschwommen war und das Gebüsch überall in fast jedem Land hätte sein können, half auch nicht.

Ein Ball rollte in unsere Richtung. Ihm folgten drei Jungs im Grundschulalter. »Oh, 'ne Ziege!«

Kitty erstarrte und trat prompt den Rückzug an. Sie hatte leider ein Streichelzootrauma.

Ich schoss den Ball zurück, aber die Kinder beachteten ihn gar nicht, sie starrten nur auf mein Kleid. Um nicht so aufzufallen, hatte ich heute ein dunkelrotes gewählt, an den Ärmeln nur leicht gerüscht. Nicht mal Spitze besaß es, dafür einen bequemen Baumwollrock.

»Bist du ein Vampir?«

Ich steckte das Bild der blassen Leiche schnell in die Rocktasche. »Nein, sonst könnte ich nicht bei Sonnenschein nach draußen.«

Die Kinder nickten zufrieden. »Ok. Tschüss!«, rief einer und schon war der Ball wieder hoch im Rennen.

Ich atmete aus und signalisierte Kitty, dass sie wieder hinter dem Fahrrad hervorkommen konnte. »Keine Sorge, Maus, ich lass niemanden an dich ran.«

Meckern.

»Was denn, Maus ist doch niedlich!«

Mehr Meckern.

»Schon gut, schon gut, habs verstanden.«

Ein letztes Mal verglich ich den Wald mit dem Foto. Keine Chance, da irgendwas zu erkennen. Blieb nur noch die Schwester, aber nach zehn Jahren wollte ich nicht zu viel Zeit darauf verwenden, nach ihr zu suchen. Nicht, wenn es so viele andere Hinweise gab.

Bei Verstorbener Nummer zwei hatten wir mehr Glück. Wieder lag der Fundort knapp außerhalb von Gouda, unter der Goverwellebrug.

Von oben herab betrachtete Kitty mich, ihr Blick fragend.

»Ich komm schon klar!« Ich kam nicht klar. Ich hielt mich mit den Händen an einem Busch fest und grub meine Fußspitzen in die Erde. Anhaltendes Meckern erklang, das deutlich machte, dass Kitty mir auf keinen Fall, unter gar keinen Umständen folgen würde. »Schon verstanden.«

Ich ließ mich langsam nach unten und ertastete nach einer Weile rissigen Beton.

Eine Yacht voller Menschen, laut Flagge Franzosen, fuhr vorbei, alle glotzten, niemand sagte etwas. Zum Glück, denn ich hätte mich wirklich nicht erklären wollen. Auch nicht dem Fischer, der mich anstarrte, als ich meine Mappe und das Foto einer Leiche aus einem Beutel mit der Aufschrift »Gouda is Grate« mit dem Bild einer Reibe darauf zog. So genau konnte er das hoffentlich nicht sehen.

Eine Frau namens Lotti hatte hier mitten in der Nacht ihr Ende gefunden. Fünfundachtzig Jahre alt, einsam, hatte im Altenheim gewohnt. In den Notizen stand »Als ob ihr das Blut ausgesaugt worden wäre.« Das Foto war klarer und die eingefallenen Wangen und eingesunkenen Augen so kurz nach dem Eintreten des Todes eindeutig nicht normal. Doch wie bei Jonathan fand man auch bei Lotti einen Abschiedsbrief und bei beiden wäre ein Selbstmord an sich niemandem besonders aufgefallen. Bis auf Denim ist er das wohl auch niemandem.

Kitty fiel indes wieder ein, dass sie entfernt mit Bergziegen verwandt war, denn sie kam die Böschung herunter.

»Doch anders überlegt?«

Sie schüttelte ihren Kopf und schnaubte. Klang so, als wäre da oben ein altes Auto vorbeigefahren. Der Geruch von Abgasen bekam ihrem Näschen nicht.

»Möchte die Dame dann einmal da vorne den Boden anlecken bitte?« Dieser Tod lag sechs Jahre zurück. Auch hier glaubte ich nicht, dass wir wirklich viel fanden, außer die Erinnerung war außerordentlich stark.

Stapfende Stiefel. Schleifen von etwas Schwerem. Donnernder Regen.

Das könnte was sein. Ich nickte Kitty zu.

Schleifende Blätter. Nässe. Moder.

Ich rieb mir die Nase und verglich nochmal mit dem Bild. »Etwas weiter nach links.«

Hissen. Überwältigender Meeresgeruch …

Ich musste Niesen und bekam den dritten Eindruck nicht mit. Das Hissen hatte sich angehört, als wäre Luft aus einem Reifen gelassen worden, nur blasser, leiser. Der Meeresgeruch saß mir immer noch in der Nase. Dabei war es von hier aus eine gute halbe Stunde mit dem Auto bis zum Meer. Kitty schüttelte sich.

»Was ist los?«

Sie schnupperte auf der Stelle herum, ihr Schwänzchen wedelte aufgeregt.

»Bist du sicher?«

Nach noch ein bisschen mehr Schnuppern stimmte sie zu.

»Das ergibt natürlich Sinn. Aber was für eine Seelentierfähigkeit soll das sein?« Von einem Seelentier, das Blut saugen konnte, hatte ich noch nie etwas gehört, aber wenn sich Kitty so sicher war, dann vertraute ich darauf. Ihr Gespür war auf Magie sensibilisiert und so unsicher, wie sie gerade herumlief, gefiel ihr diese nicht. Kein Wunder. Wem gefielen schon mordende, blutsaugende Monster? Aber so etwas Körperliches …

Seelentierfähigkeiten waren subtiler, durchgeistigter. Es gab keine Fledermaus, die groß genug war, mehr als ein paar Milliliter Blut auszusaugen, geschweige denn einen ganzen Körper.

Erneut betrachtete ich das Bild. Wenn das hier auf irgendwelche Glitzervampire hinauslief, sollte ich nochmal über meine Karriere nachdenken. Aber vielleicht hatte jemand das Blut auch abgezapft und das Seelentier hatte etwas anderes übernommen. Waren hier Selbstmorde vorgetäuscht worden oder konnte das Tier Selbstmörder aufspüren und die Täter zapften nur das Blut ab? Nein, dafür müssten die Leichen aufgehängt werden und dafür gab es bisher keine Hinweise.

Kitty hatte genug von der Aktion und kletterte wieder nach oben, vergaß aber auf halbem Wege ihr Bergziegenblut und meckerte mich nett an, ich solle ihr doch bitte nach oben helfen.

»Natürlich, mein Schatz.« – Meckern.

Ich steckte alles wieder ein und nach einer geschlagenen Viertelstunde standen wir beide, ich schwer atmend, wieder vor unserem Fahrrad.

Bevor wir zum Tatort Nummer drei fuhren, aßen wir an einem Stand Kibbeling zum späten Mittag und ich schrieb unsere neu erworbene Seelentierspezialistin an, ob sie schon mal was von blutsaugenden Fähigkeiten gehört hatte. Sie schickte ein nachdenkendes Emoji zurück.

*Ich sehe einmal nach, aber das wäre mir neu *Eissmiley* und gruselig.*

Wo sie recht hatte … Aber wenn nicht mal Pia von so etwas gehört hatte, konnten wir das wohl auf den Höchst-unwahrscheinlich-Stapel legen. Bevor wir wieder losfuhren, checkte ich noch meine Mails. Mary hatte mir den neusten Tratsch aus dem Backkreis gesendet und bat darum, auf dem Laufenden gehalten zu werden. Das würde ich mir später durchlesen.

Kitty kaute noch auf ihrem Heu rum, als wir an Fundort Nummer drei ankamen. Er lag neben dem Weegje, einem See, an dem einige Gleise vorbeiführten. Hier wurde Bernard, 56 Jahre alt, gefunden. Auch dieses Foto zeigte eine Leiche, der anscheinend aller Lebenssaft entzogen worden war, einfach so neben die Gleise gelegt. Weder ein üblicher Mordplatz noch ein allzu guter Ablageort. Außer vielleicht, der Täter wollte einen Selbstmord vortäuschen. Aber dann müsste das Opfer schon Spuren einer Zugkollision aufweisen. Und das tat es nicht.

»Wollen wir?«

Kitty trabte nervös im Kreis, die Ohren gespitzt.

»Hier ist doch nichts los.«

Sie warf mir einen Blick zu.

»Ach, und bei Nacht sind wir weniger auffällig, ja? Eine Frau und eine Ziege liefen nachts auf den Gleisen herum. Das ist entweder der Start zu einem schlechten Witz oder einer Horrorgeschichte.«

Sie verdrehte die Augen, erbarmte sich aber dazu, in der Nähe des Fundortes das Gras anzulecken.

Salziger Geschmack, »Es tut mir leid.«, Hände, die sich in die Erde gruben.

Jackpot. Eine eindeutig männliche Stimme und der Salzgeschmack erinnerten mich an die salzige Luft. Die Fälle gehörten zusammen.

»Hey, was machst du da?« Ein Mann in Warnweste kam auf uns zugeeilt.

Sah so aus, als wäre es Zeit zu gehen.

Ein Tatort blieb noch zu besichtigen. Er lag erschreckend nahe an der Mühle, in einem Waldstück hinter dem Tulpenfeld, direkt neben dem Kanal. Ein einfacher Schuppen aus morschem Holz. Die Tür stand offen und quietschte lauter als jede Tür, die mir je untergekommen war.

»Könnte mal geölt werden.«

Kitty schnupperte an der Tür herum, schüttelte sich und stapfte davon. Sah so aus, als hätte sie genug für heute.

Ich sah mich noch kurz im Inneren um. Zwei rostende Schaufeln lehnten an der Wand, eine Schubkarre voller Erde stand mitten im Schuppen und ein Band grünes, halb kaputtes Lametta zierte die Wand. Ich fragte Kitty nochmal, ob sie nicht mal gucken wollte, aber sie lag schon eingekuschelt im Fahrrad. Ich seufzte. Dann eben nicht.

Der Wind fuhr mir durch die Haare und die ersten Regentropfen fielen vom Himmel, als ich den Kanal entlangfuhr. Rechts tanzten die Regentropfen auf dem Wasser und links klatschten sie auf die Blätter. Der Kies knirschte unter den Rädern. Kurz überlegte ich, meinen Regenschutz aus dem Rucksack zu kramen, aber der Himmel war hellgrau und am Horizont strahlte die Sonne unter blauem Himmel.

Kitty meckerte.

»Nein, Kuchen gibt es erst, wenn wir die Blumen weggebracht haben.«

Mehr Meckern.

Der Wind frischte auf, wehte durch jede Ritze und ließ mich frösteln. Wegen des großen Umwegs wäre es sinnvoller gewesen, erst zur Verabredung zu fahren, aber die pinken Lilien kitzelten schon beim Ansehen in der Nase.

Ich sah auf und lenkte weiter nach links, um nicht mit dem Rennradfahrer zu kollidieren, der mit einem Affenzahn auf uns zukam.

Hinter mir klingelte jemand und überholte. Zwei Kinder. Ich fuhr wohl ein bisschen zu langsam. Zu meiner Verteidigung: Lastenfahrräder sind schwerer zu fahren als normale Fahrräder und ich hatte keine Übung.

Nach zwei weiteren Beinahe-Kollisionen kamen wir am Friedhof an. Jedes der Opfer lag hier, Gouda hatte schließlich nur den einen, der mit dem Charme der angrenzenden Industrie bestach. Wenn man den Stahlkomplex ausblendete, war er eigentlich ganz nett. Nur der Nieselregen störte.

Auf ein Grab nach dem andern legte ich je drei Lilien. Als ich vor Jonathans Grab stand, sahen mich zwei vorbeigehende Männer in Anzügen eigenartig an. Außerdem schien sich der Vorhang im Pfarrhaus immer dann zu bewegen, wenn ich hinsah, aber ansonsten wurden wir nicht gestört.

Vor Lucas Grab blieb ich stehen. Sein Grabstein glänzte noch neu. Über ihn waren die wenigsten Infos verfügbar, das wollte ich gleich ändern.

Kitty lehnte sich an mich. Zehn Jahre, fünf Leichen, sollte Piotra auch dazu gehören. Fünf Menschen, denen Blut ausgesaugt worden war. Zehn Jahre, sechs, vier, zwei, eins. Brauchten die Täter das Blut, brachte es ihnen Geld oder hatten sie Gefallen an der Praktik gefunden? Manchmal war ich mir nicht sicher, ob ich die Antworten wirklich kennen wollte.

12

Das historische Schiff lag im Hafen Goudas und so niedrig wie die Brücke aussah, die hinausführte, würde es das auch für immer tun oder in Einzelteilen weggeschafft werden. Am Hauptmast hing ein Segel und der breite, flache Rumpf trumpfte mit einem Schwarz auf, das jedem Piratenschiff Konkurrenz bot. Nur das Schild mit den heutigen Speisen, das direkt auf dem Fahrradweg stand, deutete auf ein Restaurant hin. Und der Fischgeruch, aber der könnte hier auch von sonst wo kommen.

Ich durfte mich nicht zu sehr von den Selbstmordfällen ablenken lassen, oberste Priorität hatte immer noch Piotras Fall und der nächste Schritt dafür würde heute Abend gegangen. Jetzt traf ich mich erst einmal mit Mary. Die Wahl des Treffpunktes war dabei natürlich nicht zufällig.

Mary kam auf dem Fahrrad, winkte uns zu und fuhr fast gegen das Schild. Sie trug heute eine schwarze Jeans und einen türkisen Pullover, dessen Farbe sich in ihrer Designerhandtasche widerspiegelte. »Gott sei Dank hast du mich hergebeten, Lil hat unser Tratsch- äh, Kuchentreffen abgesagt.«

»Ich freu mich, dass du hier bist. Und ich hab auch gleich eine Aufgabe für dich.«

»Wunderbar! Da hast du die Richtige gefragt.«

Ich erzählte ihr von meinem Vorhaben. Sie nickte ernst. »Verstanden.«

Das Innere des Restaurants bestach mit einer Kombination aus düster und modern. Als hätte jemand versucht, ein Piratenschiff nachzubauen, aber dafür in einem überteuerten Designermöbelladen eingekauft. Wir wurden an einen Zweiertisch neben einem Bullauge gesetzt, durch das man den Himmel beobachten konnte. Der wollte sich heute nicht entscheiden, ob er Sonne oder Regen liefern sollte und gab daher beides gleichzeitig zum Besten.

Die Speisekarte bot, was man von einem Restaurant dieser Preisklasse erwartet. Burger, aber hochwertig. Pommes, aber mit hochwertigem Zeug drauf, und, natürlich, Käse zum Nachtisch.

Die richtige Kellnerin kam zu uns. Richtig, weil es sich bei ihr um Verona, die Schwester des vor einem Jahr verstorbenen Luca Bijl, handelte. Sie war stämmig und wirkte freundlich. Die Haare hatte sie zu einem Dutt gebunden, der aussah, als würde er Kopfschmerzen verursachen, dafür saß die Uniform ein wenig locker.

»Was darf's sein?«

Ich bestellte einen veganen Burger mit Radieschen und Mary Pommes mit Bitterballen.

Nachdem die Kellnerin uns verlassen hatte, lehnte sich Mary zu mir. »Das ist sie, ja?«

Ich nickte. »Bevor wir uns darum kümmern, erzähl mir bitte mehr über das, was du in der Mail angedeutet hast.«

»Das war beim Backtreff. Die Leiterin kennt da jemanden, der entfernt mit dieser Leiche verwandt ist, die vor ein paar Tagen beim Plattenweg aufgetaucht ist. Keine Spuren, keine Verdächtigen, nichts. Nur einen Abschiedsbrief fand man, aber die Ehefrau schwört rauf und runter, dass er den auf keinen Fall geschrieben hat. Er hat nämlich eine Rechtschreibschwäche und der Brief nicht einen Fehler!«

Ich lehnte mich zurück. Der Stuhl knarzte. War wohl doch eher aus dem Second-Hand-Laden.

Verona brachte unsere Getränke.

Ich rief mir den ledrigen Arm erneut ins Gedächtnis. Das Hundebellen. Klang, als könnten wir bei sechs Leichen in zehn Jahren angekommen sein. Nur konnte man nicht mehr erkennen, ob es eine deutliche Blässe gegeben hatte, dafür war die Verwesung zu weit fortgeschritten. Gut war nur, dass wir den

Fundort ganz genau kannten. Ich fuhr mir durch die Haare, die noch feucht vom Nieselregen waren. Wenn alle diese Leichen zusammengehörten, dann bedeutete das, dass sich die Mordabstände verringerten. Und zwar deutlich. Außer es gab dazwischen welche, von denen ich nichts wusste.

»Hab ich was Falsches gesagt? Du guckst so grimmig.« Mary nippte an ihrem Tee.

Tee und Bitterballen? »Nein, tut mir leid. Ich hab nur nachgedacht.« Ich erzählte ihr grob von den Fällen und hoffte einfach, dass sie nichts damit zu tun hatte. »Falls du also Infos diesbezüglich hast …«

Sie hielt die Hand hoch und schloss die Augen. »Lass mich denken.«

Während mein Gegenüber dachte, beobachtete ich die Kellnerin. Nach Lage der Dinge war, sie nach diesem Brief zu befragen, umso wichtiger. Daran lecken zu dürfen konnte ich mir wohl nicht erhoffen, aber fragen, ob sie glaubte, ihr Bruder hätte sich wirklich umgebracht. Auch das wäre eine unsensible Frage, aber sie war die am leichtesten aufzuspürende Quelle gewesen. Wenn sie nicht reden wollte, konnte sie einfach nein sagen. Problem gelöst.

Nicht viel später kamen unsere Gerichte und ich durfte feststellen, dass Burger und Radieschen echt keine gute Kombination waren. Möglichst unauffällig kratzte ich die dünnen Scheiben vom Patty. Kitty wollte sie auch nicht.

Mary hatte ihre Pommes schon halb aufgegessen, als ihr anscheinend wieder einfiel, dass sie an etwas gedacht haben wollte. Sie nickte vor sich hin. Ihre Gabel verfehlte die Pommes. Mehrmals. Dann seufzte sie. »Sieht nicht so aus, als könnte ich dir da weiterhelfen. Egal wie sehr ich darüber nachdenke, ich hab von diesen Namen noch nie gehört.«

Mist. Von der langen Pause hatte ich mir ein paar hilfreichere Gedanken erhofft. Aber gut, kein Problem. Dafür waren wir ja hier.

Nachdem wir aufgegessen hatten, und ich die Radieschen unter der Serviette versteckt hatte, ging ich zur Bar. Mary bewachte Kitty. Oder andersherum. Besagte Kellnerin polierte Weingläser und ein kaum hörbares *Pling* kündigte an, dass sie ein weiteres ins Regal zurückstellte.

»Entschuldigung«, sagte ich und überlegte kurz, ob ich was bestellen sollte.

Sie drehte sich zu mir um und hob die Augenbrauen.

»Darf ich dir kurz ein paar Fragen stellen?«

Sie legte den Kopf schief. *Pling.* »Geht es um Drinks?«

»Nicht so wirklich.«

»Hm.« Sie stellte mir ein frisch poliertes Weinglas vor die Nase. »Rot oder Rosé?«

»Warum nicht weiß?«

»Du siehst nicht aus wie jemand, der Weißwein trinkt.« Sie goss mir Rotwein ein. »Rosé trinkst du nur in Gesellschaft.«

Ich nahm einen Schluck. Er traf genau meinen Geschmack. Fruchtig, aber voll. »Eigentlich trinke ich generell nur in Gesellschaft.«

»Wenn du das sagst.«

Pling.

»Also, die Frage.«

»Ja, die Frage.«

»Es geht um deinen Bruder.« Ich reichte ihr meine Visitenkarte.

»Mein Bruder, was?« Sie warf die Visitenkarte in den Müll, ohne sie sich angesehen zu haben. »Darüber rede ich nicht. Verpiss dich.«

So viel dazu.

»Das war der Plan?« Mary schnupperte an meinem Rotwein.

»Der Plan beruhte darauf, dass das ein bisschen besser laufen würde.«

Der Himmel hatte sich kurzzeitig dazu entschieden, alles an Wasser runterzulassen, was er auftreiben konnte. Bei dem Wetter wollte ich echt nicht nach Hause fahren. Also trank ich den Rotwein weiter, während Mary mir von ihrem Himbeerkuchen erzählte, und wen sie aus dem Rathaus kannte und von der Polizei. Eigentlich kannte sie jeden, über zwei bis fünfundzwanzig Ecken zumindest.

Ich streckte meine Beine aus. *Warum kann ich meine Beine ausstrecken?* Ich sah unter den Tisch. »Wo ist Kitty?«

Marys Blick traf meinen unter der Tischdecke. »War sie nicht eben noch hier?«

»Jetzt ist sie es jedenfalls nicht mehr.«

Unter den Nachbarstischen lag sie auch nicht. Genauso wenig wie ein anderes Tier. Manchmal versuchte sie sich an neuen Freundschaften. Draußen war sie auch nicht. Shit.

Ich fing an, mir Sorgen zu machen. Sie trug gerade keine Schwimmweste.

Zurück am Tisch leerte ich den restlichen Wein in einem Zug, und mir wurde kurz darauf schlecht. Dies wäre vielleicht eine gute Stelle zu erwähnen, dass ich keinen Alkohol vertrug. Ich redete mir ein, dass Kitty auf der Toilette sein könnte und ich mal nachsehen sollte. Definitiv nicht meines Magens wegen.

Der Weg führte eine steile Treppe runter, auf der ich das Gefühl hatte, auf hoher See zu sein. Konnte auch am Wein liegen. Unten angekommen fand ich die Toilettentür und einen Ziegenhintern. Kitty saß in der Toilettentür und hatte ihren Kopf auf etwas gelegt, das ich nicht erkennen konnte. Ich blieb stehen und lehnte mich an die Wand. Zu meinem Bedauern hatten sie hier unten die Piratenvibes nicht fortgeführt, sondern die Wände authentisch altmodisch belassen.

Aus der Toilette erklang Veronas Stimme. »Du bist bestimmt ein Seelentier, nicht wahr? Ich find euch ja ein bisschen gruselig.

Wer weiß schon, was du oder dein Frauchen für Fähigkeiten habt.« Stille. »Aber knuffig bist du schon.«

Zustimmendes Meckern.

»Bist du hier, um mich dazu zu bringen, über meinen Bruder zu reden?« Sie seufzte, bevor Kitty meckern konnte. »Ich will die Geschichte einfach nicht wieder aufrollen. Am Anfang hatte ich meine Bedenken, aber niemand hat den Fall wie Mord behandelt. Und es ist ja nicht so, als hätte er nie Probleme mit der mentalen Gesundheit gehabt.« Sie schwieg eine Weile. »Du stehst da auch, oder? Frau Lucia Rosen?«

Ich atmete ein paarmal tief durch, um mich nicht zu übergeben. Dann trat ich vor.

Verona saß auf dem Klodeckel und Kitty hatte ihren Kopf auf die Beine der Frau gebettet. Die Streicheleinheiten kamen offenbar gut an.

»Wenn du nicht darüber reden möchtest, ist das in Ordnung. Ich ermittle gerade in einer Fallserie und dein Bruder passt ins Muster.«

Ein paar Sekunden lang sagte sie nichts, sondern streichelte nur über Kittys Kopf. »Er hat einen Brief hinterlassen. Als der aufgetaucht ist, hat die Polizei keine meiner Bedenken mehr ernst genommen.«

Eine Weile wartete ich, ob sie von selbst weiterreden würde, doch sie saß nur eingesunken da, mit den Gedanken eindeutig woanders. »Welche Bedenken waren das?«

»Wie?« Sie stupste gegen eins von Kittys Hörnern. »Wie soll er es gemacht haben? Darauf hat mir nie jemand eine Antwort gegeben. An einer Vergiftung gestorben, haben sie gesagt. Aber wie? Was für Gift? Woher?« Sie rieb sich übers Gesicht. »Nach einer Weile habe ich der Polizei einfach geglaubt, dass die Trauer mich Hinweise sehen lässt, wo keine sind.« Sie sprach so leise, dass ich Mühe hatte, sie über das Plätschern des Regens zu verstehen.

Ihre Augen waren feucht, als sie mich ansah. »Der Abschiedsbrief. Ich hab ihn mir tausendmal durchgelesen. Er könnte ihn geschrieben haben. Hat er wohl auch. Ich will das nur nicht wahrhaben.«

Kitty rieb ihren Kopf an Verona und meckerte.

»Sie ist echt niedlich.«

»Das ist sie wohl.« Mein Kopf schwirrte. Hoffentlich konnte ich mir alle Infos merken, bis ich einen Stift zur Hand hatte.

Der Sache mit dem Gift musste ich nachgehen und Pia fragen, ob sie die Fälle intern checken konnte. *Sie ist meine potenzielle Partnerin, keine Insider-Quelle!*

»Ich kann nicht versprechen, dass ich etwas herausfinde. Aber dürfte ich mir diesen Brief einmal ansehen?« Hätte ich meinen Rucksack mitgenommen, könnte ich ihr ein Taschentuch reichen. Doch Verona behalf sich schon mit Toilettenpapier und schnaubte hinein.

»Ich schätze schon. Ich kann dir ein Bild schicken.«

»Vielen Dank.« Ich öffnete die Liste der Verstorbenen auf dem Handy. »Kennst du jemanden auf dieser Liste? Weißt du, ob dein Bruder Kontakt mit einem von denen hatte?»

Nach einer Weile schüttelte sie den Kopf. »Nein, kenne ich alle nicht.«

Aus der Männertoilette erklang die Spülung und das Wasser strömte durch die Leitungen. Kurz darauf kam einer der Kellner an uns vorbeigerannt. Beinahe stolperte er auf den steilen Stufen.

Verona atmete hörbar ein und aus. »Ich sollte auch zurück. Ich schick dir das Foto per Mail.« Sie biss sich auf die Lippe und schien zu überlegen, ob sie noch etwas sagen sollte. »Wenn du etwas herausfindest, sag mir bitte Bescheid.«

»Natürlich.«

Ich konnte mich kaum auf das konzentrieren, was Mary mir auf dem Weg nach draußen erzählte. Die Story hatte, glaube ich, etwas mit Tulpen zu tun. Meine Gedanken drehten sich vorerst um meinen Magen, dann um Veronas Aussagen. Warum hatte die Polizei nicht weiter ermittelt, obwohl keine klare Todesursache vorlag. Oder gingen die davon aus, dass Gift im Spiel war, das er sich selbst verabreicht hatte? Nur wegen des Briefs? Dass sich die Opfer anscheinend nicht kannten, tat der Serienmördertheorie allerdings nicht besonders gut. Denim war zum gleichen Ergebnis gekommen.

»Ist das euer Fahrrad?« Mary deutete auf unser Fahrrad.

»Ja.«

»Ziemlich nass.«

Da hatte sie recht. Die Kissen waren durchnässt. Da hätte wohl ein Regenschutz gutgetan.

Kitty sah zu mir hoch und meckerte.

»Du hättest auch dran denken können.«

13

Tomek stemmte die Hände in die Hüften. »Siehst du? Schon viel cooler nachts.«

Ich sah das anders. Das lag vermutlich daran, dass ich Discos nicht viel abgewinnen konnte. Nur der Klamottenstil barg Faszination. Tomek trug heute ein Netzoberteil, das über die Shorts hing und besser zu den schweren Stiefeln passte, als es hätte tun sollen. Im Zug hatten wir noch mehr Seitenblicke als sonst abbekommen, dabei hatte ich mich extra zurückgehalten und nur ein kurzes schwarzes Kleid mit Perlen, die das Brustgerippe darstellten, angezogen. Kitty trug ihr Lieblingscape, das mit den Sonnenblumen drauf.

Bunte Lichter strahlten durch das Gebüsch und erzeugten auf dem Wasser die Illusion von Regenbogen-Glühwürmchen. Eine gewöhnungsbedürftige Mischung aus Techno und Schlagern lief, die wirkte, als würde sich alle paar Minuten um das Mischpult geprügelt. Ich sagte ebendies zu Tomek, während wir den Rest des Weges zurücklegten und uns an den ersten Partygängern vorbeischlängelten.

Er nickte. »Kommt hin.«

Düstere Gestalten drängten sich mit bunten an Stehtischen, die zumeist halb im Gebüsch verschwanden und den Alkohol konnte man sich von gleich zwei Ausschenken in der Hütte holen.

Ich hielt Ausschau nach meinen Zielpersonen, sah eine Sekunde zu lang weg, und schon war meine Begleitung auch unauffindbar.

Ich seufzte. Klasse! Es gab einen Grund, dass Tomek hier war. Ohne ihn konnte ich die Zielperson nicht identifizieren.

Dann eben anders. Etwas knackte im Gebüsch und ein Pärchen kam lachend herausgestolpert.

»Ich frag mich, wie viele schon bei so einer Feier in dem See ertrunken sind.«

»Null!«

Ich fuhr herum und stand der alten Dame von letztem Mal gegenüber. Rote und blaue Leuchtstäbchen steckten in ihrem Haar, und ihr Outfit bedeckte nicht allzu viele Teile des Körpers. »Null, sag ich dir. Kein einziger und keine einzige! Und darauf bin ich stolz.« Sie nahm ein paar tiefe Züge aus dem Becher, den sie vorher locker an der Seite gehalten hatte. Biergestank umgab sie. Fragte sich nur, ob es hilfreich oder hinderlich war, wenn sie schon ein paar Promille Intus hatte.

»Ist die Frau hier, mit der Stojan auf dem See war?«

Sie warf den Kopf zurück und lachte laut genug, um die Musik zu übertönen und einige Köpfe zu drehen. Nach ein paar Sekunden beruhigte sie sich wieder. »Weißt du, wie viele Leute hier rumlaufen? Ich bin froh, wenn ich mich selbst am Ende der Nacht noch wiedererkenne.« Sie schnaubte, so ähnlich wie Kitty es gerne tat, und stockte dann. »Oh, da ist sie ja.« Sie deutete auf eine Frau Mitte zwanzig, die abseits vom Trubel rauchte. Ihr Rock ging bis zur Erde, ob sie ein Oberteil trug, konnte ich nicht erkennen.

»Danke.«

»Gaaar kein Problem, Schätzelein!« So kunstvoll wie sie durch die Menge tanzte, musste sie mal Unterricht genommen haben.

Ohne Rücksicht auf mich stiefelte Kitty den Weg entlang. Sie fühlte sich ziemlich cool in ihrem Cape.

Ich folgte ihr an den Rand des Sees und hatte so meine Bedenken, ob da wirklich noch nie jemand reingefallen war. Die Wasseroberfläche schimmerte schwarz, nur bunte Lichter tanzten darauf herum. Was unter der Wasseroberfläche lag, konnte niemand sagen. Vielleicht beobachtete uns gerade ein Krokodil. Ich musste schmunzeln. Was auch immer Pia und ich da nachts gesehen hatten, ein Krokodil wird es nicht gewesen sein. Dunkelheit und Nerven hatten ihr Spiel mit uns gespielt. Da sieht man schon mal Dinge. Mehr als ein Platschen ist da nicht gewesen, da könnte genauso gut ein Teil der morschen Decke abgefallen sein.

Kitty meckerte mich an. Ich blinzelte und löste meinen Blick vom Wasser. Stojans Freundin lächelte mich an. Sie nahm einen tiefen Zug von ihrem Joint und blies den Rauch in meine Richtung. Ihre schwarzen Locken trug sie offen und ihre Brust bedeckte eine Art goldener Panzer, der ihre dunkle Haut komplementierte. »Du bist dann wohl die Spinnerin mit der Ziege.«

Ich verbeugte mich spielerisch. »Zu Ihren Diensten.«

»Ich vermute mal, du willst dich nicht einfach so in die Partyszene mischen.« Sie hielt mir den Joint hin.

Ich lehnte ab. »Damit könntest du richtig liegen.«

Sie legte den Kopf schräg und ihr Lächeln wurde verschwörerisch. »Wie wärs, wenn wir uns da vorne weiter unterhalten?« Mit einem Nicken deutete sie in Richtung eines Steges. Jedenfalls vermutete ich, dass dort so einer seinen Schatten auf das Wasser warf.

»Lieber nicht.«

»Oh. Willst du nicht mit mir allein sein?«

»Nein. Kitty hat ihre Schwimmweste nicht an und hat Angst im Dunkeln.« Außerdem würde ich sagen, sie läuft schon nicht aus Versehen ins Wasser, aber da sie es schon mal hinbekommen hatte … Sie meckerte nicht einmal, sondern tat nur so, als hätte sie mich nicht gehört.

Mein Gegenüber, nach dessen Namen ich endlich mal fragen sollte, schielte zu Kitty und verfiel dann in lautes Gelächter. Die Ketten ihrer Brustplatten klimperten. »Oh shit.« Fast hätte sie ihren Joint fallen lassen. Während sie sich die Lachtränen aus den Augenwinkeln wischte, startete ich den Recorder auf meinem Handy.

»Du kennst Stojan schon länger, oder?«

»Hä?« Sie blinzelte ein paar Mal und atmete tief ein, um sich wieder zu beruhigen. »Ach so. Stojan. Ja, den kenn ich wohl. Ist ihm was passiert?«

»Nein. Kannst du dich daran erinnern, als seine Großmutter verstorben ist.«

Langsam, aber sicher verschwand alle Heiterkeit aus ihrem Gesicht. Im Hintergrund wurde sich mal wieder um das Mischpult gestritten. Techno gewann und der Bass dröhnte so laut, dass das Wasser sich im Beat wellte und wir standen so nah, dass ich Miss Namenlos nicht hörte, sollte sie etwas sagen. Das tat sie aber nicht, also blieben wir noch etwas länger in schweigender Eintracht, umhüllt von kratzenden Tönen und zu tiefen Bässen. Kitty meckerte mich tonlos an. Wobei, vermutlich machte sie durchaus ein Geräusch, ich hörte sie nur nicht.

Mein Gegenüber deutete zum Steg und ich nickte.

Auf dem Weg dahin bemühte ich mich, den Belag auf den Ohren loszuwerden. Ich hätte nicht gedacht, dass ich für so eine Party Ohrenstöpsel bräuchte.

»Du bist sowas nicht gewohnt, oder?« Miss Namenlos fuhr sich durch die Haare. Ihr Brustpanzer funkelte, wenn sie sich bewegte.

»Nicht wirklich.«

Auch weiter weg vom Schuppen begegneten wir jungen Leuten in allen möglichen Stufen der Betrunkenheit. Nur war es hier dunkler und immer mehr von ihnen verbrachten Zeit zu zweit, bei der ich wirklich nicht stören wollte.

Endlich erreichten wir den Steg. Von hier aus war die Musik zwar noch zu hören, aber lange nicht mehr so laut.

Eigentlich war es schon ein bisschen spät für eine Vorstellung, aber da ich vergessen hatte, Tomek zu fragen und es hier kein Starbucks in der Nähe gab, um heimlich den Namen herauszufinden, blieb nur: »Du kennst mich ja anscheinend schon. Ich bin Lucia Rosen. Freut mich, dich kennenzulernen.«

Sie schmunzelte, schlug aber nicht ein. »Zuri. Bei Seelentier-Leuten bin ich immer vorsichtig mit dem Anfassen. Also lieber nicht.«

Ich ließ die Hand sinken. »Das verstehe ich.«

Kitty meckerte. Sie hatte dazu ein paar andere Vorstellungen.

»Kommen wir zurück zu Stojans Großmutter. Kannst du mir etwas dazu erzählen?« Ob sie konnte oder nicht, jedenfalls tat sie es nicht. Stattdessen setzte sie sich an den Rand des Steges und ließ ihre Beine baumeln. Kleine Kreise bildeten sich dort, wo sie die Zehenspitzen ins Wasser tauchte. Erst jetzt fiel mir auf, dass sie keine Schuhe trug.

Kitty setzte sich neben sie und betrachtete sie mit einer Mischung aus Neugier und Angriffslust. Die Technomusik bekam ihr wohl nicht sonderlich gut.

»Wirkt ein bisschen so, als könntest du mir in der Tat etwas erzählen.« Ich setzte mich ebenfalls auf den Steg und betrachtete die Algen, die in der Dunkelheit aussahen wie Flüsse von schwarzer Tinte.

»Tja. Ich weiß nicht so viel, wie du vielleicht denkst. Und was ich weiß, ist vielleicht nicht so positiv, dass ich davon erzählen möchte.« Ihr Blick sagte etwas anderes. Sie sah besorgt aus, als schleppte sie ein paar Geheimnisse schon etwas zu lange mit sich herum. Ihr Mund verzog sich zu einer dünnen Linie. »Er hat sich damals ein wenig seltsam benommen. Aber ich habe das darauf geschoben, dass seine Großmutter gestorben war. Jeder trauert eben anders. Trotzdem … ich kenne ihn schon lange, seit der Grundschule. Kurz nach Piotras Tod hat Stojan mir viel Geld geliehen, weil meine Katze krank geworden ist. Ich dachte, er hätte es geerbt. Nur wird er immer so komisch, wenn ich es anspreche. Und gerade erst wollte er plötzlich den ganzen

Rest auf einmal zurück. Ich hab es ihm bisher in Raten zurückgezahlt.« Sie seufzte. »Ich will ihn nicht verlieren. Auch wenn wir manchmal unsere Schwierigkeiten haben, er ist immer noch wie ein Bruder für mich.« Plötzlich viel Geld, kurz nach einem Tod. Da klang die Idee nicht abwegig, dass Stojan sentimental wurde, wenn es aus dem Erbe einer geliebten Person stammte. Nur wirkte Zuri wie jemand mit einem Talent, Menschen einzuschätzen.

»Du hast also das Gefühl, es steckt mehr dahinter?«

»Irgendwer muss sie ja auf dem Gewissen haben.« Sie atmete zitternd ein. »Eine wunderbare Frau. Und ihre arme, kleine Schildkröte ist ein paar Wochen später verstorben, obwohl Tomek auf sie aufgepasst hat. Über die genaue Todesursache will auch nie jemand reden. Sie war eben alt, schwaches Herz und so. Schwachsinn. Die Frau lebte gesünder als alle auf dieser Party hier.« Zuri ließ sich auf den Rücken fallen und seufzte. »Fuck. Der Joint fängt an zu wirken, da will ich nicht über so deprimierendes Zeug nachdenken.«

»Nachvollziehbar. Danke, dass du so offen warst.«

Sie schwieg eine Weile. »Wenn Stojan es war, kommt er dann ins Gefängnis?« Sie hob die Hand. »Blöde Frage. Natürlich. Ich glaube nicht, dass er es war. Er hat sie wirklich geliebt. Aber im Affekt … Man will sowas ja immer nicht glauben, wenn man jemanden liebt.«

Da hatte sie wohl recht. Das Holz sah nicht unbequem aus. Gerade als ich mich neben sie legen wollte, platschte nicht weit entfernt etwas ins Wasser. Ich kramte meine Taschenlampe aus dem Rucksack und leuchtete die Wasseroberfläche ab. Kurz blieb die Umgebung ruhig, dann tauchte im Gebüsch eine Hand auf, ein Kopf folgte. Schwarze Haare. Die Person hustete und versuchte zu schwimmen, kam aber nicht weit. Ich warf meinen Rucksack zu Kitty und sprang ins Wasser.

Hinter mir hörte ich Zuri noch etwas rufen, dann wurde alles kalt und schwarz. Ich streckte meine Hände aus und bekam etwas zu packen. Energisch zog ich und hatte etwas Glitschiges in der Hand. Wenn da nicht gerade ein Alien ertrank, griff ich wohl das Falsche. Ich schwamm weiter nach vorn. Nichts außer schwarz. Und inzwischen wurde auch die Luft knapp. Ich tauchte auf, atmete, sah mich um.

Tomek stand mitten im Gestrüpp und versuchte, weiter ins Wasser zu waten. Kitty meckerte lautstark. Von Zuri keine Spur. Die Partygänger hatten noch nichts bemerkt. So tief ich konnte, holte ich Luft, dann tauchte ich wieder ab. Nachts im Frühling waren eindeutig noch keine Temperaturen für einen netten Schwimmausflug. Mein Kleid war zum Glück leicht genug, dass es nur an mir klebte und mich nicht zu sehr in die Tiefe zog. Nur musste ich wohl weiter nach unten. Warum war dieser See so tief?

Ich streckte meine Arme aus und ergriff eine Hand. Sie griff ebenso nach mir und kurz fühlte ich mich in einen Horrorfilm versetzt. Ich packte auch mit der zweiten Hand zu und erwischte Stoff. Dann schwamm ich nach oben, den nicht hilfreichen Ertrinkenden klemmte ich mir unter die Arme. Sobald ich in die Nähe der Oberfläche kam, wurde er mir auch schon aus den Händen gezogen und jemand, wohl Tomek, schimpfte lautstark auf, wie ich mittlerweile gelernt hatte, polnisch.

Ich hielt mich am Gestrüpp fest. Nicht weit entfernt tippelte Kitty nervös auf dem Steg herum. Der halb Ertrunkene lag bereits sicher an Land, also schwamm ich zurück zum Steg und zog mich hinaus. Kitty meckerte.

»Was? Hätte ich ihn ertrinken lassen sollen?« Das Meckern wurde energischer. Sie stampfte sogar mit den Hufen.

»Mir geht es doch gut. Beruhig dich.«

Ich hörte ein Husten, als ich dem Steg zum Land folgte, und deutete das mal als gutes Zeichen. Tomek und Zuri waren gerade beide dabei, ihn Maß zunehmen. Und erst jetzt begriff ich, dass es sich um Stojan handelte.

Die Besitzerin des Schuppens stand wie aus dem Nichts plötzlich neben mir, zwei der Leuchtstäbe waren erloschen. »Siehste? Immer noch niemand ertrunken!«

14

Stojan war sturzbesoffen, Zuri high und Tomek überfordert. Gut, dass in der Ferne bereits die Sirenen des Rettungsdienstes erklangen. Keine Ahnung, wer ihn gerufen hatte, ich hoffte nur, dass er auch für uns bestimmt war, denn mehr als ein Erste-Hilfe-Kästchen, YouTube und das Training zum Führerschein vor ein paar Jahren hatte ich an Hilfe nicht zu bieten.

Die Sanitäter suchten in der Tat nach Stojan. Die Lichter vermischten sich mit denen der Schuppendisco und die Sirenen konnten gut zum schnulzigen, viel zu lauten Schlager dazu gehören.

Zuri gesellte sich zu mir, während die Rettungssanitäter sich um unseren abgesoffenen Schwimmer kümmerten. Wie sich herausstellte, hatte sie den Notruf gewählt.

»Warum ist er ins Wasser gesprungen?«

Zuri schüttelte den Kopf. »Keine Ahnung.«

Womöglich hatte es ihm nicht gefallen, dass ich mit Zuri gesprochen hatte. Vielleicht hatte der Alkohol ihm daraufhin ein paar Ideen eingepflanzt. Fragte sich nur, was er zu verbergen hatte. Stojan sah in unsere Richtung und bettete den Kopf in den Händen.

Tomek lehnte sich näher an ihn. »Was?«

Nun wünschte ich, ich könnte mich teleportieren. Aber ich stand zu weit weg und verstand nicht, was er sagte. Im Gegensatz zu seinem Bruder, denn Tomek legte den Kopf schräg. Es dauerte nicht lange, dann hatten sie Stojan eingeladen und Tomek durfte mitfahren. Mir gab jemand noch eine von diesen goldenen Wärmedecken und weg waren sie. Zuri zog etwas aus ihrer Brustplatte und hielt mir ein Kaugummi hin. Ich lehnte dankend ab.

Die Lichter entfernten sich und schon kamen die ersten Partygänger an uns vorbei. »Jo, geiles Outfit!«, sagte jemand und deutete auf mich und meine Knisterdecke. Wir blieben eine Weile stehen, Zuri kaute auf ihrem Kaugummi und ich bekam noch ein paar Komplimente für meinen neuen Style.

Miss Nicht-mehr-namenlos stupste mich mit dem Ellenbogen an. »Du bist nüchtern, oder?«

»Ja. Du nicht.«

»Ich will hinterher.«

»Und?«

»Fahr mich hin.«

»Was, zum Krankenhaus?«

Sie verdrehte die Augen. »Ne, nach Paris.«

Kitty schmiegte sich an meine Beine und meckerte. »Ja, ist mir auch klar.«

»Was ist dir klar?« Zuri streichelte Kittys Kopf.

»Nichts. Komm mit.« Es brachte ja nichts, sich weiter zu weigern. Natürlich wollte ich wissen, was Stojan gesagt hatte. Und natürlich wollte ich auch wissen, ob es ihm gut ging. Zusätzlich dazu war ich Tomeks Mitfahrgelegenheit, ich konnte ihn also schlecht einfach allein lassen. Nur der Gedanke, eine ziemlich fremde Person in das Auto zu lassen, gefiel mir nicht allzu sehr.

»Bist du nicht ein süßes kleines Zicklein. So ein süßes kleines Zickilein.«

Kitty meckerte fröhlich und ihr Schwänzchen wedelte vergnügt. Offenbar sah Kitty das in diesem Fall anders.

»Das ist ziemlich modern für dich, oder?« Zuri klopfte von innen ans Fenster des grauen Volkswagen. Mehr Identifikation war nicht drin.

»Bist du Expertin in dem Bereich?«

Sie zuckte mit den Schultern. »Ich arbeite mit Menschen.«

»Das ist nicht sehr präzise. Aber du hast recht. Das Auto gehört mir nicht.«

Ich hatte nicht mit den Öffentlichen mitten in der Nacht nach Hause fahren wollen, also hatten Tomek und ich uns ein Auto gemietet, was man auch auf den ersten Blick erkennen konnte. Oder hätte können, wenn wir nicht von beiden Seiten fast eingeparkt worden wären.

Wir fuhren die Dreißiger-Zonen des menschenleeren Dorfes entlang. Alle paar Meter erhellte das Licht einer Straßenlaterne den Innenraum und in ähnlichem Abstand ging es hoch und runter über eine Bremsschwelle.

»Fahr mal nicht so schnell hier«, sagte meine Beifahrerin, als ich, immer noch mit dreißig in der Dreißiger-Zone, ein paar parkende Autos umrundete.

»Wenn du kotzen musst, sag frühzeitig Bescheid. Im Rucksack sind Kotztüten.«

Zuri schnaufte. »Was ist denn da noch drin? Der Stein der Weisen? Ein Laserschwert?«

»Nur ein Gaskocher.« Leider entsprach das nicht der Wahrheit, dafür war der Rucksack nicht groß genug. Dafür hatte ich sonst alles mit, was man unterwegs gebrauchen konnte. Manche nannten das paranoid, ich nannte es gut vorbereitet.

Zuri nahm meinen Rucksack hoch.

»Hey.«

Sie öffnete ihn.

»Lass das.«

»Was denn? Will doch nur mal kurz gucken. Hast du auch 'ne Lupe und so dabei? Wie Sherlock Holmes?« Ich hielt am Straßenrand, nahm ihr den Rucksack aus der Hand und stellte ihn zu Kitty in den hinteren Fußraum.

»Eine Lupe ist da tatsächlich nicht drin. Und jetzt lass meine Sachen in Ruhe, sonst setz ich dich aus.«

Ich fuhr wieder los. Auf den Karten hatte das Krankenhaus gar nicht so weit weg gewirkt, hoffentlich hatten wir uns nicht verfahren.

»Das würdest du nicht machen.«

»Willst du es herausfinden?«

Sie schwieg eine Weile und ich war mir echt nicht mehr sicher, ob der Einbahnstraßen-Dschungel uns ans Ziel führen würde.

Zuri lehnte ihren Kopf hörbar gegen die Fensterscheibe. »Denkst du, er war es?«

Ich ließ sie eine Weile in Ruhe, hauptsächlich, weil ich auf Schilder achten musste, aber auch weil ich hoffte, sie würde das noch ausführen. Aber das tat sie nicht.

»Das wäre eher eine Frage, die ich dir stellen sollte.«

»Ich will es nicht glauben. Aber … sag mal, wo fährst du eigentlich lang?«

»Keine Ahnung.«

Da Zuri uns mit dem Handy weiter navigierte, kamen wir nach zehn Minuten im Krankenhaus an und leider hatte keine von uns wirklich eine Ahnung, was hier das beste Vorgehen war. Zuri hob die Hände. »Du bist die Nüchterne. Du klärst das.«

»Sehr hilfreich.«

Nach kurzer Suche fanden wir die Notaufnahme. Mehrere Reihen unbequem aussehender Bänke standen inmitten von sterilem Weiß, umgeben von Desinfektionsmittelgeruch. So eilig wie es das Personal hatte, landete jeder wohl selbst hier, der ihm im Weg stand und an der Anmeldung klingelte das Telefon nonstop. In dem Chaos fanden wir nicht ein oder zwei, sondern gleich drei bekannte Gesichter. Die kannten sich offenbar auch gegenseitig, denn Klaas von den Seifen stand vor Tomek und Stojan. Seine Hand war eher schlecht als recht in weiße, halb rot gefärbte, Tücher eingewickelt. Das hinderte ihn allerdings nicht daran, wild damit zu fuchteln.

»Toll. Auch das noch«, sagte Zuri, die trotz der Tatsache, dass wir hier im Krankenhaus waren, und jeder mit sich selbst beschäftigt sein sollte, erstaunlich viele Blicke auf sich zog.

Kitty meckerte leise. Jetzt wurde es interessant.

»Kennst du ihn?«

Zuri winkte ab. »Lange Geschichte.«

Eine, die ich unbedingt hören wollte. Wann anders. Etwas knallte gegen die automatischen Eingangstüren. In dem Trubel fiel das kaum auf, doch Klaas unterbrach seinen Redeschwall, lief zur Tür und kam mit einem verwirrten Mäusebussard auf dem Arm wieder rein.

»Ich hab doch gesagt, du sollst draußen warten.«

Zum ersten Mal konnte ich Klaas wirklich ansehen. Ein blutbeflecktes Hemd steckte in einer dunklen Jeans. Seine Haare waren hellbraun und kurz rasiert und das Gesicht zierte ein gepflegter Dreitagebart. Er sollte selbstbewusst wirken, doch irgendwie kam er mir verletzlich vor. Das könnte auch an dem Blut liegen.

Zuri gesellte sich zu den Brüdern und scheuchte Klaas davon wie eine Katze, die gerade die Wurst vom Brot stahl. Stojan wurde aufgerufen und Tomek und Zuri schafften ihn davon.

Kitty meckerte Klaas an.

Sein Blick verriet mir nicht viel. Weder sah er genervt oder angewidert noch erfreut angesichts ihrer Niedlichkeit drein. Er wirkte nur verwirrt. Als er mich entdeckte, wurde es nicht besser.

Kitty fuhr die Zunge aus, um an ihm zu lecken. Ich stieß sie mit dem Fuß an, um sie aufzuhalten. Als Ablenkungsmanöver streckte ich meine Hand aus. »Ich bin Lucia. Du bist Aikjes Neffe, nicht wahr?«

Er schüttelte meine Hand, der Blick noch immer genauso verwirrt wie der des Vogels. »Ähm, freut mich.«

»Darf ich fragen, was mit der Hand passiert ist?«

Er sah zu der Hand, auf der der Vogel saß, als hätte er vergessen, dass er deswegen hier war. »Ach das. Mein … nicht mein … unser Tier hat mich gekratzt. Nicht so schlimm.« Ein Tropfen Blut löste sich aus dem durchnässten Stoff und fiel auf den Boden. Wir betrachteten ihn, als wäre er ein Exponat im Museum.

»Sieht ein wenig ernster aus.«

»Ne, ist wirklich nicht schlimm.«

Der Vogel schlug mit den Flügeln und kletterte am Hemd hoch bis auf die Schultern seines Partners. Eindeutig ein Seelentier. Und eines, das nicht so aussah, als könnte es einfach eine solche Wunde erzeugen.

»Was für eine Art Tier war es denn?« Hoffentlich beantwortete er noch ein paar Fragen, bis er merkte, dass er befragt wurde.

Er blinzelte und sah zur Anmeldung. Mist, Taktik ändern.

»Ich höre, eure Seifen laufen echt super.«

»Ja, das kann man wohl sagen. Wir sind jeden Donnerstag sofort ausverkauft. Es heißt auch nicht umsonst, dass sie die Laune hebt mit ihren tollen Gerüchen.« Er lachte kurz, dann verzog er das Gesicht. Weil ihm seine Verletzung eingefallen war, tat es wohl wieder weh.

Auch er wurde aufgerufen und ich hielt es für besser, im Auto zu warten. Zwei Stunden lang. Gefolgt von einer halbstündigen Fahrt, die Stojan verschlief und Tomek damit verbrachte, mit seiner Mutter auf Polnisch zu telefonieren. Nachdem ich das Auto zurückgebracht hatte, fiel ich erst in den frühen Morgenstunden ins Bett. Kitty kuschelte sich zu mir, während ich liegend versuchte, meinen Schlafanzug anzuziehen, genervt aufgab und doch nochmal aufstand. Als ich zurück unter die Decke kroch, schnarchte Kitty bereits.

15

Zugegebenermaßen war mir an diesem Morgen nach vielem zumute, aber nichts davon beinhaltete, die Wohnung zu verlassen. Pläne im Voraus zu machen, war doch wirklich Mist.

Kitty meckerte und wollte prompt zurück auf ihren Kissenthron, als ich ihr mitteilte, dass wir mit Pia in Amsterdam verabredet waren. Der Abend saß ihr noch genauso in den Knochen wie mir, an Schlaf war kaum zu denken gewesen. Und nach all dem hatte ich noch immer nicht erfahren, was Stojan im Vollrausch seinem Bruder zugeflüstert hatte.

Ich checkte zum zehnten Mal an diesem Morgen meine Nachrichten auf eine Antwort von Tomek auf meine Frage, ob es Stojan gut ginge. Vermutlich schliefen sie noch. Würde ich auch gerne.

Ich brühte mir einen Tee auf in dem Versuch, ein wenig wacher zu werden. Kitty kam herein und öffnete die Schranktür mit der Kindersicherung dran. Sie steckte ihren Kopf rein und kam mit einem Maul voll Heu wieder raus. Ich seufzte. Für sowas war es eindeutig zu früh.

Ich lehnte mich zurück und fand einen Brandfleck an der Decke, der ein bisschen aussah wie eine Wolke, in der man mit viel Fantasie Blumenranken erkennen konnte. Oder ein Skelett.

Kitty meckerte neben mir. Durch die Küche zog sich eine Heuspur und von irgendwo hatte sie eine Karotte, auf der sie nun herumkaute.

»Vögel können kein Glas sehen.«

»Idioten«, sagte ihr Meckern. Sie brach wieder auf, um sich erneut am Heu zu bedienen.

Das mit Klaas beschäftigte mich ebenfalls. Ich wollte diese Seifen endlich probieren. Was mischen die da rein, dass man sich danach besser fühlte? Wirklich nur Pflanzen? Und woher kannten sich Klaas und die Brüder?

Mein Handy leuchtete auf. Nachricht von einer unbekannten Nummer. »Hallo Frau Rosen. Hier ist der Brief. Halten Sie mich auf dem Laufenden.«

Ich öffnete das angehängte Bild. Der Abschiedsbrief von Luca Bijl. Das erste unerwartete Detail bestand in der Tatsache, dass es sich um einen Druck handelte. Der Brief als Ganzes wirkte nicht … lebendig. Da stand nur:

»Liebe Familie. Ich bedaure, diese Entscheidung treffen zu müssen, doch es ist Zeit für mich zu gehen. An diesem Freitag soll meine letzte Stunde schlagen, wenn ich eins werde mit dem Universum.«

Ich sah, dass Verona tippte. *Er mochte Gedichte, aber selbst geschrieben oder geredet hat er so nie.* Von Denims Recherche wusste ich bereits, dass er weder Kinder noch Partner gehabt hatte. Nicht einmal enge Freunde oder Haustiere.

Hatte er Probleme mit dem Schreiben?

Nein, keine.

Gab es Hinweise auf Gift?

Der Wecker klingelte. Der dritte an diesem Morgen, der uns sagte, dass wir losmussten. Ich war noch im Schlafanzug.

Keine Kämpfe, nirgends stranden, keine gefährlichen Raubtiere. Das würde mir für heute schon reichen. Kurz nach zehn kamen wir am Amsterdamer Hauptbahnhof an und ich verhungerte. Kitty meckerte amüsiert, nach dem Motto: »Tja, selbst schuld.«

»Sehr nett.«

Im Zug war mir noch aufgefallen, dass mein schwarzes Kleid – heute mit Spitze – den Kontakt mit einem Bügeleisen nötig gehabt hätte, aber zu spät. Ich strich den Stoff ein wenig glatt, mit exakt null Erfolg, da fiel mir ein weißer Blitz auf, der zwischen den Beinen der Menschenmenge zielstrebig auf uns zugelaufen kam. Ein ganzes Stück weiter hinten versuchte der wohl dazugehörige Junge, sich ebenfalls zu uns durchzukämpfen.

Der Fuchs legte vor uns eine Vollbremsung hin und fing an zu quietschen. Das nahezu weiße Tier wies nur an den Pfoten ein paar dunkle Flecken auf. Könnte sowohl Musterung als auch Dreck sein. Der Schwanz wedelte so aufgeregt hin und her, dass der ganze Hinterkörper mitschwang.

Ein wenig außer Atem aber lächelnd kam auch der Seelenpartner an. Der Junge entpuppte sich bei näherer Betrachtung doch eher als ein Jugendlicher von fünfzehn oder sechzehn Jahren und er kam mir bekannt vor. Er war ein wenig kleiner als ich und seine braunen Locken verliehen ihm etwas Jungenhaftes.

Ich deutete auf den Fuchs. »Das sieht aus wie ein Polarfuchs.«

»Ist es nicht. Edda ist im gleichen Dorf geboren wie wir. Die weiße Färbung ist eher selten, aber sie ist auch kein Albino.« Edda setzte sich hin und positionierte ihren plüschigen Schwanz vor den Beinen, als wäre das eine einstudierte Vorführung. Der Junge deutete auf ihre Augen. Eines funkelte blau, das andere im typischen Fuchsbraun. »Wie du hier sehen kannst, sind ihre Augen nicht rot. Ihre leuzistischen Gene sind nicht homozygot, daher hat sie glücklicherweise keine Beeinträchtigungen. Im Gegensatz zum Albino, wo die Melanozyten zwar vorhanden sind …«

»Ich glaube, das reicht, Leo. Lass uns erstmal woanders hingehen.«

Pia tauchte hinter den beiden auf. Sie strich sich die Haare aus dem Gesicht. Heute sah sie aus wie aus einer Dark-Academia-Music-Playlist entsprungen. Stoffhose, beiger leichter Pullover und eine karierte Weste drüber. Fehlte nur noch die abgetragene Leder-Aktentasche mit dem Oskar-Wilde-Kanon drin.

»Tut mir leid. Ich hab noch versucht, dich anzurufen und Bescheid zu sagen, aber dein Handy war wohl aus.«

Ich zog mein Handy aus der Tasche und versuchte, es anzumachen. Es weigerte sich. In meiner Müdigkeit hatte ich wohl vergessen, es zu laden. »Sorry, kurze Nacht.«

Leo reichte mir die Hand. »Ich bin Leo. Pias kleiner Bruder.« Er strahlte übers ganze Gesicht.

»Freut mich. Ich bin Lucia.«

»Ich weiß. Ich hab schon viel über dich gehört. Sorry, dass ich so in euer Date platze. Ich wollte ja alleine mit den Arbeitern zu Hause bleiben, aber Pia so ›Nein, das ist zu gefährlich. Die kommen mir komisch vor. Geh zu Oma.‹ Aber Oma hat keine Zeit und …«

Pia räusperte sich.

Kitty meckerte.

Leo kniete sich hin. »Oh hallo! Du bist aber niedlich!« Pia warf mir einen entschuldigenden Blick zu. Ich lächelte. Mir war es recht, wenn heute jemand anders das Reden übernahm.

Der Vendelpark wirkte ein bisschen wie Narnia. Sobald der Besucher durch das Portal trat, fühlte er sich wie in einer anderen Welt. Mit jedem Schritt verblasste der Verkehrslärm und wurde ersetzt durch Räder auf Kies, lachende Kinder und allerlei Tiere, die umhertollten. Die Bäume trugen ihre frischen Blätter zur Schau und eine Schwanenfamilie schwamm gelassen über den See. Die Küken trugen noch ihre flauschigen Babyfedern. Sogar die Sonne schien.

Leo lief mit Edda voraus und aus irgendwelchen Gründen folgte Kitty den beiden einfach. Ich wollte sie schon zurückrufen, da hielt mir Pia die Hand hin und ich vergaß prompt meinen letzten Gedanken. Ihre Hand war warm, ihr Griff fest. Die Wärme breitete sich in meinem Bauch aus wie von einer Wärmeflasche in kalter Winternacht.

»Was habt ihr denn gestern so lange gemacht?«

»Nichts Besonderes. Nur jemanden auf einer Schuppendisco befragt.«

Sie hob die Augenbrauen. »Schuppen… Disco?«

»Nicht so wichtig.« Was waren angemessene Themen für ein drittes Date? »Habt ihr hier eigentlich Probleme mit Kidnapping?«, war, glaube ich, unpassend, aber zu spät.

Wenn Pia nachdachte, knabberte sie auf ihrer Unterlippe herum oder spielte mit ihren Locken. Ziemlich niedlich.

»Realistisch gesehen nicht, die Zahlen sind astronomisch klein. Aber ehrlich gesagt ist meine Angst davor der Grund, aus dem ich Leo mitgenommen habe. Leute denken immer wieder, Edda wäre ein Polarfuchs. Extremistische Tierschützer wollten ihn schon kidnappen und zwingen, an den Nordpol zu ziehen und Leute aus der Unterwelt sehen Profit.«

»Deswegen erklärt er also immer sofort alles.«

Sie rieb sich die Stirn. »Nein, das ist nur sein Charakter.«

Die drei hatten es sich mittlerweile am See gemütlich gemacht. Kitty wälzte sich im Gras und Edda flitzte umher, sehr zum Leidwesen der umliegenden Menschen auf ihren Picknickdecken. Ich verstand, warum Pia mit Kitty und mir kein Problem hatte, wenn ihr jüngerer Bruder tagtäglich solche Aufmerksamkeit auf sich zog.

»Gibt es eigentlich etwas Neues von dieser Leiche neulich?« Sie betrachtete mich von der Seite. Ihre Mundwinkel waren gehoben. »Wir wissen beide, dass ich dir keine Interna erzählen darf.«

»Ich habe auch nicht nach Interna gefragt.« Ich strich über mein Kleid, fühlte die Falten und versuchte, nicht weiter drüber nachzudenken.

»Viel Offizielles gibt es nicht.«

»Ich hab gehört, es war Selbstmord.«

Pia blieb stehen. »Woher weißt du das?«

»Sowas verbreitet sich schnell in einem Dorf.«

Ihr Griff wurde fester, dann lockerte er sich. »Was anderes sollte ich wohl von einer Privatdetektivin nicht erwarten. Ja, es war wohl Selbstmord. Mehr weiß ich auch nicht, ich konnte den Fall abgeben.«

»Also kein Seelentierdelikt?«

»Wie denn das?«

»Was ist die Todesursache?« Das war mir bisher das größte Rätsel. Die Leute hefteten den Fall zu schnell ab, sobald der Abschiedsbrief auftauchte, aber noch hatte ich keine zufriedenstellende Todesursache gehört.

Pia zuckte mit den Schultern. »Woher soll ich das wissen?«

»Hast du den Obduktionsbericht nicht gelesen?«

»Nein, warum sollte ich?«

Ich seufzte. Polizisten. Unmöglich.

»Wir sollten unsere Chaoten mal einsammeln.«

Leo lockte gerade einen einsamen Schwan an und Kitty und Edda fegten über die Wiese, als wäre da sonst niemand. Dabei lagen oder saßen da ziemlich viele und fast alle davon waren inzwischen echt genervt. Wir pfiffen sie herbei und gingen weiter. Ich hatte noch einige Fragen für Pia, viele davon beruflich. Mir fiel erstaunlich schwer, Arbeit und Privatleben auseinanderzuhalten. Ich vermisste den Job in der Leichenhalle, den ich niemals hatte, der aber nach meinem Studium der normale Weg gewesen wäre. In Trier. Bei Anne. Mein Magen zog sich zusammen und knurrte laut. Ich war eindeutig zu müde. Und zu hungrig.

»Wir sind fast da.« Pia lächelte und schielte auf meinen Bauch.

»Klingt gut.«

»Da vorne.«

Mitten im Vondelpark mit Blick auf den See lag ein Restaurant. Das »Groot Melkhuis«. Die Tische standen unter einem zu den Seiten offenen Holzkonstrukt, an dem sich wilder Wein rankte.

Wir bestellten uns einmal quer durch die Frühstückskarte, bei fünf Einträgen aber auch kein Meisterwerk. Es gab Joghurt, Bananenbrot und Schokocroissants. Und schon war ich glücklich.

Leo setzte sich neben mich, Pia uns gegenüber. Edda und Kitty machten es sich zu unseren Füßen bequem.

Sein Croissant ignorierend drehte Leo sich zu mir. »Ich wollte mich schon lange mit dir unterhalten. Pia sagt, deine Fähigkeit fällt in den Bereich der Eindrucksübertragung.«

Ich nickte, meinen Mund voller Bananenbrot.

Er sah mich erwartungsvoll aus großen braunen Augen an, bis ich fertig gekaut hatte.

Dann erklärte ich ihm unsere Fähigkeit.

Er nickte dabei aufgeregt vor sich hin. »Du musst mir unbedingt beibringen, worauf man achten muss. Weißt du …« Er unterbrach sich und schaute sich um, als würden wir belauscht, dabei saß niemand in Hörweite. Er senkte seine Stimme trotzdem. »Weißt du, wenn Edda eine Stelle markiert, dann kann ich mindestens eine Stunde, manchmal bis zu drei, fühlen und hören, was an dem Ort passiert. Wenn ich mich ganz dolle konzentriere, kann ich manchmal sogar was sehen.«

Ich sah Pia an. »Kann ich ihn mir mal ausleihen?«

Sie stützte den Kopf auf die Hand. »Lass es lieber. Fuchspisse stinkt abartig.«

Leo verbrachte die nächste Viertelstunde damit, mir von seinem Biologieunterricht, seinen Seelentierrecherchen und Pias und seiner Familiengeschichte zu erzählen, die sich hauptsächlich in einem Dorf umgeben von Wald abspielte.

»Als wir jung waren, hat Pia jedes einzelne Tier angefasst, das wir gesehen haben. Sie hat super viele Narben, weil sie durchs Gebüsch geklettert ist, nur um Rehe zu berühren. Oder das eine Mal, mit dem Igel.« Er schüttelte die Hand, als hätte er Schmerzen. »Hat ganz schön geblutet. Und dann war da einmal dieser Bär …«

»Das reicht jetzt.« Pias Wangen waren knallrot. »Jeder wollte damals ein Seelentier haben.«

Leo lehnte sich zu mir und flüsterte: »Als ich Edda als Baby verstoßen im Wald gefunden habe und wir uns verbunden haben, war sie echt wütend.«

»War ich nicht.«

»Glücklich warst du jedenfalls nicht.«

Sie presste die Lippen zusammen und sah zur Seite. »Ich war höchstens ein wenig neidisch.«

Mir kam das hier vor wie ein unpassendes Thema für ein drittes Date, aber was wusste ich schon. »Sich ein Seelentier zu wünschen ist ja nichts Ungewöhnliches. Vor allem als Kind. Auf den Bauernhöfen heimlich die Jungtiere zu berühren, war bei uns zu Hause unter den Kindern ein richtiger Sport.« Dabei heraus kam so gut wie nie etwas, die Anziehung musste größer sein, um eine Verbindung herzustellen. Kitty und ich waren am gleichen Tag geboren und als Nachbarn aufgewachsen. Schon mit einem halben Jahr hatte ich sie streicheln dürfen. Wir kannten gar kein Leben ohne einander. Die häufigsten Verbindungen passierten, bevor Kind und Tier ihr fünftes Lebensjahr abschlossen. Unmöglich war es danach nicht, aber statistisch immer unwahrscheinlicher.

Kitty legte ihren Kopf auf meinen Fuß. Manchmal fragte ich mich, wie es ohne sie wäre. ‚Langweilig' kam mir dann meistens in den Sinn.

Pia funkelte Leo an, wie ich Kitty anfunkelte, wenn sie mit etwas aufhören sollte. Er hob nur die Schultern. Dann zuckte er zusammen und rieb sich die Ohren. »Edda?«

Unter dem Tisch saß sie nicht. Wir sahen alle zum See, an dessen Oberfläche sie gerade schnupperte.

»Bin gleich wieder da.« Leo lief zu seiner Füchsin hinunter und Pia lehnte sich nach vorn.

»Tut mir leid. Er redet manchmal einfach drauf los.«

»Schon in Ordnung. Ich würde gerne mehr über deine dunklen Geheimnisse erfahren.« Ich hob und senkte die Augenbrauen.

Sie lachte. »Ach, ist das so? Dann lass mich mal überlegen. Als Kind wollte ich Astronautin werden. Dann Feuerwehrfrau. Aber nur mit einem coolen Begleiter, einem mutigen Schäferhund zum Beispiel. Leo weiß gar nicht alles von dem, was ich damals versucht habe, um an ein Seelentier zu kommen, da ist er noch zu jung gewesen.«

»Und deswegen bist du jetzt in der Abteilung Seelentierdelikte.«

»Ironisch, nicht wahr? Ich hab keins bekommen und nun arbeite ich auch noch tagtäglich mit ihnen. Aber ich hab gelernt, dass Seelentierpartner zu sein so einige Tücken mit sich bringt, also bin ich heute gar nicht mehr so neidisch.« Sie legte den Kopf schief und ihre Locken wurden von einer frischen Brise durchgeweht.

»Und dann suchst du dir jemanden wie mich?« Unsere Stimmen waren kaum lauter als ein Flüstern. Ich müsste mich nur ein wenig nach vorn beugen, dann könnte ich ihre Lippen berühren.

»Vielleicht hab ich ein Faible für hübsche Frauen mit störrischen Ziegen.«

»Na, dann trifft es sich ja wunderbar, dass ich auf starke Frauen mit polizeilichem Hintergrund stehe.«

Pia legte eine warme Hand auf meine Wange. »Perfekt. Besagte starke Frau würde gerne herausfinden, wie es sich anfühlt, deine schwarzen Lippen zu küssen.« Sie fuhr mir mit dem Daumen über die Unterlippe.

Heilige Scheiße. Sie kam näher. Unsere Nasenspitzen berührten sich fast. Ich konnte ihren Atem auf meinen Lippen spüren. Gerade wollte ich so sexy wie möglich ein »Das würde die hübsche Frau sehr freuen« hauchen, da sprach uns jemand von der Seite an.

»Gehört der zu Ihnen?«

Wir zuckten zusammen und drehten uns zu der Kellnerin, die vor unserem Tisch stand. Sie deutete runter zum See, wo ich erwartete, Leo und Edda zu sehen, die irgendeinen Unsinn anstellten. Doch da lief nur ein Emu entlang und rannte gelegentlich auf unaufmerksame Spaziergänger zu. Was ein lebender Dino in seiner Freizeit halt so tut.

»Nein, den kennen wir nicht.«

Die Kellnerin stemmte sich ein Tablett in die Hüfte. »Mist. Der vergrault uns noch alle Kunden.«

Pia sprang auf. »Wo ist Leo?«

Vermutlich gekidnappt, wollte ich erwidern, hielt mich aber zurück, als mir wieder einfiel, dass das in dieser Situation kein adäquater Witz wäre.

Lautes Dröhnen. Splitterndes Holz. Stinkender Lack.

»Hey!«, zischte ich und lehnte mich zu einer amüsierten Kitty hinunter. Ihr Blick sagte mir nur, ich solle froh sein, dass sie bei unserem Romantikmist nicht auch die Flucht ergriffen hatte.

»Hat er sein Handy auf laut? Vielleicht kannst du ihn ja anrufen.« Ich gesellte mich zu Pia, die am Rand des Cafés stand, von dem aus wir den Großteil des Sees und der umliegenden Wiesen und Wege sehen konnten. Nur lief da nirgends ein weißer Fuchs rum. Nur der Emu, der gerade hinter einem Rennradfahrer her sprintete.

Als ich meinen Blick von dem Vogel riss, hatte Pia schon Leos Nummer gewählt und wartete. Sie wirkte besorgter, als ich erwartet hätte. Wenn mir meine Schwestern im Park verloren gingen, setzte ich mich einfach irgendwo hin und wenn ihnen langweilig wurde, dann fanden sie mich schon, um mich zu nerven. Klappte jedes Mal.

Pia ließ ihr Handy sinken. »Mailbox.«

»Vielleicht sind sie vor dem Emu geflüchtet.«

Sie nickte, wirkte aber alles andere als überzeugt. »Ich geh ihn kurz suchen.«

Ich brachte unser Geschirr weg und folgte ihr.

Leo fanden wir nicht, dafür einen weißen Van mit der Aufschrift »Tierschutz«, die so ziemlich jeder in einer Garage und zehn Minuten Zeit besser hinbekommen würde.

»Oh nein.« Pia sprintete zum Wagen und versuchte, durch die Fenster etwas zu erkennen, doch im Fahrerhaus saß niemand, das konnte ich auch von etwas weiter weg erkennen. Außerdem waren sie sicherlich wegen des Emus hier.

»Hey, was machen Sie denn da?« Ein Mann mittleren Alters, Halbglatze und Schweißperlen auf der Stirn, kam angejoggt. In der einen Hand hielt er eine Schlinge, in der anderen ein Funkgerät.

»Hören Sie, wenn man Sie wegen eines Polarfuchses gerufen hat …«

»Was?« Der Mann blieb stehen und stützte seine Hände auf seinen Knien ab. »Ich muss öfter laufen gehen, glaub ich. Dieser Job macht mich fertig.« Er hatte einen Akzent, aber ich konnte ihn nicht einordnen. Vielleicht Französisch oder Spanisch.

Kitty meckerte ihn an. Der Mann zuckte zusammen und legte die Hand auf die Brust. »Meine Güte.«

»Die Dame fragt, ob sie wegen des evolutionsgeschädigten Dinosauriers hier sind«, übersetzte ich.

»Bitte was?«

Pia legte ihm eine Hand auf die Schulter. »Haben Sie einen Jungen mit einem weißen Fuchs gesehen? Das ist kein Polarfuchs.«

Ich reichte dem Herrn ein Taschentuch und er tupfte sich die Stirn. Ein wenig tat er mir leid, er sah so aus, als zweifelte er an seiner geistigen Verfassung.

»Also, äh …« Er holte eine Lesebrille und sein Handy aus der Tasche. »Wir sind wegen einer streunenden Katze hier.«

Aus den Augenwinkeln beobachtete ich den Emu. Ich war mir sicher, dass er uns ebenso beobachtete. Je näher er kam, desto deutlicher wurden die tiefen, dumpfen Laute aus seiner Kehle.

»Aber was haben Sie gesagt? Ein Polarfuchs?« Der Tierschützer rückte seine Brille zurecht.

»Nein, eben nicht. Ein normaler Fuchs, nur mit weißem Fell.«

»Und der läuft hier rum?«

»Nein. Ja. Mit meinem Bruder.«

Die beiden starrten sich einen Moment an. Das nahm der Emu wohl als Zeichen und rannte mit voller Geschwindigkeit und halb geschwungenen Flügeln auf uns zu. Ich hob den Arm und fasste das Tier an den Hals. Es stoppte, schnappte einmal in die Luft und stolzierte dann eingeschnappt davon. Kitty meckerte ihm etwas hinterher, das ich lieber nicht übersetzte.

»Ich werde zu alt für den Job.« Der Mann rieb sich über die Augen.

Pias Blick ging derweil zwischen mir und dem Emu hin und her. »Nicht schlecht.«

Der Mann seufzte. »Was ist denn heutzutage los? Hat keiner mehr Lust, auf seine Tiere aufzupassen? Und was ist jetzt mit diesem Polarfuchs?«

Pia sprintete davon. Wir sahen ihr hinterher, wie sie den Weg entlangrannte und hinter einer Baumgruppe verschwand. »War das Ihre Bekannte?«

»Ja, kann man wohl so sagen.«

»Ein bisschen komisch, was?«

Ich musste lächeln. »Einer ihrer Vorzüge.«

»Ah.« Der Mann nickte und bewegte sich weiterhin, als hätte ihm jemand einen Tritt verpasst. »Weiter gehts. Würden Sie mir wohl grad helfen, den Emu einzufangen?«

Das Tier umrundete uns noch immer und die gleiche Taktik wie bei meinen Schwestern funktionierte auch bei dem Tier. Ich stellte mich in den Van und es dauerte keine zwei Minuten, bis es mich wieder attackierte. Ich verschwand aus der Seitentür und der Emu stand zwischen kleineren Käfigen gefangen, bereit für den Transport.

Ich drehte mich gerade rechtzeitig um, um zu sehen, wie Pia mit Edda unter dem Arm auf uns zu marschiert kam, Leo im Schlepptau. Bei ihrem Gesichtsausdruck war ich dann doch sehr froh, nicht Leo zu sein.

16

Als ich nach Hause kam, lag ein Zettel in meinem Briefkasten, darauf eine unbekannte Telefonnummer. Ich rief sofort an und erst beim zweiten Klingeln fiel mir ein, dass es Anne gewesen sein könnte, die irgendwie einen Weg gefunden hatte, eine Nummer in meinen Briefkasten schmeißen zu lassen.

Doch eine männliche, mir mittlerweile recht bekannte, Stimme meldete sich. »Lucia?«

»In der Tat.«

»Hier ist Stojan. Mir wurde gesagt, du hättest mich gerettet. Ähm, ich dachte, ich sollte mich dafür bedanken.«

»Super Gedanke.« Ich sah auf die Uhr. »Kannst du in zwei Stunden im Gifts & More in der Innenstadt sein?«

»Wo? In Gouda?«

»Nein, in Frankreich.«

»Äh.«

»Neben der Kirche, in der Nähe vom Marktplatz. Ich schick dir den Standort.« Ich legte auf, bevor er die Möglichkeit hatte, Widerworte zu finden. Die Situation musste in Gänze genutzt werden.

Kitty meckerte.

»Wir haben noch Zeit. Mach doch ein Nickerchen.«

Das ließ sie sich nicht zweimal sagen.

Stojan sah ein wenig ungelenk aus.

Ich vermutlich auch. So schräg wie die Plattform war, auf der wir saßen, machte ich mir Sorgen, dass meine Rosenlimo gleich im Kanal landete. Neben uns stand ein alter Holzanhänger mit einem Gärtchen darauf. Wie man den die schmale Treppe hochbekommen hatte, blieb ein Rätsel. An der Regenrinne kam ein Eichhörnchen herunter, das auf die Schulter einer jungen Frau am Nachbartisch hüpfte, und sich dann in deren Kapuze gemütlich ausstreckte. Ihrem Gegenüber lag eine schwarze Katze zu Füßen.

»Also.« Stojan flüsterte. Seine Augen waren rot umrandet und sein Gesicht bleicher als sonst.

»Geht es dir wieder gut?« Ich nippte an meinem erfreulich pinken Getränk. Genau die richtige Mischung aus fruchtig und einem Hauch herb.

»Ja, nur noch ein wenig …«, er räusperte sich, »… verkatert vielleicht.«

Das wunderte mich nicht wirklich.

»Also. Danke.«

Ich lehnte mich auf den Tisch und fixierte Stojan mit Blicken. »Ich weiß, dass du bisher nicht wolltest, dass ich im Fall eurer Großmutter ermittle. Aber dein Bruder sieht das anders.«

Stojan wich meinem Blick aus.

»Ich würde dir gerne ein paar Fragen stellen«, sagte ich.

In seinem Gesicht spiegelte sich ein Ringkampf zwischen Resignation und Aufmüpfigkeit.

Ich fing an zu fragen, bevor sich der Kampf zu meinen Ungunsten entscheiden konnte. »Hast du deine Großmutter umgebracht?«

Er zuckte zurück. Ein paar stille Sekunden lang blinzelte er mich verdutzt an. »Nein, natürlich nicht. Ich hab ein Alibi.«

»Das klingt nicht sehr überzeugend.«

»Ich war bei Zuri.«

»Die mir gestern bestätigt hat, dass du dich in Bezug auf deine Großmutter seit deren Tod seltsam verhältst.«

Er legte den Kopf in die Hände und schüttelte ihn gleichzeitig. »Aber nicht, weil ich sie … du weißt schon was habe. Es ist nur … ich fühle mich schuldig. Aber du musst mir glauben. Ich hätte ihr niemals etwas angetan.«

Ich schlug die Beine übereinander und lehnte mich zurück. Hauptsächlich, weil unsere Waffeln kamen. Die Geste hatte den Effekt, dass Stojan tief durchatmete und einen Joint aus der Tasche holte.

Vor mir wurde eine Waffel mit Erdbeeren und Smarties abgestellt, vor Stojan eine mit Vanilleeis und Kirschen. Eines meiner Smarties rollte vom Teller über den Tisch und auf den Boden, wo es zwischen den Ritzen für immer im Wasser verschwand.

Stojan rollte den Joint ein paar Mal zwischen Daumen und Zeigefinger, bevor er ihn wieder verschwinden ließ.

Nachdem wir schweigend die Hälfte unserer Waffeln – Kitty verlangte dabei fast alle meine Erdbeeren, ich hatte ja schließlich noch die Waffel – aufgegessen hatten, begann er zu reden. »Es ist jetzt ziemlich genau zwei Jahre her. Als es passiert ist, war ich gerade mit Zuri und noch ein paar anderen Freunden in der Schule. War mein letztes Ausbildungsjahr, nachdem ich zwischendurch ein Studium angefangen und abgebrochen hatte. Ist auch nicht wichtig. Jedenfalls hat Tomek mich vollkommen aufgelöst angerufen, und ich hab erst gar nicht verstanden, was er wollte.« Er stocherte in seinem schmelzenden Vanilleeis herum. Über uns raschelten Blätter und unter uns plätscherte das Wasser. Unsere Tischnachbarn waren mittlerweile gegangen. »Als ich angekommen bin, hab ich es dann gesehen. Oma lag auf dem Teppich mitten in ihrer geliebten Mühle, blass und komisch. Tot eben.«

Ich musste mich anstrengen, um ihn zu verstehen, aber ich wollte nicht riskieren, dass er aufhörte, wenn ich mich näher ran lehnte.

»Ich war so geschockt. Mama und Papa waren da gerade ein Jahr ausgewandert. Oma war so ziemlich alles an Familie, was wir hier noch hatten. Der Rest wohnt in Polen, aber Tomek und ich hatten hier Freunde und Arbeit, daher …« Er schüttelte den Kopf. »Auch egal. Jedenfalls lag sie da. Tomek ist so aufgelöst gewesen, er hatte noch nicht mal die Polizei gerufen. Das hab ich natürlich sofort gemacht, aber dann hab ich einen Brief gefunden.«

Ein dumpfes Gefühl breitete sich in meinem Magen aus, als hätte Kitty mit ihrem Huf einmal fest zugetreten.

Stojan holte einen Schlüssel aus der Tasche und legte ihn auf den Tisch. Er war alt, ein wenig angerostet und sah so aus, als könnte er in das Fach über der Badewanne passen. »Ich habe ihn gelesen und versteckt, damit Tomek ihn nicht findet. Die Polizisten meinten, sie litt unter Blutarmut oder so. Dabei hatte sie eine Platzwunde am Kopf, die wohl von ihrem Fall nach der Einnahme von was auch immer stammen soll. In ihrem Schreiben stand, dass sie ihre Träume nicht verwirklichen konnte, einsam war und wenigstens ihren Tod richtig machen wollte.« Er rammte die Gabel in die Waffel. »So ein verdammter Schwachsinn. Das ergibt doch alles keinen Sinn.« Seine Augen waren noch röter und inzwischen auch noch feucht. Ein paar Tränen rollten ihm über die Wange. Er schniefte und rieb sich über die Augen.

Ich reichte ihm ein Taschentuch.

Die Kellnerin kam heraus, beäugte uns misstrauisch und verschwand wieder im Inneren.

»Das erklärt noch nicht ganz, weshalb du dich schuldig fühlst.« Ich biss mir auf die Lippe. Fast hätte ich meine eigenen Vermutungen nachgeschoben und damit die wichtigste Regel des Verhörs gebrochen. Stojan seufzte. »Ein paar Wochen vor ihrem Tod habe ich mir relativ viel Geld von ihr geliehen, um Zuri zu helfen. Ich hab in der Ausbildung noch nicht genug verdient und sie auch nicht. Oma kannte Zuri und hat es mir sofort gegeben. Es war zwar nicht die Welt, aber es war nur geliehen. Ich hatte das damals aber nicht im Sinn, dass es dann bei der Aufteilung ihres Geldes nicht mit einfließen würde. Ich hatte einfach Angst vor … ich weiß auch nicht. Dass ich mich verdächtig mache? Dass meine

Familie wütend ist? Dass du angefangen hast zu ermitteln, hat das alles wieder hochgebracht, und ich wollte das Geld von Zuri zurückhaben und an eine wohltätige Organisation spenden, einer die Schildkröten hilft.« Er stockte kurz. »Das ergibt nämlich am wenigsten Sinn. Sie würde Schnucki niemals alleine lassen. Auf gar keinen Fall, nicht in diesem Universum und auch in keinem anderen.«

Das Vanilleeis schmolz vor sich hin und erweichte die Waffel. Stojan atmete ein paar Mal tief durch. »Mir ist auch klar, dass da was verdächtig bei ist. Denkst du, ich war es? Ich habe sie umgebracht?«

»Ich fürchte, ich habe für dich eine gute und eine schlechte Nachricht.« Das wollte ich schon immer mal sagen, aber irgendwie nicht in diesem Zusammenhang. »Ich glaube nicht, dass du etwas mit ihrem Tod zu tun hast. Das Problem ist nur, dass sie Opfer eines Serienmörders geworden sein könnte.«

»Wo ist der Teppich?«

Tomek, Stojan, Kitty und ich standen im Wohnzimmer der Mühle und alle drei starrten mich verdattert an. Die Brüder waren auf den neusten Stand gebracht worden und ich war mit dem alten Schlüssel bewaffnet hergekommen. Ich deutete auf den Betonboden. »Da war ein Teppich. Wo ist er hin?«

Tomek rieb seinen Ohrring und Stojan kniete sich hin, als könnte er den Boden hypnotisieren, um ihm die Antwort zu verraten. »Weißt du was? Das hätte ich mich auch schon mal fragen sollen.«

»Haben wir den nicht in die Reinigung gebracht?«

»Und dann?« Stojan streichelte über Kittys Kopf. Vielleicht war das auch sein Plan beim Hinknien gewesen.

Die Brüder sahen einander an und mir war schon klar, was als Nächstes kommen würde.

»Also ich hab ihn nicht wieder abgeholt«, sagte Stojan und Tomek zuckte mit den Schultern.

Na, ganz toll. »Zu welcher Reinigung?«

Stojan dachte kurz nach, dann schnipste er, wie um seine Erinnerungen für ihre Arbeit zu beglückwünschen. »Die mit dem dämlichen Papagei.«

»Klingt fantastisch.«

»Kann ich nicht empfehlen.«

Ich notierte mir das Logo und lotste meine Entourage dann zur Badewanne. Ich stieg hinein und schloss das Fach in der Wand auf. Piotra musste wirklich Spaß daran gehabt haben, so viele unscheinbare Verstecke wie möglich in ihrem Haus unterzubringen. Wir hätten uns sicher gut verstanden. Das Loch in der Mauer beherbergte bis auf den besagten Brief noch eine Metalldose für Seife. Darin klapperte etwas.

»Was ist das?«, fragte ich.

Stojan nahm die Dose an sich und wog sie in der Hand, bevor er sie auf dem Schreibtisch platzierte. »Die Ohrringe, die sie bei ihrem Tod getragen hat.«

Das konnte eine große Chance sein, aber ein so sentimentales Stück wollte selten jemand von einer Ziege anlecken lassen. Eigentlich generell nicht.

»So ein Arsch.« Stojan stapfte zum Fenster und zog die Vorhänge zu.

Ich wartete kurz auf eine Erklärung und er tat mir den Gefallen.

»Das ist Klaas' Vogel. Dummes Vieh, kann kaum geradeaus fliegen. Aber Klaas kann durch seine Augen sehen. Und seit gestern Abend hab ich ihn jetzt schon dreimal gesehen. Jetzt stalkt der Mistkerl uns auch noch. Kann ich grad echt nicht gebrauchen.«

»Ich hörte schon, dass ihr einander kennt.«

Tomek beäugte den Brief, während er sprach. »Wir waren zusammen in der Schule, lange befreundet und haben alles zusammen gemacht. Erst als seine Mutter krank wurde, ist er so kalt geworden. Er hat uns verstoßen und tut gerne so, als sei das alles nicht seine Schuld gewesen. Die erste Zeit haben wir noch Verständnis aufgebracht.«

Stojan verschränkte die Arme und lehnte sich an den Fenstersims. »Er hatte kein Recht, so mies zu werden, egal wie schwer er es vielleicht hatte.«

»Mag schon sein, aber …«

»Sie ist ja nicht mal gestorben. Sie lebt doch noch.«

Tomek verdrehte die Augen. Er klang nicht so, als sei das das erste Mal, dass sie diese Diskussion führten.

»Möchtest du ihn lesen?« Ich hielt Tomek den Brief hin.

Er schüttelte den Kopf. »Ist doch eh Fake, oder?«

»Ich glaube, aber ich kann falsch liegen.«

Er überlegte einen Moment. »Nein, ich glaube nicht.« Er nickte zu Kitty und sie nickte zurück. »Leck ihn an, kleines Zicklein.«

Kitty streckte den Rücken durch und ihre Zunge raus. Schön, dass sie und Tomek sich so gut verstanden.

Ich hielt ihr den Brief hin.

Raschelndes Papier. Kratziger Stift. Metallgeruch.

Ich betrachtete den Brief genauer. Die Tinte war an einigen Stellen verlaufen, als wäre er hektisch geschrieben und zum Trocknen gewedelt worden. Unten in der Ecke erkannte ich dunklere Flecken. Könnte Blut sein. Ich hielt Kitty die andere Seite erneut hin.

Scheiße. Scheiße. Scheiße.

Eine weibliche Stimme murmelte panisch vor sich hin. Die Sache wurde interessant. War dieser Mord ein Versehen gewesen oder hatte die Täterin Angst, erwischt zu werden? Gehörte die Stimme auch wirklich zum Täter? Die Idee fühlte sich richtig an. Pias Gesicht kam mir in den Sinn, Augenbrauen erhoben. »Das ist kein Beweis«, sagte sie.

Ich schloss die Augen und versuchte, den Eindruck zu behalten. Die Stimme gehörte einer Erwachsenen. Eindeutig weiblich, vielleicht etwas älter, schwer zu sagen.

»Hatte Piotra Feinde?«

»Nope.« Stojan spähte zwischen dem Vorhang hindurch aus dem Fenster. »Und bevor du nach Freunden fragst: Ja, das ganze verdammte Dorf. Die Frau war beliebter als Elvis.«

Tomek setzte sich auf den Schreibtischstuhl und spielte mit der Metalldose. »Das ist vielleicht ein bisschen übertrieben.«

»Aber auch nicht ganz falsch.«

Jedenfalls half mir das nicht weiter. Verdammt, jetzt fiel mein einziger Verdächtiger weg, ich hatte noch ein weiteres Opfer entdeckt und noch weniger Ideen als vorher, wer stattdessen dahinterstecken könnte. Es gab keinen offensichtlichen Zusammenhang zwischen den Fällen außer, dass ... die älteren Opfer tatsächlich selbstmordgefährdet waren und die neueren nicht. Und, vorausgesetzt wir hatten jetzt alle Opfer beisammen, verkürzten sich die Abstände drastisch. Worum ging es hier? Ritualmorde? Gab es irgendwo Handschriftproben, um die Schrift vergleichen zu lassen? Ich schüttelte innerlich den Kopf. Sinnlos. Ich brauchte mehr Eindrücke, das war nun einmal unsere stärkste Waffe. Und Polizeiakten, aber die waren zu schwer zu bekommen.

Tomek öffnete die Metalldose und holte die goldenen Ohrstecker heraus. Die wirkten zu winzig, um überhaupt einen Eindruck zu enthalten.

»Was ist das für eine Dose?« Ich konnte mir kaum vorstellen, dass daran etwas Nützliches haftete, aber das abgenutzte Silber mit dem Tulpenmotiv obendrauf, weckte trotzdem meine Aufmerksamkeit.

Tomek hielt sie hoch. »Seifendose, glaube ich.«

»Hat sie bestimmt von Aikje bekommen. Die beiden saßen in der Kirche immer nebeneinander und waren wohl ganz gut befreundet.« Schon wieder eine Verbindung zu den berühmten Seifen.

»Wohl? Klingt nicht sehr überzeugt.«

»Ist halt Klaas' Tante. Sie hat uns immer Pfannkuchen gemacht und abends Geschichten erzählt. Hab sie aber seit der Sache mit Joline nicht mehr viel gesehen. Oma, glaub' ich, auch nicht.«

Tomek schloss die Dose wieder. »Die Seifen kann ich empfehlen. Die riechen so gut, man hat das Gefühl, als würde man im Meer schwimmen oder in einer Blumenwiese ein Nickerchen machen.«

»Steckt da eine Fähigkeit hinter?«

Beide Brüder schüttelten entschlossen ihre Köpfe.

Stojan wedelte mit der Hand vor der Nase, als würde er eine schlecht riechende Fliege verscheuchen wollen. »Weder Aikje noch Joline haben Seelentiere, das wüssten wir. Und Klaas' Vieh kann kaum geradeaus fliegen.«

Kitty meckerte. Sie mochte den Begriff Vieh nicht.

»Sorry, Zicklein. Der dumme Vogel.«

Zufriedenes Meckern.

Stojan sah auf die Uhr. »Ich muss langsam los, hab heut' Spätschicht in der Werkstatt.«

Ich lehnte mich an den Rand der Wanne. Ich würde mich nachher mit Denim austauschen und ihr von den Entdeckungen berichten. Bis dahin war dieser Fall eindeutig der vielversprechendste, um dem Täter auf die Schliche zu kommen. Und am besten machte ich da weiter, wo die meisten Eindrücke schlummerten. »Ich brauch die Adresse des dämlichen Papageien. Ich geh' den Teppich suchen.«

17

Die Reinigung lag recht weit außerhalb der Stadt, was Kitty keineswegs störte, denn die konnte vorn im Lastenfahrrad ein Nickerchen halten. Ich dagegen musste bei Ankunft mein Deo erneuern und hoffen, dass ich nicht zu sehr nach Schweiß roch. Die drei Mal, die mein Rock fast in die Speichen geraten wäre, senkten den Stressfaktor auch nicht und die Sprachnachrichten für Denim sollte ich in Zukunft nur ohne Gegenverkehr in Sicht aufnehmen. Ich nahm mir einen Moment, um durchzuatmen und die Reinigung zu begutachten.

Kitty meckerte.

»Jep.« Das Ganze wirkte wie ein Mini-Fabrikgebäude aus dem viktorianischen England, das sich verirrt hatte und nun zwischen zwei Mehrfamilienhäusern so tat, als gehörte es dazu. Über der großen Metalltür hing ein verblasstes, ehemals buntes Schild: »Reiniging vor tapijten.« Reinigung für Teppiche also.

»Wie hoch stehen wohl die Chancen, dass der Teppich noch hier ist?«

Meckern. Null, sagt sie.

Hoffentlich hatten sie auch auf, nirgends hingen Öffnungszeiten. Ich fand die Tür innerhalb des Tores und drückte vorsichtig die Klinke runter. Die Tür öffnete sich laut quietschend und schabend. Ein wenig Schmieröl wäre mal angemessen.

Das Licht brannte, aber an dem verloren wirkenden Ikea-Schreibtisch am Eingang der Halle saß niemand. Wer auch immer hier arbeitete, befand sich wohl zwischen all den Teppichen in sämtlichen Größen und Arten, die an Stangen von der Decke hingen. Der Kleinste erreichte gerade einmal die Länge meines Unterarms, der Größte reichte von der Decke bis zwei Zentimeter über dem Boden. Am beliebtesten schienen mir blau und rot als

Farbwahl. Ich hätte auf grau und weiß getippt, aber freute mich, dass ich falsch lag. Mehr Farbe ist nie verkehrt, außer es geht um Kleider.

Aus dem hinteren Bereich ertönte das Geräusch von Wasser, das über den Boden gekippt wurde, dann von einer Art Sauger oder zumindest etwas, das laut brummte.

Die Tür fiel klackend hinter uns ins Schloss und eine Klingel läutete. Ist die beim Aufmachen schon da gewesen? Ich drehte mich um und entdeckte einen Papagei. Das war dann wohl das berüchtigte Tier. Seine Federn leuchteten rot, gelb und blau und die schwarzen Knopfaugen blickten amüsiert. Der Klingelton erklang erneut, eindeutig aus dem Schnabel des Vogels.

»Guten Tag, liebe Kunden. Wie ich sehe, haben Sie keinen Teppich bei sich. Wollen Sie einen abholen?« Er lachte so laut, dass es blechern durch die Halle klang, nur gedämpft von den vielen Teppichen. »Natürlich nicht. Sie waren ja noch nie hier.« Seine Stimme klang zwar etwas hoch und quietschend, aber trotzdem erstaunlich klar für einen Vogel.

Kitty meckerte. Seelentier.

»Wir würden in der Tat gerne einen Teppich abholen. Er wurde vor zwei Jahren hier zur Reinigung gegeben. Ich habe ein Bild dabei.«

Der Papagei lachte, als hätte er noch nie so einen guten Witz gehört. Ich konnte es ihm nicht einmal verübeln.

Es dauerte beeindruckend lange, bis er wieder zur Ruhe kam. »Sie sind wohl zu Scherzen aufgelegt, junge Dame. Nur wer den Teppich herbringt, kann ihn auch wieder abholen.«

»Der Besitzer muss arbeiten.«

»Seit zwei Jahren?«

Der Vogel breitete die Flügel aus und landete auf dem Ikea-Tisch. Die weiße Farbe blätterte davon bereits ab und die Krallen des Tieres, die beim Gehen darüber kratzten, hinterließen weitere

Risse. Mit besagten Krallen zog er sich an einer Leiter hoch, die ihn auf ein Podest mit einer Stange führte, auf der er es sich nun gemütlich machte. Er saß jetzt auf Augenhöhe.

»Ich kann Ihnen ein vorzügliches Angebot machen. Wie wäre es …« Er wedelte mit den Flügeln, wie um einen magischen Trick vorzuführen. »… mit einem neuen Teppich?« Er lachte. »Wie wär es damit?«

»Nein, danke.« Ich hielt dem Vogel mein Handy vor den Schnabel, es zeigte das Bild einer Zeichnung des Teppichs. Zugegeben, sie sah echt beschissen aus. Aber über was Besseres als die Bleistiftstriche, ausgefüllt mit blau und grün, besaß ich nicht. Tomek und ich hatten auf die Schnelle kein Foto auftreiben können.

Der Papagei hob langsam seinen Blick. »Ich bekomme das Gefühl, dass Sie mich nicht ernst nehmen.«

»Keineswegs. Mir ist bewusst, dass dies ein außergewöhnlicher Fall ist. Doch dieser Teppich ist wichtig und ich würde mich freuen, wenn Sie mir helfen könnten.« Den Vogel zu siezen kam mir fast komischer vor als fremde Menschen zu duzen, aber wenn er es so wollte, folgte ich lieber seinem Beispiel. Den Vogel in irgendeiner Form zu beleidigen, kam mir nicht wie eine gute Idee vor, aber das hatte ich bestimmt schon getan. Ups.

Der Vogel griff nach meinem Handy und flog damit davon in den Teppichdschungel.

Kitty meckerte.

»Er kommt bestimmt zurück.«

Ich konnte förmlich hören, wie sie die Augen verdrehte. *Du und dein Optimismus.*

»Ach komm schon, er wirkt wie ein Vogel mit Klasse.«

Er kam nur leider nicht zurück. Aus dem hinteren Bereich ertönten unaufhörlich verschiedene Geräusche. Wasser, brummen, schaben, mehr Wasser. Zwischendurch roch die Luft nach Zitrusreiniger.

Kitty meckerte und machte sich auf in den Teppichdschungel. Ich wollte lieber warten, aber inzwischen verlor auch ich das Vertrauen in den Vogel.

Ich rief mir in Erinnerung, wie die Brüder den Teppich beschrieben hatten. Ein blauer Teppich mit einem Muster, das aussah wie Wellen. Blau mit weißen Schaumkronen im Wechsel, zwischendrin Strudel. Ziemlich groß muss er auch gewesen sein, wenn er den Großteil der Betonfläche eingenommen hatte.

Ich schob einen gelben indischen Teppich zur Seite und offenbarte einen weiteren in Rot, dann ein paar fellige graue und welche mit Knoten, dann noch einen mit orientalischem Muster. Hier konnten wir uns drin verirren.

»Entschuldigung.« Ich schob noch ein paar weitere beiseite, dann erreichte ich den Ursprung der Geräusche. Ein Mann Mitte fünfzig in Latzhose, mit wettergegerbter Haut, langem Bart und Glatze schob ein Gerät vor sich her, das in Kreisen den Teppich unter seinen Borsten zum Schäumen brachte. Als er uns bemerkte, schaltete er das Gerät aus und lächelte. »Guten Mittag, Miss. Konnte Pier Ihnen nicht helfen?«

»Er ist mit meinem Handy weggeflogen.«

Der Mann lachte. »Sowas macht er manchmal.« Er pfiff dreimal. Der Vogel kam aus einem weiteren Raum und landete auf der Schulter des Mannes, mein Handy noch in den Krallen. Behutsam nahm der Mann es an sich und reichte es mir.

»Pier hat ihr Gesicht nicht im Gedächtnis, also waren Sie noch nie hier. Wie kann ich helfen?«

»Gar nicht«, krächzte der Papagei. »Die haben 'nen Knall. Wollen 'nen Teppich von vor zwei Jahren.«

»Hmm.« Er fuhr sich durch den Bart. »Haben Sie ein Bild des Besitzers?«

Ich zeigte ihm Stojans Profilbild. Der Papagei schüttelte sich. Die beiden sahen sich an und der Mann nickte. »Ich erinnere mich. Ich schmeiße keine Teppiche weg, er müsste hier noch irgendwo sein.« Mann und Vogel verschwanden in einen Raum, in dem die Teppiche gestapelt in Regalen lagen.

Kitty meckerte.

»Ein bisschen mehr Geduld, ok?«

Mehr Meckern.

»Ich hab dir auf dem Weg hierher Heu angeboten.«

Theatralisches Meckern, dass Heu nicht zum Mittagsmenü für gehobene Ziegen gehörte.

Ich seufzte. Zum Glück kamen die beiden Ladenbesitzer nicht viel später zurück, einen riesigen aufgerollten Teppich hinter sich herschleppend. Die Krallen des Vogels steckten tief im Stoff und er schlug kräftig mit den Flügeln. Trotzdem wirkte es nicht so, als würde er tatsächlich helfen. Kitty meckerte beeindruckt. Ich hatte auch nicht damit gerechnet, dass sie ihn wirklich noch lagerten.

»Das müsste das gute Stück sein.« Der Herr ließ den Teppich auf den Boden fallen und dieser rollte sich ein wenig auf. Die blaue Farbe erinnerte an einen Sommertag am Meer. »Vor zwei Jahren hier abgegeben, gereinigt und seitdem wartet er auf Abholung.«

»Perfekt.« Ich ging ein paar Schritte auf den Teppich zu, doch der Papagei schnitt mir den Weg ab, indem er nur Zentimeter entfernt an mir vorbeiflog.

»Sie haben Ihn nicht hergebracht, Sie können Ihn nicht abholen.«

»Ich habe die Erlaubnis des Besitzers.«

Der Mann schüttelte den Kopf. »Tut mir leid, das ist bei uns so Standard. Nicht, dass mal jemand einen Teppich abholt, der ihm nicht gehört. Wir können hier dafür garantieren, dass das nicht passiert.« Er tippte sich an den Kopf und der Papagei plusterte seine Federn.

Ich warf Kitty einen Blick zu. Sie nickte leicht. Zeit für Plan B.

»Können Sie mir dann vielleicht einen neuen Teppich empfehlen?«

Der Mann stutzte, aber der Papagei wippte freudig auf und ab. »Endlich eine gute Entscheidung. Folgen Sie mir.«

Ich folgte dem Vogel und zu meiner Erleichterung lief auch der Mann hinter uns her, aber nicht lange, denn er verließ uns irgendwo im Teppichchaos. Mist. Kitty musste vorsichtig sein.

»Hier haben wir ein exzellentes Stück aus Indien. Bestaunen Sie die feinen Muster, das handwerkliche Geschick und das Auge für Farbe, die feinen Übergänge von grün und gelb, die Kunst eines echten Meisters! Es kostet auch nur Dreitausend Euro.« Der Teppich war kaum größer als ein Sofatisch.

Ich nickte. »Wirklich beeindruckend. Geht es einen Hauch günstiger?«

Der Papagei schnalzte mit der Zunge. Mehrfach. Sehr eindeutig herablassend. »Wenn es sein muss.« Er führte mich zu einem grauen, etwas trostlos dreinblickenden Exemplar. Sah so aus, als wären wir von einem Extrem ins andere gesprungen.

Zitrusduft. Dröhnende Maschinen. Schrubbende Borsten.

Hoffentlich hatte die Reinigung die Eindrücke nicht komplett überlagert. Eigentlich müsste die Vergangenheit stärker sein, vor allem wenn Piotra auf ihm ermordet worden war. Denims Beschreibung kam mir wieder in den Sinn. Kein Blut, dabei wusste ich inzwischen, dass sie eine Platzwunde gehabt hatte. Sie könnte dort hingelegt worden sein. Mist.

»Sind Sie nicht zufrieden mit meiner Auswahl?« Der Papagei breitete einen Flügel aus und deutete auf den grauen Teppich. »Passt hervorragend in moderne Wohnzimmer. Kostet auch nur dreihundert Euro. Ein wahres Schnäppchen.« In seiner Stimme klang ein gewisser Missmut mit.

»Der sieht ein bisschen traurig aus.«

Der Vogel stieß mit einer Art Schrei das erste vogelartige Geräusch des Tages aus. »Ich sehe, die Dame ist schwer zufriedenzustellen.«

Ich verschränkte die Arme vor der Brust und hob das Kinn. Ich musste Kitty Zeit verschaffen. »Und? Ist das etwa ein Problem für dich?«

Pier richtete sich auf. »Natürlich nicht. Folgen Sie mir.«

Weiter ging es mit einem Teppich: »Perfekt für das Arbeitszimmer mit Urlaubsfeeling« in Grüntönen.

Tropfen. Gequältes zischendes Geschrei. Schwacher Salzgeruch.

Da war er, der richtige Zeitpunkt. Das Geschrei musste von Schnucki der Schildkröte gekommen sein und wieder dieser Salzgeruch … Wenn wir dessen Ursprung finden könnten …

»Haben Sie Ihre Aufmerksamkeitsspanne heute zu Hause vergessen?«

Ich lächelte. »Tut mir leid, worum ging es?«

Pier seufzte theatralisch. »Einen Teppich. Den hier, um genau zu sein. Kommt aus China. Grün, falls ihre Augen auch eingeschlafen sind.«

»Toll.«

Lautes Zischen. Kleine Tapsen. Erdbeere.

Wo kam denn jetzt die Erdbeere her? Das Zischen war das Gleiche wie bei den anderen Tatorten, aber hier klang es deutlicher, nach weniger Reifen und mehr … Tier? Nach Schildkröte hatte es sich nicht angehört. Vielleicht eine Katze. Nein, die würde fauchen. Es war eher ein Zischeln. Ein Reptil? Eidechse? Schlange? Wenn eine Schlange involviert war, hätten sich doch Bissspuren finden müssen. Fehlendes Blut brachte mich auf Fledermaus, aber die zischten auch nicht. Vielleicht ein Gerät?

Um mich herum wurde es ein wenig zu still. Ich sah auf. Pier starrte mich an. »Fertig mit abschweifen?«

»Gegebenenfalls.«

»Klingt nicht überzeugend.«

Ich zuckte mit den Schultern.

Schmerzerfülltes Stöhnen, durchzogen von polnischen Schimpfwörtern. Zitternde Hände auf dem weichen Stoff.

Nicht Piotras Hände, da war ich mir sicher. Mich beschlich das Gefühl, wir suchten nicht nach einem Einzeltäter.

Ich glaubte, der Papagei verlor langsam seine Geduld. Er hielt sich den Flügel vor den Kopf und spähte dann darüber. »Ich geh dann mal schlafen, wenn es Ihnen recht ist. Wecken Sie mich, wenn Sie fertig sind mit Nachdenken.«

»Es tut mir leid. Meine Aufmerksamkeit ist gerade woanders.«

»Was Sie nicht sagen. Das haben wir schon vor einigen Minuten festgestellt.«

Der Teppich neben uns wurde von dem Ladenbesitzer zur Seite geschoben und Kitty gesellte sich zu mir.

»Ihre Ziege hatte sich wohl verlaufen.« Er lächelte, winkte Kitty zu und verschwand dann wieder.

»Ah, der Zottel ist wieder da.«

Kitty meckerte und scharrte mit den Hufen.

»Vielen Dank für die Führung. Ich muss nun leider los.«

»Ich würde ja sagen auf Wiedersehen, aber ich weiß nicht, ob ich Sie wiedersehen möchte.«

Wie nett.

18

Mitten in der Nacht auf einen Spielplatz zu gehen, war sogar für mich was Neues. Ich hätte einen Friedhof oder eine leere Lagerhalle vorgezogen. Aber stattdessen trafen wir uns hier. Die Schaukel wippte im Wind, die Kette klackte und kratzte. Im Hintergrund floss ein Bach und die anderen Spielgeräte lagen im Dunkeln, nur beschienen vom Mond. Ich sah nach oben und bemerkte die Wolken. Wohl doch eher eine versteckte Straßenlaterne.

»Gibt es einen Grund, warum wir uns nicht in einer unserer Wohnungen treffen?«

Denim sah auf ihr Handy. »Ist doch noch früh. Ich dachte, wir können noch etwas frische Luft schnappen.«

»Ah.« Wie sie auf diesen Gedanken gekommen war, blieb mir ein Rätsel. Ich zog den Mantel enger um mich und bereute, die teuren Schuhe von American Duchess angezogen zu haben. Ich hatte erwartet, dass »El Dorado. Zweiundzwanzig Uhr« mich zu einer gemütlichen Bar führen würde.

Kitty meckerte und schnupperte in der Gegend herum.

Denim setzte sich auf eine der Schaukeln, die dabei böse quietschte. Irgendwie passte Denim ins Bild. Ein wenig traurig und düster.

»Was ist los? Hat dich die neue Fallzuordnung nicht aufgemuntert.«

Sie lächelte, aber es lag keine Freude darin. »Sollte man meinen, was?«

Da die andere Schaukel mehr als unbequem aussah, setzte ich mich auf das Klettergerüst, das knapp danebenstand. Ich lehnte mich zurück. Die Seile gruben sich in meinen Rücken. Blöde Idee. Ich setzte mich doch auf die Schaukel neben Denim. Das harte Plastik war wenigstens gleichmäßig ungemütlich.

»Ich hab mir den Typ angesehen. Klaas. Und die Frau von der Disco. Beide unauffällig, keine Vorstrafen. Diesen Klaas findet man nur im Zusammenhang mit Angel Soaps.«

»Das wundert mich nicht.«

»Mich auch nicht. Ich hab mal versucht, eine zu kaufen. Wär fast zertrampelt worden.«

Das konnte ich mir lebhaft vorstellen.

»Ich hab allerdings etwas, das dir helfen könnte. Eine Liste mit Leuten, die kurz vor ihrem Tod mit Piotra in Verbindung gebracht wurden.«

Ich nahm die zwei vollen Seiten entgegen. »Danke. Aber das hättest du nicht tun müssen.«

»Doch. Als Entschuldigung.« Denim zupfte an ihrer Jeansjacke herum. Darunter trug sie heute ein Jeanskleid, in dem ich längst erfroren wäre. Der Frühling war in diesen Nächten noch mit dem Winter im Bunde und ich fror mir den Arsch ab.

Ich wartete einen Moment, ob sie von sich aus weiterreden und das erläutern würde. Die Wolken zogen weiter und offenbarten den fast vollen Mond. Er warf ein Spotlight auf Kitty, die auf einem großen Stein stand wie Supergoat. Der Anblick ließ auch Denim lächeln, dieses Mal echt. Das Strahlen hielt nicht lange. »Ich hab mir einen Pathologen gegriffen. Weißt du, vielleicht hatte ich tatsächlich unrecht und es geht gar nicht um einen Serienmörder.«

»Was?« Ich griff die Kette fester, das Metall kalt und rau unter der Hand.

»Blut fehlte keins. Aber es wurden Gifte in den Körpern gefunden. Bei einem Strychnin, beim andern Arsen. Nicht mal das gleiche.« Denim ließ den Kopf hängen. »Die Abschiedsbriefe haben auch keine Ähnlichkeit. Es tut mir leid. Ich wollte dich nicht auf eine falsche Fährte führen.« Wir schwiegen. Meine Gedanken kreisten um die Todeseindrücke von Piotra. Um die

Aussagen von Tomek und Stojan. Von Verona. Vielleicht wollten sie tatsächlich alle nur nicht wahrhaben, dass eine geliebte Person sie einfach so verließ.

Die Straßenlaterne flackerte, Kitty bekam Angst und legte sich unter mich.

Denim rieb sich die Schläfen. »Ich wollte unbedingt einen Fall. Endlich mal was Großes aufdecken. Vielleicht habe ich mich blenden lassen. Dabei hab ich doch selbst in den Bericht geschrieben: Die Familien glauben an den Selbstmord.«

»Nur die Ersten.«

»Macht das einen Unterschied?«

Ich lehnte mich zurück und betrachtete den Mond und die Wolken, die ihn gleich wieder verdecken würden. »Die Vampirjäger werden enttäuscht sein, wenn du jetzt aufgibst.«

Denim lachte auf. »Glaub mir, die erholen sich beängstigend schnell. Da muss nur eine große Fledermaus an ihnen vorbeifliegen und sie haben eine neue Fährte.«

»Vielleicht wurde ihnen nicht das Blut ausgesaugt, sondern die Lebenskraft.

»Jetzt wird es immer wilder.« Sie seufzte. »Ob wir diesen Fall nun lösen oder nicht, ich würde gerne weiter mit dir zusammenarbeiten.«

»Stand etwa zur Debatte damit aufzuhören? Soweit kommts noch.« Ich stand kurz auf, weil mein Hintern anfing, wehzutun. Wie hatte ich als Kind stundenlang auf diesen Dingern ausgehalten? »Ich weiß, dass es nicht einfach ist, an Eindrücke zu glauben, wenn man sie nicht selbst sieht, aber bitte glaube mir, wenn ich dir sage, dass die Morde verbunden sind. Du hattest den richtigen Riecher.«

»Und der Täter? Wonach suchen wir?«

Sicheres Auftreten bei völliger Ahnungslosigkeit: »Vielleicht nach einem Kind. Oder einer Person, die viel zu jung für ihr

Alter aussieht.« Mary kam mir in den Sinn. Dann die Dame von der Disco. So wie die mit den ganzen Jugendlichen mitfeierte, hatte sie eindeutig mehr Energie als sonst jemand in ihrem Alter, den ich je getroffen hatte. Ich wusste nicht mal, wie alt sie eigentlich meinte zu sein. Bei Stojans Unfall hatte sie sich auch nicht mit Ruhm bekleckert.

»Hmm. Und du meinst, es braucht immer mehr Tote, um diesen Vampir am Leben zu halten?«

»Ja, wieso nicht?«

Denims Handy klingelte. Sie sah darauf und schnalzte mit der Zunge. »Ich muss los. Ist es verwerflich, dass ich hoffe, dass du recht hast?« Sie ging ans Telefon. »Ja, bin gleich da.« Pause. »Ich dich auch.« Sie legte wieder auf. »Mein Partner verlangt nach mir. Halt mich auf dem Laufenden.«

»Das werde ich.«

Denims Schritte verklangen und ich fühlte mich mehr als fehl am Platz. Falls jetzt ein Kind hier lang kam und eine schwarz gekleidete Frau auf der Schaukel sitzen sah, müsste ich vermutlich für ein paar Therapiestunden bezahlen. Vielleicht sollte ich noch ein wenig sitzen bleiben, ich war schon so lange nicht mehr für eine Satanistin gehalten worden.

Ich lehnte mich zurück, etwas zu weit, und bekam fast einen Herzinfarkt, als das Teil zurückschwang und mein Kopf beinahe auf den Boden knallte. Kitty meckerte. Hörte sich so an, als sei sie mit der Gesamtsituation unzufrieden. Ich konnte es ihr nicht verdenken.

Meine glorreiche Idee, die Situation besser zu machen, beinhaltete, einen Leichenfundort zu besuchen. *Den* Fundort, um genau zu sein, denn das Waldstück, an dem wir Pia das erste Mal getroffen haben, lag nur ein paar Minuten entfernt. Ein paar mehr als gedacht vielleicht. Und auch ein wenig dunkler als gedacht. Doch uns würde hier sicher nichts begegnen, das Tierabwehrspray und Brieföffner nicht regeln konnten.

Bei Nacht ließ sich kaum erkennen, wo genau die Stelle lag. Ich musste auf meinen Instinkt vertrauen, und das entpuppte sich bei Richtungsangaben in der Regel als eine grauenvolle Idee.

Nicht weit hinter uns erklang Hundebellen. Kein aggressives, eher ein ungeduldiges. Ziemlich sicher hatte ich es schon einmal gehört. Nur wo? Ich drehte mich um und entdeckte einen Golden Retriever, der mir vage bekannt vorkam. Sein Mensch, ein Mann wohl, in gelbem Regenmantel, wurde von ihm den Feldweg entlang gezerrt. Kurz vor uns hielten sie an. Der Hund schnupperte mich schwanzwedelnd ab, während der Mann ein paar Sekunden zum Durchatmen brauchte.

»Meine Güte, Junge. Was sollte das denn?« Er hob seine Kapuze an und rückte seine Brille zurecht. Da erkannte ich ihn.

»Gibt es schon was Neues von dem Krokodil?«

»Ah! Du bist die Dame vom See! Ach, nein, das war wohl alles ein Streich oder so. Niemand will es seitdem gesehen haben.«

Der Hund setzte sich erwartungsvoll vor mich hin. Ich überlegte, ob ich etwas in der Tasche hatte, das er riechen würde, aber außer Ziegenleckerlis und einer Multifunktionszange dürfte da nichts sein.

»Ich hörte, hier wurde eine Leiche gefunden. Wirklich schrecklich.«

Der Mann rieb sich die Stirn und folgte meinem Blick zu dem Waldstück. »Das kannst du laut sagen. Ich war an dem Morgen noch Gassi, da hat Mario angeschlagen. Dachte noch, er läuft gleich 'nem Hasen hinterher. Hätte ich geahnt, dass da jemand liegt …« Er bekreuzigte sich, dann kam er ein wenig näher und sprach mit eindeutig verschwörerischem Unterton weiter. »Wissen Sie, es gibt Gerüchte, dass hier ein Vampir zugange ist. Es sind auch deutlich mehr Fledermäuse unterwegs als letztes Jahr.« Er tippte sich an den Kopf. »Ich merk' mir das alles.«

Da waren sie also, die Vampirfans.

»Hast du Beweise für die Existenz von Vampiren?«

»Beweise ist ein starkes Wort …«

»Also nein.«

»Genau. Aber das ist auch irrelevant. Wichtig ist, dass hier komische Dinge abgehen. Es gibt da diesen einen Journalisten, online nennt er sich Denim.«

»Wir kennen uns.«

»Wirklich?« Er kam noch ein wenig näher, ein wenig zu nah. Seine Augen glänzten im Mondlicht. »Also kennst du die Mordfälle.«

»Ich hab davon gehört.«

»Gut. Gut. Die Polizei versucht, alles zu verschleiern, aber an den Leichen hat man Bissspuren gefunden. So richtige vampirige Bissspuren. Alles vertuscht. Was? Haben die alle zu Hause eine gebissartige Spritze gehabt und die für ihren Selbstmord benutzt? Huh?« Er hatte sich in Rage geredet. Sein Hund schaute irritiert zu ihm auf und Kitty trat lieber ein paar Schritte zurück. Ich lächelte nur. Wenn das Detail stimmte, dann war das der Beweis, dass die Fälle verbunden waren. Auch wenn die Vampirtheorie nicht allzu glaubhaft klang.

»Und dann sind alle immer so: ›Aber Raphael, es gibt keine Vampire. So ein Schwachsinn. Hast du schon wieder zu viel getrunken? Da wirst du langsam echt zu alt für.‹ Aber glaub mir: Es gibt sie. Warum sollte es keine geben? Jemand verbindet sich mit einer Fledermaus und schwupps - lebensaussaugendes, blutschluckendes Ungeheuer.« Er hielt sich die Finger an den Mund wie Reißzähne.

»Ich bin mir sicher, von so einem Fall hätte man schon gehört.«

Er hob den Finger, wie im Triumph. »Das sagen sie immer! Aber, und das vergessen alle gerne ...« Ich war mir nicht sicher, auf welches ›alle‹ er sich hier bezog. »... es hat schon immer ab und zu eigenartige Fähigkeiten gegeben. Man nehme zum Beispiel ...« Er streckte die Hand aus, als würde darauf ein Welpe sitzen, den er mir präsentierte. »... die Fähigkeiten der Hexe. Man sagt, bei ihrem Tod gab es einen Kampf mit Zaubertränken. Eine gewaltige Explosion.«

Er machte ein passendes Geräusch und die dazugehörigen theatralischen Handbewegungen. Inzwischen war ich mir sicher, dass er sich ein paar Feierabendbiere gegönnt hatte. Aber ich hielt den Mund, vielleicht gabs noch mehr Infos zur Explosion. Die war mir neu, aber die Brüder sind zum Todeszeitpunkt auch nicht zugegen gewesen.

»Die Hexe mit ihrer Schildkröte konnte Heiltränke machen. Man munkelt, sie habe auch ein paar heftige Krankheiten geheilt. Das akzeptieren sie alle, aber den Sprung zum Vampir, den halten sie dann für unmöglich.« Seine Augen waren weit aufgerissen. Er wartete. »Diese Explosion. Gibt's da noch mehr zu?«

Er richtete sich auf und räusperte sich.

Ich atmete aus. Endlich wieder Abstand.

»Also das war so gegen Mittag, alles war ruhig am Kanal. Bis einer meiner Jungs zufällig vorbeikam und hörte, wie sich zwei Frauen lautstark stritten. Er ist näher an die Hexenmühle rangegangen, aber die Vorhänge waren zugezogen. Ihm kamen beide Stimmen bekannt vor, aber neben der Hexe konnte er nicht sagen, wer es war. Dann ...« Sein Hund sah freudig zu ihm auf. »BOOM!«

Der Hund versteckte sich mit Kitty zusammen hinter mir, dem Mann fiel das anscheinend nicht auf. Er wirkte, als stünde er gerade selbst vor der Mühle.

»Glas zersplitterte und jemand schrie, grelles Licht und dann Dampf. Bei den letzten beiden war er sich nicht mehr so sicher. Aber es wurde geschrien. Zwei Stunden später war sie tot.«

»Und ist dein Mann geblieben, um zu sehen, wer die zweite Person war.«

»Du musst wissen, dass er ein guter Spion, aber nicht der Mutigste ist.«

»Und hat er irgendeine Idee vielleicht?«

»Also es war eine Frau. Seine Frau ist in der Backstunde, die eigentlich nur ein Lästerpläuschchen ist. Die kommen alle paar Wochen zu ihm. Er meinte, vermutlich jemand von da.«

»Kann ich mit diesem Mann reden?«

Mein Gegenüber verschränkte die Arme und schob die Unterlippe vor. »Was denkst du, wer ich bin. Ich verrate doch nicht, wer meine Leute sind. Woher weiß ich, dass du kein Vampir bist?« Er schielte zu Kitty und realisierte dann, dass sein Hund sich aus seinem Halsband gewunden hatte und gerade einen Stein am Waldrand markierte. Vampir hatte zwar nicht den gleichen Kick wie Satanistin, aber wenigstens fühlte ich mich ein wenig mehr wie zu Hause.

Ich fragte Mary direkt nach einer Liste vom Backclub, damit ich die Namen mit Denims Liste von Piotras letzten Kontakten abgleichen konnte. Was mir nicht gefiel, war, dass Mary selbst auf beiden Listen stand, das hatte ich schon verifiziert. Vertraute ich der falschen Person? Oder wusste sie noch mehr, stufte es nur nicht als relevant ein?

Der Vampirtheoretiker fing seinen Hund wieder ein und salutierte mir. »Viel Erfolg mit deinem Detektivbusiness. Falls du mal Vampire jagen musst, sag Bescheid.«

Die Dunkelheit verschluckte ihn erschreckend schnell, denn in der Richtung standen keine Laternen. Kitty meckerte. »Ein Vampir, der sich als Vampirjäger ausgibt?«

Evaluierendes Meckern.

»Stimmt schon. Keine schlechte Taktik.«

Eine Sache ging mir nicht aus dem Kopf. Eigentlich vieles, aber nur eines, um das ich mich in diesem Moment kümmern konnte. Ich schrieb Pia, ob sie Lust hatte, kurz zu telefonieren.

Sie rief mich sofort an.

»Hey, na wie geht's?« Im Hintergrund waren Pfannengeklapper und Geschirr zu hören.

»Gut und dir? Was machst du gerade?« Ich bedeutete Kitty, dass wir uns auf den Rückweg begaben. Der Kies knirschte unter unseren Schritten und die Laternen konnten mal eine Reinigung gebrauchen.

»Nur den Abwasch. Und ihr?«

»Wir gehen nach Hause.«

»So spät noch? Alles in Ordnung?«

Die Spülgeräusche stoppten.

»Ja. Nur ein paar Meetings.«

»Ah. Bring dich bitte nicht in Gefahr.« Sie klang ernsthaft besorgt. »Diese ganzen Mordnachforschungen ... Bist du sicher, dass du das machen solltest? Ich meine, es gibt doch genug andere ...«

»Nein.« Sowas musste direkt unterbunden werden. Meine Ex hatte auch so angefangen und konnte mich zwei Jahre später noch immer nicht damit in Ruhe lassen. »Es ist egal, um was es geht. Wenn es ein Rätsel zu lösen gibt, hänge ich mich rein. Und wo wir gerade beim Thema sind. Hast du schon mal von einer Seelentierfähigkeit gehört, die Lebenskraft aussaugen kann?«

Sie schwieg einen Moment. »Das bedürfte einer Ebene, die, glaube ich, nicht erreicht werden kann. Es gibt ein paar Ausnahmen, aber von so etwas Spezifischem habe ich noch nie gehört. Sowas wäre mir im Training untergekommen.«

»Da hast du wohl recht.«

»Aber lass uns nicht über sowas reden. Du hast den Emu heute Morgen wirklich gut gestoppt. Tut mir leid, dass Leo uns so dazwischengefunkt hat.«

»Schon in Ordnung. Und danke.« Ich führte lieber nicht aus, dass all mein Wissen über Emus aus Videos von australischen Hobbyfarmern stammte, die ich mir gern ansah, wenn ich nicht schlafen konnte. »Edda ist wirklich putzig.«

»Dafür ein besonders anstrengendes Exemplar.«

Ich schielte zu Kitty, die gerade ungeduldig das rote Ampelmännchen beobachtete. Kein Auto kam und die Kreuzung war unbelebt. Vielleicht sollte ich auch mal auf den Knopf drücken. »Du scheinst dir ja wirklich Sorgen zu machen, dass er entführt werden könnte.« Die Ampel sprang auf grün. Gleich waren wir an der Brücke.

»Ich glaube, ich verbringe einfach zu viel Zeit mit Kriminalakten.« Ich hörte sie förmlich schmunzeln. »Wie jemand versucht in Amsterdam eine schreiende Edda zu entführen, das will ich erstmal sehen.«

Pias Stimme beruhigte mich irgendwie. Nicht dass ich vorher besonders aufgewühlt gewesen wäre … oder war ich es doch? Ich hatte noch das Gefühl, dass ich im Dunkeln tappte, und das gefiel mir ganz und gar nicht. Mein bester Hinweis war bisher, dass sich eine von ungefähr dreißig Personen mit Piotra am Morgen ihres Todes gestritten hatte. Das musste rein gar nichts helfen, auch wenn ich die Person fand.

Gerade wollte ich Pia fragen, was es bei ihr zu essen gab, um mich abzulenken, da fluchte sie.

»Hey, sorry, mein Chef ruft an. Er hat da irgendwelche alten Sachen ausgegraben und ist jetzt plötzlich der Meinung, alle müssten Überstunden machen.«

»Lass dich nicht ärgern.«

»Ich geb mir Mühe.«

Sie legte auf und ich fragte mich, ob wir uns verlaufen hatten. Der Baum da kam mir bekannt vor, aber nicht in dem Sinne, dass er auf der Route nach Hause lag. Ich öffnete Google Maps und stellte fest, dass der Rückweg etwas länger werden könnte.

Eine Weile stand ich da und fand die Venus, diesen besonders hell leuchtenden Punkt am Himmel umgeben von all diesen Sternen, die vielleicht schon gar nicht mehr existierten … Morgen war wieder ein Käsemarkt. Ich konnte wirklich eine von diesen fröhlich machenden Seifen gebrauchen.

19

Ich war bereit. Ich würde eine dieser Seifen kaufen, und wenn es das Letzte war, das ich tat.

Hauptsächlich um mich selbst zu motivieren, trug ich mein spitzenbesetztes Korsett und statt eines Rocks die schwarze Jeans für das Action-Feeling. Die Haare band ich hoch und versah sie mit einer Haarnadel. Perfekt.

Kitty gähnte. Sie musste nicht einmal meckern, ihr Blick sagte alles aus. Es war acht Uhr dreißig. Der Markt begann um zehn Uhr. Die Händler bauten gerade auf.

»Ich wollte eben pünktlich sein.« Gut, ich hatte den Weg vielleicht ein wenig überschätzt. Egal. Wir waren da, nur Aikje und Klaas von Angel Soaps noch nicht. Hoffentlich fand der Verkauf nicht nur alle zwei Wochen statt. Das wäre unpraktisch.

Die Käselaibe wurden gerade in der Mitte des Marktes positioniert. Die wachsartige gelbe Oberfläche versteckte erfolgreich die aromatischen Innereien. So groß wie ein Wagenrad wäre vielleicht ein wenig übertrieben, aber so groß wie ein Autoreifen waren sie sicherlich.

»Möchtest du irgendwo hin?« – Meckern.

»Was willst du denn zu Hause?« – Schlafen.

»Komm, wir müssen nur wacher werden.« Ich marschierte los und Kitty schlurfte mir hinterher. Während wir den Markt umrundeten, nahmen die einzelnen Stände Form an. Mir war unterwegs eine Tüte Pommes in die Hände gefallen und Kitty knabberte derweil an Gemüse, das ich ihr mitgebracht hatte.

Noch eine Stunde bis zum Aufbau. »Zeit, sich anzustellen.« Kitty verdrehte die Augen.

Ich dankte Mutter Natur, als ich den Stand von Angel Soaps sah. Da stand kaum mehr als ein abgenutzter Holztisch, hinter dem eine Plane mit dem Logo gespannt war. Aikje und Klaas legten gerade ein weißes Tuch auf den Tisch. Davor bildete sich bereits eine Schlange!

»Von wegen zu früh!« Ich stellte mich an.

Die nächste halbe Stunde verbrachte ich damit, Aikje und Klaas beim Aufbauen von Seifen und Kasse zu beobachten und mit Kindern zu reden. Die meisten davon wollten Kitty streicheln, aber ein mutiges kleines Mädchen kam zu mir und fragte: »Bist du eine Hexe?«, bevor ihre Mutter sie weiterzog.

Für solche Fälle hatte ich stets Tütchen Halloweenbonbons im Rucksack, aber sie verschwanden zu schnell in der Menge. Jetzt hatte ich eins in der Hand, da konnte ich es auch selbst essen.

Hinter uns stand ein Pärchen, das sich einen Rollator teilte. Die Frau saß darauf, der Mann hielt sich an den Griffen fest.

»Du hast die Frage gar nicht beantwortet«, sagte die Frau und lächelte vergnügt. Bunte Strähnen durchzogen ihre offenen weißen Haare. Ihr Mann trug einen altmodischen, aber verspielten Tweed-Anzug. Sie wirkten wie eine ausgefallene Form von Ying und Yang.

»Nun, ich denke das kommt auf die Definition einer Hexe an, aber die meisten davon passen bedauerlicherweise nicht auf mich.« Ich reichte ihr das Halloween-Bonbon-Päckchen. Sie betrachtete es und steckte sich dann einen Kürbis in den Mund. Ihr Mann sah ihr interessiert über die Schulter. Er wollte sich einen Totenkopf nehmen, aber sie schlug ihm auf die Finger. Dann schob sie ihm einen Frankenstein in den Mund.

»Ich frage mich, ob unsere Aikje hier zu einer deiner Definitionen passen würde.«

»Dina!«, zischte ihr Mann.

Dina … Dina stand auf einer der Listen.

»Dina? Kennt ihr Mary und Lil?«

Dinas Augen leuchteten auf, gleichzeitig schlug ihr Mann die Hand vors Gesicht und seufzte.

»Ha! Aber natürlich. Wer kennt Mary die Tratschtasche denn bitte nicht?« Der Blick ihres Mannes verriet mir, dass auch Dina diese Beschreibung zuteilwurde. »Dann musst du Lucia sein, die Privatdetektivin mit der Ziege.«

»Stets zu Diensten.« Ich nickte zu Aikje und Klaas, von denen wir zum Glück weit genug entfernt standen, sodass sie uns nicht hören konnten. »Was hat es wirklich mit den Seifen auf sich?«

»Könnte nur gutes Marketing sein, aber ich glaube, es steckt eine Fähigkeit dahinter.« Sie machte eine Handbewegung, die mich dazu brachte, mich zu ihr runterzulehnen. »Bis vor zwei Jahren hätte ich geschworen, dass Aikje und Piotra … Kennst du die?«

Ich nickte.

»Gut, dann muss ich keine Zeit auf Erklärungen verschwenden. Jedenfalls hätte ich geschworen, dass die beiden zusammenarbeiten. Dass Piotra mit ihrer Fähigkeit die Zutaten der Seifen verstärkt. Aber seitdem hat sich die Wirkung nicht verändert, und ich glaube nicht mehr, dass sie damals so viel Überschuss produziert haben.«

»Dina!«, zischte ihr Mann. Sie brachte ihn mit einer Handbewegung zum Schweigen.

»Du denkst also, die Seifen haben eine echte Wirkung?« Dina nickte eifrig.

Ihr Mann schüttelte den Kopf. »Versteh mich nicht falsch, die Seifen sind empfehlenswert. Aber nichts, das man nicht mit den richtigen Ölen und hochwertigen Zutaten erreichen kann. Und es glaubt doch wirklich niemand, dass dieser Vogel irgendwas kann, außer schief fliegen.«

Dina hob die Augenbrauen und drehte sich, soweit sie konnte, zu ihrem Mann um. »Das sind aber harsche Worte von dir, mein Schatz.«

»Du färbst wohl ab, Darling.«

Sie lachte wie Ursula aus der kleinen Meerjungfrau und drehte sich wieder zu mir. »Ist aber Schwachsinn, da steckt definitiv eine Fähigkeit hinter.«

Die Resignation stand ihrem Gatten ins Gesicht geschrieben. »Von wem denn? Glaubst du wirklich, Aikje hätte es geschafft, jahrelang ein Tier geheim zu halten? Oder Joline? Die wohnen auf einem Hausboot mitten in Gouda.« Er hob die Hand. »Und da ist nichts gegen einzuwenden, aber mein Argument besteht. Es hätte auffallen müssen. Ohne Zweifel.«

Ein kleines Tier wäre möglich, aber Insekten konnten keine Verbindung herstellen und alles andere brauchte einen Mindestgrad an Zuwendung. »Denkst du nicht, ich könnte Donut geheim halten? Klein genug ist er.«

»Keine fünf Minuten.«

Auf Dinas Schoß tauchte ein Frettchen auf und rollte sich dort zusammen wie ein Felldonut. Man konnte leicht erkennen, woher das Tier seinen Namen hatte. »Case in point.«

»Gut, du gewinnst. Aber ich wette, Aikje könnte es.«

»Könnte sie nicht.«

Die Unterhaltung schien mir in eine weniger zielführende Richtung abzudriften. »Kanntet ihr Piotra gut?«

Dina dachte kurz nach. »Nein, nicht besonders. Ihre Tränke haben Wunder gewirkt, aber wir waren nie mehr als Verkäuferin und Kundin.«

»Ich verstehe.« Ich sah auf die Uhr. Irgendwie musste ich noch eine gute Viertelstunde rumbringen. »Ihr seid schon eine Weile zusammen, oder nicht?«

Dina nickte stolz und ihr Mann lächelte liebevoll auf sie herab. »Letztes Jahr war unsere goldene Hochzeit.«

»Gratuliere. Habt ihr gute Ideen für ein Date? Es gibt da eine Frau, die ich gerne mit einem romantischen Abend beeindrucken würde.« Auch als der Stand öffnete, war Dina kaum dazu zu bringen, vom Reden wieder abzulassen.

Die Schlange bewegte sich so zügig vorwärts, dass ich innerhalb von wenigen Minuten vor dem Tisch stand, der mit Seifen in allen möglichen Farben bedeckt war. Blau, grün, rot, rosa. Eukalyptus, Olive, Rose, Mango, Apfel ... Ich wollte mir einen Moment nehmen, um die Sorten anzusehen, wurde aber weitergeschoben. Ich griff nach dem Erstbesten, das aussah wie Lavendel und bezahlte. Klaas sah mich dabei nicht einmal an, sein ganzes Wesen strahlte volle Konzentration aus. Und schon stand ich auf der anderen des Standes. Mit einer dunkellila verpackten Buttermilch-Seife. Auch gut.

Wie von selbst lenkte mich der Strom der Menge weiter, einmal über den gesamten Markt. Zwischendurch bestand Platzangstgefahr, dann Ziegenverlustgefahr, und zwar als uns ein kleines Pony entgegenkam, dem Kitty gern mal Hallo gesagt hätte, dann Orientierungsverlust, als ich aufsah und das Rathaus nicht auf der Seite stand, auf der ich es erwartet hatte. Irgendwann, nach etwas, das sich anfühlte wie fünf Minuten und zwei Stunden gleichzeitig, kam ich mit einer Tüte voller frischem Brot und Aufstrich nahe der Kirche raus. So ganz sicher wie war ich mir nicht.

Gerade wollte ich mir eine nahe Bank suchen, da sah ich sie. Joline. In der gleichen Gasse wie das letzte Mal. Und wieder hing sie in der Kurve wie ein nasser Sack. Ohne zu zögern, lief ich zu ihr und reichte ihr meinen Arm. »Geht es Ihnen gut?« Es kam mir wirklich falsch vor, die Du-Form zu verwenden. »Brauchen Sie Hilfe?«

Langsam hob sie den Blick. Ihre Augen waren eingefallen, ihre Haut blass und wächsern, ihre Lippen rissig. Außerdem trug sie einen Schlafanzug unter ihrem Mantel.

Sie atmete tief ein, dann schüttelte sie den Kopf. »Nach Hause.« Ihre Stimme war blass, zerbrechlich. Sie sollte nicht hier draußen sein, auch wenn ich nur zu gut verstehen konnte, dass Krankenhäuser auf Dauer nicht die wärmsten Orte waren. »Soll ich Ihre Schwester holen?«

Sie schüttelte den Kopf.

»Ihren Sohn?«

Sie zögerte, schüttelte aber wieder den Kopf.

Fast hätte ich nicht bemerkt, dass Kitty sich an Joline geschlichen hatte und kurz davor war, ihre Hose anzulecken. »Kitty!«

Joline zuckte kaum merklich zusammen. Mist, das war zu harsch gewesen. Ein sanftes Lächeln legte sich auf Jolines Lippen. Sie machte noch ein paar Schritte und ließ sich dann auf eine Bank in der Nähe sinken. Die standen hier in der Gegend praktischerweise in den Straßen herum.

Sie tippte auf den Platz neben sich und Kitty folgte der Aufforderung. Ihr Schwänzchen wedelte fröhlich, während ihr Kopf gestreichelt wurde. Joline hielt ihre Hand hin, doch Kitty leckte sie tatsächlich nicht ab. Ich atmete erleichtert auf. Die Regel, keine Menschen anzulecken, gab es nicht umsonst. Das brachte nur Probleme und Eindrücke, die mich für einige Sekunden lahmlegten. Keine schöne Erfahrung.

Ich setzte mich auf Jolines andere Seite. Alles an ihr wirkte sanft und zerbrechlich. Von ihrem feinen, hellbraunen Haar über die grün-braunen Augen bis zu den flauschigen Hausschuhen.

Aus der Tasche nahm ich eine Visitenkarte, schrieb meine Handynummer darauf, und reichte sie der Frau. Sie las und zog ihre Augenbrauen zusammen. Dann steckte sie das Kärtchen in die Manteltasche.

»Sollten Sie mich brauchen, rufen Sie gerne an.« Ich war mir nicht sicher, ob das eine gute Idee war, aber es fühlte sich richtig an. Schaden konnte es nicht.

»Danke, das werde …« Sie fing an zu husten und krümmte sich. Shit! Ein Blick zurück zum Markt verriet mir, dass ich so schnell nicht zu Aikje und Klaas durchkommen würde. Joline atmete schwer. Ich rief den Notarzt.

Jemand war nicht froh darüber. Der Rettungswagen lud Joline ein und durch die Menge kam eine wutschnaubende Aikje gerannt. Um den Rettungswagen hatte sich eine kleine, aber feine menschenleere Fläche gebildet, und nur jede zehnte Person blieb kurz stehen, um zu glotzen. Beeindruckend.

Im ersten Moment dachte ich, Aikje wäre sauer auf ihre Schwester, aber nein, sie kam direkt auf mich zu. Kitty senkte ihren Kopf und schabte mit den Hufen. Nicht gerade hilfreich.

»Was sollte das?«

»Deine Schwester …«

»Ach, so viel weißt du also. Warum hast du mich nicht gerufen?«

»Willst du nicht wissen, wie es deiner …«

»Einen Scheiß will ich! Ich weiß ganz genau, wie es ihr geht.«

Ich verstand ja, dass die Situation für sie schwer sein musste, fragte mich aber im gleichen Atemzug, was sie von mir erwartete. Einfach ignorieren und weitergehen?

Ihre Wangen waren knallrot und der Mund wutverzerrt. Ich bemerkte, dass sie als letztes geredet hatte und wohl irgendeine Antwort erwartete.

»Das ist toll, aber sie ist halt hier rumgelaufen und es kam mir sicherer vor, den …«

»Ach? Ach, ist das so? Vielleicht solltest du das mit dem Denken dann mal lassen und nach gesundem Menschenverstand handeln.«

Das wollte ich jetzt nicht mit einer Antwort würdigen. Zum Glück musste ich das auch nicht, denn einer der Notfallsanitäter kam zu uns und fragte, ob jemand mitkommen wollte. Klaas, den ich vorher gar nicht bemerkt hatte, hob die Hand. Er nickte mir zu. Es könnte sein, dass er dabei entschuldigend gewirkt hatte, aber der Moment verging zu schnell. Der Rettungswagen fuhr mit Blaulicht davon und ließ Aikje mit offenem Mund zurück. Nun, da sie nicht mehr abgelenkt war, kam sie wieder auf mich zurück.

»Nächstes Mal kümmere dich um dein eigenes Zeug, ok? Ich mag es nicht, wenn sich jemand in meine Familienangelegenheiten mischt.«

»Warum hältst du deine Familienangelegenheiten dann nicht aus der Öffentlichkeit raus? Ich werde mich nicht dafür entschuldigen, geholfen zu haben.«

»Du hast aber nicht …« Sie stoppte sich selbst und stampfte auf den Boden, wie um die Worte, die ihr noch auf der Zunge lagen, in die Erde zu verbannen. »Gut. Halt dich einfach in Zukunft fern. Du hast keine Ahnung, was mit Joline vor sich geht.«

»Das habe ich auch nie behauptet.«

Sie wirkte so, als kämen die Bodenwörter zurück an die Oberfläche. »Hältst dich für ganz schlau, was?«

Jetzt war vermutlich der Moment, zurückzuweichen, sich zu entschuldigen, und es sein zu lassen. Das tat ich nicht. Stattdessen verschränkte ich die Arme. Potenziell einfach um zu beweisen, dass ich nicht ganz schlau war.

»Du. Argh. So eine Scheiße!«

Für einen Sekundenbruchteil war ich mir sicher, dass sie mir eine reinhauen würde. Zum Vorteil meiner Nase entschied sie sich dagegen. Stattdessen trat sie gegen eine Straßenlaterne. Das wäre jetzt nicht meine präferierte Methode des Stressabbaus, aber jedem das Seine.

»Komm meiner Schwester gefälligst nicht wieder zu nahe.«

Erstaunlicherweise, ohne mir eine obszöne Geste zu offenbaren, marschierte sie davon und verschmolz mit der Menge.

Als wäre bis eben der Geräuschpegel runter geregelt gewesen, krachte alles wieder auf mich ein. Die Menschen, die sich zu nah an mir vorbeizwängten. Die Gerüche von Gewürzen, Schimmelkäse und Schweiß, die angenehme Frühlingssonne im Gesicht. Ich schloss für einen Moment die Augen und Kitty rieb ihren Kopf an meinem Bein.

»Du hast recht. Zeit für ein Glas Wein und Käse.«

Meckern.

»Gut, Weinschorle.«

Mehr Meckern.

»Was soll das heißen, das gibt es hier nicht?«

20

Den restlichen Vormittag verbrachte ich damit, die Listen von Mary und Denim zu vergleichen. Heraus kam: Mary, Dina, Aikje, ein Mann namens Alfred, eine Lotte und Lil fanden sich auf beiden. Nach zwei Minuten googeln strich ich Alfred von der Liste, denn er war vor zwei Jahren bereits vierundneunzig gewesen und kurz darauf verstorben.

Übrig blieben also ein Haufen Frauen, die wohl meine Tatverdächtigen waren. Dass Lil und Lotte Mutter und Tochter waren, vereinfachte das Ganze.

Dachte ich. Ich lag falsch.

Eine der beiden dazu zu bewegen, mit mir zu reden, entwickelte sich zu einem absoluten Albtraum. Nicht, dass sie mich einfach ignorierten, nein, sie sagten zweimal zu und innerhalb von dreißig Minuten wieder ab, bis Lotte mich blockte.

Ich rief Mary an. Fünf Minuten später rief sie zurück. »Wir sind in zehn Minuten bei dir.«

Und das waren sie. Während Mary Kitty und mich zur Begrüßung umarmte, hielt sich Lil zurück. Ihre Hand zitterte leicht, ihr Blick huschte hin und her. Interessant.

»Setzt euch schon mal. Ich mache uns Tee.« Das war eigentlich nur ein Vorwand, um zu verschwinden, während Lil sich akklimatisierte. Möglichst viel Ruhe in Befragungen zu bringen, zahlte sich aus. Vor allem, um zu vermeiden, dass die Verdächtige fluchtartig das Haus verließ. Oder ein Boot. Oder ein Heulager.

Wenn ich Lil richtig einschätzte, konnte sie Geheimnisse besser für sich behalten als Mary. Wobei die Redseligsten nicht selten einen Haufen Mist hinter ihrer Wand aus Wörtern versteckten.

Nicht zu vergessen, dass es sich vermutlich nicht um einen Einzeltäter handelte.

Ich stellte meine Katzenteekanne und die Blümchentassen auf ein Tablett und legte noch ein paar Engelsaugen dazu. Ich kniete mich zu Kitty. »Du weißt, was zu tun ist.«

Sie nickte.

Als ich in den Raum kam, waren meine beiden Verdächtigen gerade in ein Gespräch über Weintraubensorten vertieft. »Die blauen sind eindeutig besser. Kernlos«, sagte ich, erntete zweimal Entsetzen, und beendete dadurch das Gespräch.

Lil schielte den Tee an, als wäre er vergiftet. Mary bediente sich ohne zu zögern.

»Ich nehme an, ihr beide wisst, warum ihr hier seid?« Mir schenkte ich zuletzt ein. Das dunkle Rot floss in die Tasse wie verdünntes Blut. Nach diesem Gedanken verlor ich komischerweise den Appetit darauf.

Kitty legte sich auf ihr Spezialkissen – das mit der Ziege drauf – neben die Tür, um alles genau im Auge zu behalten.

»Nicht wirklich«, sagte Lil und wirkte auch nicht so, als wollte sie es herausfinden.

Mary schob sich einen Keks in den Mund. »Köstlich. Es geht um Piotra, nicht?«

»Ja. Hat eine von euch sie am Morgen ihres Todestages gesehen?«

Mary nickte sofort. »Ja, es war schrecklich. Nicht das Treffen. Das war normal. Aber ich bin früh morgens mit Kopfschmerzen aufgewacht, also bin ich vor der Arbeit schnell zu ihr und habe mir einen Trank geben lassen. Hat Wunder gewirkt. Zwei Stunden kopfschmerzfreie Vorlesestunde im Kindergarten.«

Lil hantierte mit ihren Informationen ein wenig vorsichtiger. »Ich glaube nicht, aber es ist schon zwei Jahre her. Du kannst nicht erwarten, dass ich noch weiß, wen ich an dem Tag getroffen habe. Es mag kalt wirken, aber ihr Tod hat mich persönlich nicht betroffen.«

Die Aussage klang vor allem verdächtig. Lil sah mir nicht in die Augen, ihre Hände lagen im Schoß, aber angespannt, ihre Kiefer mahlten. Kaum je war ich mir sicherer gewesen, dass mich jemand anlog. Wunderbar. Damit ließ sich arbeiten.

»Fährt eine von euch gerne ans Meer?«

Lil hob die Augenbrauen. »Was hat das mit irgendwas zu tun?«

Ich zuckte mit den Schultern. »Ich frage aus Interesse.«

»Ich wäre besorgt, wenn nicht«, sagte Lil.

Mit kaltem Blick sah sie mich an. Dahinter versteckten sich Angst und Misstrauen.

Ich schlug meine Beine übereinander und lehnte mich zurück. Der Stuhl quietschte.

»Ich fahre gerne ans Meer«, sagte Mary und nickte Lil aufmunternd zu. Die Frau, die ich damals auf dem Friedhof getroffen hatte, war mit der vor mir kaum zu vergleichen. Lil streckte ihren Rücken durch, als bereitete sie sich darauf vor, zu flüchten.

»Der Wind am Meer ist mir zu stark und zu kalt. Als würde das Meer einen attackieren.« Nun griff Lil doch nach dem Tee, schnupperte daran, und stellte ihn wieder ab. Nach und nach verschwand die Unsicherheit und heraus kam eine Frau, die nicht kampflos untergehen würde.

Weitere Informationen heimlich aus ihr herausholen zu wollen, war sinnlos. Sie wusste sowieso, worum es ging. »Wo wir gerade beim Thema ›attackieren‹ sind, du und deine Tochter, wo wart ihr, als Piotra verstorben ist?«

Lil hob die Augenbrauen, aber ihre Augen spiegelten keine Überraschung wider. »Habe ich dir das nicht eben gerade erzählt? Ihr Tod war nicht relevant, wir haben nichts damit zu tun.«

»Sicher?«

Stille breitete sich aus, wie die Flut eine Bucht füllt. Niemand bewegte sich, niemand wollte einen Laut von sich geben. Aus den Augenwinkeln sah ich, wie Mary sich in ihrem Stuhl wand.

Lil brach das Schweigen. »Lotte und ich waren beim Friseur an dem Morgen.«

Erneut Stille.

»Die Polizei hat damals alle befragt, die sie am Morgen noch gesehen haben.«

Ich nippte an meinem Tee. Lil war darüber nicht glücklich.

»Hör mal, ich weiß genau, wessen du mich hier beschuldigst, aber du liegst falsch.«

»Noch beschuldige ich dich nicht. Ich tue nur, was die Polizei getan hat, und befrage alle, die Piotra am Morgen ihres Todes sahen.«

»Ist das so?« Lil griff die Henkel ihrer Tasche. »Dann hast du ja alles erfahren, was du herausfinden wolltest.«

»Habe ich das?«

Lil presste die Lippen zusammen, als ob sie Worte dahinter einsperren wollte. Ihre Knöchel traten weiß hervor. Abrupt stand sie auf. »Auf Wiedersehen, Frau Rosen. Und lass bloß meine Tochter in Frieden.« So schnell wie Lil den Weg vom Büro zur Haustür schaffte, musste ein neuer Rekord sein.

»Heilige Scheiße.« Sofort hielt sich Mary die Hand vor den Mund. »Tut mir leid, das war nicht mit Absicht.«

»Schon in Ordnung.«

Mary nahm sich noch ein Engelsauge. »Kaum zu glauben. So außer sich habe ich die Gute noch nie erlebt.«

»So interessehalber, als was hat Lil früher gearbeitet?«

»Früher? Sie arbeitet immer noch, sie kann einfach nicht loslassen.« Das Engelsauge hatte keine Chancen und verschwand in zwei Happen. »Sie arbeitet bei der Polizei im Büro.«

21

Die Mittagszeit ging in die Kuchenzeit über, während ich meine Verdächtigenliste aktualisierte und jede noch so kleine Idee notierte. Das helle Schrillen der Klingel hallte durch den Flur.

Kitty meckerte, um mir mitzuteilen, dass ihre Hoheit nicht von ihrem Kissenhaufen steigen würde, um zu antworten. Als ob sie das sonst je täte.

Vor der Tür stand Denim, hinter ihr halb auf dem Bürgersteig ein Auto, ich nahm mal an, ihres. »Steig ein. Es wurde eine weitere Leiche gefunden.«

Die Sonne verschwand schon am Horizont, als wir im Westen Goudas die ersten Blaulichter sahen, deren Schein sich in den Scheiben der umliegenden Gebäude spiegelte.

»Bist du sicher, dass sie dazu gehört?«

»Ja.«

»So nah an der letzten? Und dann nicht mal am Waldrand?«

»Hey, du wolltest, dass ich nicht aufgebe, also hier. Die Quelle ist verlässlich.«

Ich fragte nicht, um welche Quelle es sich handelte. Das war unhöflich.

Denim parkte ein wenig abseits und Prinzessin auf dem Rücksitz meckerte, dass wir ihre gelbe Regenjacke vergessen hatten.

»Es regnet doch gar nicht.«

Das war ihrer Meinung nach vollkommen irrelevant. Ich zog den klaren Regenschutz aus dem Rucksack und stülpte ihr den über. Mit einem Zopfgummi band ich die Enden zusammen.

»Glücklich?«

Sie meckerte zufrieden.

Keine drei Schritte Richtung Tatort spürte ich die ersten Tropfen im Gesicht. Die angehende Dunkelheit und der schnell stärker werdende Regen agierten zu unserem Vorteil und niemand interessierte sich für uns, als wir näherkamen. Über ein weiteres Vorgehen hatte ich noch nicht nachgedacht, mich engagierten die Klienten sonst frühstens nach der Beerdigung. Doch Denim hielt die Macht der Presse in der Hand.

Einer der Polizisten seufzte schon, als er uns von weitem sah. »Denim, komm schon. Wir haben noch nicht mal den Tatort fertig gesichert, woher weißt du denn jetzt schon Bescheid?«

Der zweite Polizist klopfte dem ersten auf die Schulter und duckte sich unter dem Absperrband hindurch. Er quetschte sich zwischen einem Feuerwehr- und Polizeiauto hindurch, die mit einigen weiteren Fahrzeugen als Sichtschutz fungierten.

Der gebliebene Polizist war um die dreißig, trug Glatze unter der Polizei-Regenjacke und eine etwas überdimensionierte Brille.

Denim zuckte mit den Schultern. »Du weißt doch, Wesley, Betriebsgeheimnis.«

Wesley war alles andere als beeindruckt. »Langsam wird es gruselig.«

»Jetzt sei doch nicht so. Du weißt, an welchem Fall ich arbeite. Gehört die hier dazu?«

Er seufzte und leierte herunter: »Die Polizei steht noch am Anfang ihrer Untersuchungen. Zum jetzigen Ermittlungsstand können noch keine Informationen an die Öffentlichkeit weitergegeben werden.«

Denim verschränkte die Arme. Dunkle Wasserflecken bildeten sich auf dem Schulterstoff der Jeansjacke. Ihr dürfte bald kalt werden. Mein Mantel schützte zumindest ein wenig vor dem Regen, doch Denim besaß nicht einmal eine Kapuze. Wobei die Nässe sie auch nicht groß zu stören schien.

Wesley sah die Straße rauf und runter. »Es geht um eine junge Frau, vermutlich eine Beziehungstat. Glaube ja nicht, dass das in dein Schema passt.«

Ein weiteres Auto kam angefahren, am Steuer Kommissar Amissah, und daneben Pia de Vries.

Ich hob die Augenbrauen und lächelte, auch wenn mir danach nicht zu Mute war. »Seelentierspezialisten für eine Beziehungstat?«

Wesley rieb sich die Schläfe. »Na klasse, jetzt gibt es zwei von der Sorte. Warum denn nicht? Vielleicht hatte der Typ 'ne riesige Fledermaus oder so?«

»Fledermaus?«, fragten Denim und ich wie aus einem Munde. Wesley gab eine Reihe von resignierten Lauten von sich. »Ich sag jetzt gar nichts mehr«, sagte er und hielt sich leider auch daran.

Nachdem Denim, wie ich fand sehr überzeugend, versucht hatte, ihn dazu zu bringen, uns weiter vor zu lassen, verließen wir den Tatort.

»Und jetzt?« Meine Idee wäre ja, mich an den Tatort zu schleichen, aber das könnte uns schnell Probleme einbringen.

»Ranschleichen natürlich.«

Ich freute mich, dass wir so ähnlich dachten. Sogar Kitty war an Bord und spähte die Seitenstraße nach guten Möglichkeiten aus. Wir umrundeten das Gebiet einmal und kamen auf der anderen Seite der Polizeisperre wieder heraus. Denim öffnete ihre Notiz-App und krizelte mit einem Handystift darauf herum. »Ok, der Parkplatz ist von drei Seiten umgeben, drum herum Wohnhäuser. Wir müssen uns irgendwie ranschleichen, aber durch einen Garten kommen wir nicht.«

Ich winkte Pia zu und sie stockte, als sie mich erkannte. Eilig kam sie zu uns herüber.

»Lucia? Was machst du denn hier?«

»Ich habe dir doch von den Mordfällen erzählt, in denen ich ermittle.«

»Hast du das?«

»Vielleicht nicht sehr ausführlich.«

Sie öffnete den Mund und schloss ihn wieder. Schließlich kam ein Ton raus: »Ihr solltet nicht hier sein. Und warum ermittelt ihr in einem Mordfall? Solltest du nicht vermisste Personen suchen oder gestohlene Eheringe in Schubladen finden oder so?«

Ich verschränkte die Arme vor der Brust. Ganz unrecht hatte sie nicht, aber das war mir herzlichst egal. »Tue ich doch. Der Täter wird vermisst, ich suche ihn.«

»Ach, ist das so?«

Kommissar Amissah kam von hinter der Abgrenzung angerannt. Seine Locken wippten, seine Augenringe lagen tief, sein Blick gehetzt. »Ah, Lucia. Gut, dass du schon hier bist. Ich muss los. Kind Nummer drei kommt wohl zu früh. Bis demnächst!«

Wir sahen ihm nach, wie er in das Polizeiauto stieg und davonraste.

Denim reichte Pia die Hand. »Denim. Von der Presse. Ich habe schon von dir gehört.«

Pia erwiderte den Handschlag. »De Vries. Und von wem? Lucia oder der Presse?«

»Ein wenig hier und da.« Denim lächelte unverbindlich. Pia zog die Augenbrauen zusammen.

Kitty meckerte und gab mir so die Gelegenheit, mich einzumischen. »Ich hätte nicht gedacht, dass ihr zu so einem Fall gerufen werdet.«

»Es hat vielleicht eine Art erneute Untersuchung gegeben.«

»Eine Mordserie? Gekennzeichnet durch blasse Leichen, die alle einen Abschiedsbrief hinterlassen haben, der von den Angehörigen der neueren Opfer angezweifelt wird.«

Pia schwieg kurz, dann lächelte sie, ein wenig stolz sogar, wenn ich das richtig interpretierte. »Gut, ich gebe zu, ich habe deine beruflichen Fähigkeiten ein wenig unterschätzt.«

»Also? Fällt die hier ins Schema?«

»Möglich. Durch die Frische der Leiche dürfte der Täter schnell gefasst sein. Also könnt ihr beiden beruhigt auf die Pressemitteilung warten.«

Kitty meckerte und Denim nickte. »Was die Ziege sagt.«

Ihre Öhrchen werden kalt, hatte sie gesagt, aber ich ließ das lieber unerwähnt.

»Hört mal, so gerne ich euch etwas erzählen würde, ich darf es nicht.«

»Ok, aber hat die Leiche vampirartige Bissspuren?«

Pia sah mich an, als hätte ich nicht mehr alle Tassen im Schrank. »Vampirartige was?«

»Bissspuren.«

»Ernsthaft?«

»Ja. Du weißt schon, zwei kleine Löcher, nah beieinander.«

»Ich weiß, wie das aussieht.« Pia fuhr sich durch die nassen Haare, anziehend melancholisch im Schein der Blaulichter. »Keine Ahnung. Ich bin auch gerade erst angekommen.«

»Wir können warten.« Ich lächelte mein gewinnendstes Lächeln. Denim auch, aber ihres sah irgendwie verschmitzter aus. »Sieht so aus, als wären wir sowieso deine Mitfahrgelegenheit.«

»Ach ja? Meine Kollegen würden mich nicht mitnehmen?«

Denim zuckte mit den Schultern. »Der da …« Sie deutete auf Wesley. »… ist der Einzige, der in Richtung Amsterdam muss. Und er schuldet mir noch was.«

Pia seufzte. »Es wäre mir lieber, wenn ihr beide nicht hier warten würdet. Ich komme im Notfall auch mit dem Zug nach Hause.«

Nach kurzem Zögern kam sie zu mir und umarmte mich. Ihre nasse Wange legte sich an meine, ich spürte ihren Atem am Ohr. »Pass bitte auf dich auf. Wenn hier wirklich ein Serienmörder rumläuft, kann das schnell gefährlich werden.« Zum Abschied küsste sie mich auf die Wange.

Hitze stieg mir ins Gesicht. Der erste halbe Kuss, nachts an einem Tatort. Ich grinste. »Ich werde mir Mühe geben.« Dabei war mir klar, dass ich mich schon von Anfang an in die Schusslinie gestellt hatte und nur auf den Knall wartete.

Kurz war ich versucht, Denim überzeugen zu wollen zu gehen, doch ein wild winkender Mann in Schlafanzughose und Anzugoberteil unterbrach die Überlegungen. »Ihr seid bestimmt von der Presse oder so, richtig? Von meinem Fenster kann man die Leiche sehen. Für fünfzig Euro bekommt ihr ein Foto.«

»Hundert und wir dürfen selbst aus dem Fenster gucken.«

»Deal.«

Der Mann hatte nicht gelogen. Aus dem Schlafzimmerfenster hatten wir freien Blick auf den Parkplatz eines kleinen Lebensmittelladens und die Leiche. Ein Tuch bedeckte sie, doch Hände und Füße blieben dem Regen überlassen. Die Polizisten bauten derweil beeindruckend langsam ein Zelt auf, während der Regen einen Großteil der Beweismittel vernichtete.

Denim positionierte die Kamera, die sie auf dem Weg aus dem Auto geholt hatte. Ob die Leiche besonders blass war, ließ sich von unserem Platz aus unmöglich erkennen. »Nur ein bisschen Glück«, murmelte Denim, während sie den Zoom der Kamera voll ausnutzte. Ich konnte noch nicht ganz glauben, dass so schnell eine passende Leiche aufgetaucht war. So schnell. Oder andersherum. Ich war zu langsam. Ich biss mir auf die Unterlippe. So eine Scheiße. Strahler erhellten das weiße Tuch und die ersten Spurensicherer verteilten Fähnchen an möglichen Beweisstücken. »Oh, Fuck. Die Vampirfreaks hatten recht.« Sie schoss ein Foto und zeigte mir den nah herangezoomten Knöchel der Toten. Samt zwei runder Einstiche.

»Das könnte auch von einer Maschine kommen.« Wirklich glauben tat ich das nicht, aber ich wollte es auch nicht ausschließen.

»Denkst du wirklich?« Denim betrachtete skeptisch den Bildschirm.

»Zeig nochmal.« Könnte ein Frettchen solch einen Biss verursachen? Die echte Größe war anhand des Fotos schlecht einzuschätzen. »Du hast doch bestimmt eine Verdächtigenliste, oder?«

Ich reichte sie ihr. So schnell, wie Denim auf ihrem Smartphone tippte, konnte ich kaum gucken. Falls ein Wettkampf für Speed-Googeln existierte, sie würde ihn gewinnen. »Aha.« Auf dem Bildschirm öffnete sich das Bild einer Fledermaus. Daneben Lil. »Ihr Seelentier.«

»Wir haben zwar viel über Vampire und Fledermäuse geredet, aber sind die meisten nicht Vegetarier?«

Falls Denim darauf mit einer Bewegung antwortete, dann sah ich sie im Dunkeln des Schlafzimmers nicht.

»Außerdem, welche Fledermaus würde an den Knöcheln zubeißen?«, fragte ich eher an mich selbst gerichtet. Trotzdem wurde ich das Gefühl nicht los, dass Lil etwas mit der Sache zu tun hatte. Sie war zu abweisend gewesen, zu nervös. Entweder sie war eine Täterin oder sie wusste mehr, als sie zugeben wollte. Dina war allerdings in der Liste weiter nach oben gerutscht, mit ihrem Ehemann erklärte sich auch der Mittäter.

»Was ist mit Dinas Frettchen?«

»Schon dabei.« Als nächstes tauchte Donut auf dem Bildschirm auf. »Bei beiden stellt sich die Frage, ob die angegebene Fähigkeit die Richtige ist.«

»Das lässt sich ja wohl herausfinden.«

Schritte kamen näher und kurz darauf streckte unser Gastgeber seinen Kopf ins Zimmer. »Seid ihr bald fertig? Meine Frau kommt gleich nach Hause.«

»Sind schon weg«, sagte Denim und schoss noch ein Bild. »Damit ich später noch weiß, welche Polizisten beteiligt waren.«

Auf dem Rückweg schrieb ich Pia an, ob sie wirklich keine Mitfahrgelegenheit brauchte und sie verneinte. Also schickte ich ihr eine Uhrzeit für den kommenden Abend. Ein paar von Dinas Datevorschlägen verdienten es, in die Tat umgesetzt zu werden.

22

Wenn Donut sich einrollte, wurden Dinas Fingerspitzen magnetisch. Ich seufzte. Das ließ sich doch nicht unauffällig herausfinden. Sollte ich mit kleinen Magneten herumlaufen, mich mit Dina treffen und darauf warten, dass Donut sich einrollte. Oder sie einfach fragen, ob sie die Fähigkeit zeigen konnte? Aber welchen Grund konnte ich dafür nennen?

Kitty meckerte, ich solle meine schlechte Laune bitte von ihrem Kissenthron fernhalten, also begab ich mich vom Sofa zum Schreibtisch. Ich grub meine Füße in den weichen Teppich und tippte mich ziellos durch mein Info-Dokument.

Der Ermittlungsfortschritt ließ sich sicher hübscher darstellen, indem ich Bilder ausdruckte, sie an die Wand heftete, und mit roten Fäden verband.

Die Idee scheiterte bereits daran, dass ich dafür roten Faden kaufen müsste. Also blieb eine vielfach gesicherte Computer-Datei bestehen, die mir offenbarte, dass Lils Fähigkeit sich noch schwieriger testen ließ. Sie konnte sehen, was ihre Fledermaus mit ihrem Sonar ortete. Unüberprüfbar und wunderbar geeignet, eine andere zu verstecken. Und wo kam die Meeresbrise her, die sich an allen Tatorten fand? Wobei, an allen Tatorten? Den neusten hatten wir noch nicht auf Eindrücke untersucht. Ob die Polizei mittlerweile abgerückt war?

Ich sah auf die Uhr. Halb sieben morgens. Die Sonne traute sich gerade erst hinter dem Horizont hervor und Kitty war noch lange nicht aufgestanden. Konnte gut sein, dass sie noch nicht ganz fertig waren.

»Bereit für einen Ausflug?«

Kitty hob ihren Kopf und hätte sie Hände, sie hätte mir einen Vogel gezeigt.

Mit einem Obstsalat vorn im Kasten hatte Kitty sich dann doch bewegen lassen, und wir waren am Tatort angekommen. Ich verschwitzt, Kitty ausgeruht und gesättigt. Von der Aufregung der letzten Nacht zeugte nur ein Absperrband, das neben einem einzelnen Polizeiauto in der Morgenbrise flatterte. Bei Licht wirkte der Parkplatz so normal, dass er fast nicht wiederzuerkennen war. Der Laden besaß nur ein altes blasses Schild über einer Front aus zerkratzten, Fenstern. Ich klopfte an das Wagenfenster. Wesley zuckte zusammen und hielt sich die Hände vors Gesicht, als müsste er sich psychisch auf das Gespräch vorbereiten. Dann ließ er die Scheibe runter. »Guten Morgen. Wo läuft Denim jetzt schon wieder rum?«

»Ich bin heute alleine hier.« Ich reichte ihm meine Visitenkarte.

»Na super. Lass mich raten! Du möchtest wissen, was hier passiert ist?«

»Ja, schon. Aber ich erwarte nicht, dass du es mir erzählst.«

Ein wenig entspannter legte Wesley seinen Arm auf dem Türrahmen ab. »Und wie kann ich dir dann helfen?«

»Arbeitest du schon lange mit Denim zusammen?«

»Ich weiß nicht, ob man das als Zusammenarbeit bezeichnen kann. Sie spekuliert ein wenig zu viel, wenn es nach mir geht.« Er vollführte eine Handbewegung, die alles und nichts sagte. »Aber wer hört schon auf mich.«

Ich nickte mitfühlend. »Das kann ich nachvollziehen. Das hier muss schlimm gewesen sein, für den Finder.« Ich deutete in Richtung des Spurensicherungszeltes und hoffte, dass Wesley nicht zu genau in die angezeigte Richtung sah. Zum Glück nickte er nur zustimmend und rückte seine Brille zurecht. »War echt ein Schock. Ihr Ehemann hat angerufen. Sie kam nicht nach Hause, ist nicht ans Handy gegangen, also ist er losgefahren, um sie zu suchen.« Er nickte zum geschlossenen Laden. »Da hat sie gearbeitet, war sie die Letzte im Laden und auf dem Parkplatz muss jemand gewartet haben.«

»Wirklich tragisch.«

Er gab ein zustimmendes »Hm« von sich. »Und jung war sie auch noch, gerade mal Ende zwanzig. Eine echte Schande.«

»Wie ist sie denn umgekommen?«

»Das ist die Frage, nicht wahr? Sie hat eine Bisswunde am Knöchel. Die Ersteinschätzung lautete Tod durch eine Giftschlange.«

»Warum wird dann der Ehemann verdächtigt?«

»Tja, dreimal darfst du raten, was er sich als Haustier hält.«

»Sind Giftschlangen nicht verboten?«

Wesley zuckte mit den Schultern. »Hab auch gehört, dass in irgendeinem See ein Krokodil gefunden wurde. Heutzutage kommt die Seelentierabteilung kaum noch hinterher.«

»Das glaube ich, und jetzt wo Kommissar Amissah auch erstmal ausfällt.«

Wesley stutzte und runzelte die Stirn. Dann klopfte er sich auf den Oberschenkel. »Stimmt ja, das Kind. Hatte ich glatt verdrängt, muss nachher unbedingt eine Karte schicken.«

»Das ist eine gute Idee.«

Zischen. Salzgeschmack. Salzige Luft.

Ich schluckte den Geschmack hinunter.

»Alles in Ordnung?«, fragte Wesley.

Ich nickte. »Mir ist 'ne Fliege in den Mund geflogen« »Igitt. Brauchst du 'nen Bonbon?«

Gedämpfte Schreie. Stampfen. Schritte. Aufprall.

Ich atmete tief ein. Und langsam wieder aus. »Ne, geht schon. Aber danke.«

Kitty kam aus dem Zelt heraus und stellte sich an meine Seite, immer noch außerhalb des Sichtfeldes des Polizisten.

Ich knickste, weil mir das in der Situation irgendwie angemessen vorkam. »Danke für das Gespräch. Wir werden uns sicher noch öfter sehen.«

»Hat mich gefreut. Aber guck dir bloß nicht zu viel von Denim ab.«

Ich versicherte ihm, dass ich das niemals täte und wir stiegen wieder auf das Lastenfahrrad. Ich musste mich auf meine bisher beste Date-Idee vorbereiten.

23

Das Meer rauschte und die Möwen kreischten. Sand, getragen von unzähligen Schuhen, breitete sich über die Wege bis hin zum Parkplatz aus und die Meeresbrise fand Zugang in jede Ritze. Wenigstens war sie mittlerweile frühlingsfrisch und nicht mehr winterlich-viel-zu-kalt.

»Könnte eine Katze sein«, sagte ich.

Pia und ich standen vor einem verblichenen Schild, rechts und links von uns begrünte Streifen, vor uns das Meer. Seit zwanzig Minuten suchten wir nach dem Tierstrand.

»Oder ein fallendes Kind.«

Pia kniff die Augen zusammen. Ihre Haare waren zu einem Dutt gebunden, auf den ich ziemlich neidisch war, denn meine Haare hingen überall, nur nicht da, wo sie sein sollten.

»Ich glaube, da steht Dieren. Was soll das sonst heißen.«

Über uns stieg ein kleiner roter Drachen auf und drohte, auf uns zu krachen.

Kitty meckerte und lief los auf den Strand zu. Sie hüpfte umher wie ein Rehkitz. Hinter ihr lief ein Pony.

»Wir sind wohl richtig«, sagte Pia und nahm mir den Picknickkorb ab, in dem sich kein Picknick befand.

Ich trat einen Schritt nach vorn. Direkt hinter mir stürzte der Drachen ab und brach sich dabei ein paar hölzerne Knochen. Mit schnellen Schritten lief ich Pia und Kitty hinterher, bevor ich damit in Verbindung gebracht werden konnte.

Wir passierten eine Gans, die neunzig Prozent eines Handtuchs für sich beansprucht hatte, zwei Hunde, die sich um ein Frisbee prügelten, das Pony, das lieber die Grünflächen anknabberte, als weiterzugehen, und ein Eichhörnchen, das sich offenbar selbstständig an den Essensvorräten bediente.

Wir suchten uns einen ruhigen, windgeschützten Platz nahe am Waldrand. Ich ließ die Wahl zufällig wirken, aber der Platz mit der kleinen Feuerstelle daneben gehörte zum Plan.

Aus dem Korb holte ich eine kleine Laterne mit LED-Kerzen für das Ambiente und eine Box Pralinen.

»Sieht gut aus.« Pia nahm eine der schokoladigen Köstlichkeiten und überlegte einen Moment. Da sie mich dabei ansah, fragte sie sich wohl, in wessen Mund die Praline landen sollte. Ich nahm ihr die Entscheidung ab und steckte mir selbst einen Nougatblock in den Mund.

Kitty rollte sich derweil im Sand, während sie unaufmerksame Kinder und Hunde anmeckerte. Eine gestresst wirkende Frau zuckte zusammen, als Kitty ein lachendes Kleinkind ins Visier nahm. Es quietschte freudig.

Ich versuchte, es mir auf der Decke bequem zu machen. Mich an Pia zu lehnen, erschien mir die einzige mehr oder weniger elegant aussehende Möglichkeit. Außerdem konnte ich so meine Stimme leise halten.

»Nun dann, ich dachte, wir sollten zuerst über den Elefanten im Raum reden, bevor wir zum vergnüglichen Teil übergehen?«

»Du bist einem Elefanten begegnet?«

Ich dachte, sie macht einen Witz, bis mir einfiel, dass sich das Sprichwort wohl nicht einfach so ins Niederländische übersetzen ließ. »Nein, das sagt man so. Ich meine den Mordfall, in dem wir offenbar beide ermitteln. Ich denke, wir sollten uns zusammentun.«

Pia schwieg. Ich hatte mir schon gedacht, dass sie nicht direkt zustimmen würde.

»Du lässt dich nicht von den Ermittlungen abbringen, oder?« Sie legte ihren Kopf auf meinem ab.

»Nein.«

»Gibt es nichts, das dich davon überzeugen würde?«

»Wir kennen uns noch nicht lange, aber ich denke, das kannst du dir schon selbst beantworten.«

Kitty meckerte einen Cocker-Spaniel an, der erst erschrak und sie anbellte, bevor er schwanzwedelnd an ihr schnupperte. Die gestresste Frau kam wieder und lief in die andere Richtung, dieses Mal hatte sie eine zweite, genauso gestresste Frau im Schlepptau.

Ich spürte Pias Lächeln. »Ja, das kann ich wohl.« Sie zögerte. »Es ist nur … deine Fähigkeit ist nicht beweisbar, das könnte einige Probleme verursachen, wenn du als Beraterin arbeitest.«

»Nach meiner Erfahrung bringt mich meine Fähigkeit meist auf die richtige Fährte. Die ist leichter zu beweisen als die falsche.«

»Hm. Lass mich raten, du hast auch schon eine Idee, wer es sein könnte?«

»Noch nicht ganz. Aber ich habe eine Fährte«

»Die würde mich brennend interessieren.« Pia richtete sich auf, legte eine Hand unter mein Kinn und fixierte meinen Blick mit ihren dunklen Augen. »Nicht, dass du noch Informationen vor der Polizei verheimlichst.«

Ich grinste. »Das würde ich niemals tun. Es handelt sich lediglich um eigene Vermutungen. Sollten wir zusammenarbeiten, würde ich diese natürlich gerne teilen.«

Kitty kam meckernd zu uns und legte sich zwischen unsere Beine. Erst dachte ich, sie wäre von uns genervt, doch dieses Mal richtete sich ihr Unmut gegen die beiden gestressten Frauen, die nun hektisch jeden ansprachen, den sie trafen. Es dauerte nicht lange, bis zwei genauso gestresste Männer hinzukamen.

Ich seufzte und löste mich von Pia. »Willst du nachfragen oder soll ich?«

»Wie wärs mit gemeinsam? Das machen Pärchen doch so.« Sie stand auf und hielt mir die Hand hin.

»Ach, Pärchen also?«

Sie lächelte verschmitzt. »Wäre zumindest ein guter Testlauf.«

Ich ließ mich von ihr hochziehen.

Kaum, dass wir standen, erblickte uns eine der Frauen und kam herangeeilt. Ihr Zopf hing wild verknotet im Nacken und unter ihrem halb offenen Kleid lugte der Badeanzug hervor. Sie streckte uns ihr Handy entgegen, darauf das Bild eines kleinen Mädchens von vielleicht vier oder fünf Jahren in einem Sommerkleid. »Habt ihr das Mädchen irgendwo gesehen? Sie heißt Rieke. Sie trägt heute ein dunkelblaues Kleid mit Sonnenblumen drauf.«

Ich versuchte, mir alle Personen vor Augen zu führen, denen wir bisher begegnet waren, aber an so ein Mädchen konnte ich mich nicht erinnern. Ich schüttelte den Kopf.

Pia ebenso. »Wann habt ihr sie das letzte Mal gesehen? War sie alleine?«

»Vor einer halben Stunde. Unser Hund ist bei ihr.« Hektisch wischte sie die Bilder weiter, bis sie uns das Bild eines kuschelig aussehenden Bernhardiners präsentierte. »Sein Name ist Bernhard.« Ihre Lippe bebte. Sie versuchte eindeutig, die Ruhe zu bewahren und scheiterte kläglich.

Pia legte ihr eine Hand auf die Schulter. »Ich nehme an, das ist ihre Tochter?«

Die Frau nickte, den Tränen nahe. »Wir haben nur ganz kurz weggesehen und plötzlich war sie nicht mehr da.« Sie atmete tief ein und putzte sich die Nase. Das gab ihr anscheinend neuen Elan. »Wir werden sie finden. Ihr ist sicher nichts passiert.«

Na, hoffentlich würde diese Selbstermutigung sich bewahrheiten.

Gerade wollte ich unsere Hilfe anbieten, da kam gestresster Mann Nummer eins angelaufen. »Schatz. Das Pärchen da meint, dass ihr Kaninchen die Fährte aufnehmen kann!«

Die Eltern liefen davon und ich wollte hinterher, denn das konnte ich mir nicht entgehen lassen, da fiel mir ein, dass ich auf einem Date war. Ich drehte mich zu besagtem Date um, und sie vollführte die universelle Handbewegung für »Nach dir.« Die ließ ich mir nicht zweimal zeigen.

Besagtes im Man-Trailing trainiertes, flauschiges Kaninchen hatte ein Kilo zu viel auf den Rippen. Sein Fell strahlte weiß mit grauen Tupfen, einer davon um das rechte Auge, der dem Kaninchen den »Denker aus der viktorianischen Gentleman-Gesellschaft«-Look verlieh. Sein Näschen zuckte, als die Mutter des verschwundenen Mädchens ihm das Innenfutter einer roten Jacke präsentierte.

Herrchen und Frauchen feuerten das Kaninchen an, als es langsam, aber sicher davonhopste. Entweder hinderte es der Sand, oder es wollte sich einfach nicht schneller bewegen.

Kitty tippelte ungeduldig zwischen mir und Pia hin und her. Mittlerweile hatte sich eine kleine Menschentraube gebildet, die gebannt das vor sich hin schnüffelnde Kaninchen beobachtete.

Es war am nächsten Handtuch angekommen, schnüffelte an der offenen Kühlbox und sprang hinein. Das Frauchen, gekleidet in langem grauem Mantel und Dauerwelle, lief hinterher. »Tut mir leid. Im Training ist er konzentrierter.«

Sie hob das Kaninchen aus der Kühlbox und setzte es wieder auf den Sand. Mit fester Stimme sagte sie »Such!« und das Kaninchen setzte sich wieder in Bewegung. Kein bisschen schneller als zuvor.

Kitty meckerte mich leise an.

»Was denn?«

Ihr Blick sagte alles. ›Bis der Karottenfresser das Kind findet, ist es ersoffen.‹

»Ich möchte dich einmal daran erinnern, dass du auch Karotten frisst.«

Mehr Meckern, das wohl keiner Übersetzung bedurfte. Aber sie setzte sich hin und starrte das Kaninchen böse an.

Das flauschige Tier kam an der nächsten Handtuchsiedlung an und hoppelte geradewegs auf die Snackbox zu.

Kitty hatte die Schnauze voll. Sie stahl sich durch die Menge, was ungefähr so schwer war, wie unbemerkt an einem Kind mit Tablet vorbeizukommen. Alle achteten auf das Kaninchen, nur Pia und ich beobachteten Kitty dabei, wie sie die rote Jacke anleckte.

Kalte Windböen. Sand. Eine Kinderstimme rief fröhlich Drache, Drache, Drache im Takt von Alle meine Entchen.

Da kam mir nur ein Drachen in den Sinn. Ich nahm Pias Hand und zog sie hinter mir her. Kitty folgte uns.

Nach wenigen Schritten ließen wir das Kaninchen hinter uns und nach ein paar mehr auch den Rest der Menge.

»Ich nehme an, das ist eine deiner Fährten?«

»In der Tat. Und jetzt gehen wir den Beweis suchen. Einfach, oder?«

Pia lachte. »Gut, wenn ihr das Mädchen deswegen tatsächlich findet, überlege ich mir ernsthaft, dich zu engagieren. Die passenden Papiere als Seelentierhalterin hast du bestimmt, oder?«

»Natürlich. Aber ist das so einfach?«

Wir passierten das Pony, das immer noch in den Dünen graste. Der Reiter saß resigniert daneben.

»Einfach wäre vielleicht übertrieben. Aber es wäre nicht das erste Mal, dass wir Detektive mit bestimmten Seelentierfähigkeiten engagieren, bei Fällen zu helfen. Manche Fähigkeiten sind einfach zu stark, um sie zu ignorieren. Ist nur ein Haufen Papierkram, der anfällt.«

»Das ist ja zum Glück der Großteil deines Jobs.«

»Leider wahr.«

Wir erreichten den Eingang mit dem verblassten Schild und der Stelle, an der vor nicht allzu langer Zeit ein kleiner roter Drache eine Bruchlandung hingelegt hatte.

»Zugegeben, hier wäre ein guter Startpunkt für das Kaninchen.«

Kitty nahm das persönlich und trabte meckernd los in Richtung Parkplatz. Davor lag eine Wiese, auf der man wunderbar und vor allem ungestört laufen konnte, um einen Drachen steigen zu lassen.

»Oh wow«, sagte Pia.

»Du klingst überrascht.«

Mitten auf der Wiese saß ein kuscheliger Bernhardiner und in großen Kreisen drum herum lief ein kleines Mädchen in dunkelblauem Kleid mit Sonnenblumen drauf bei dem Versuch, den Drachen steigen zu lassen. Nur, dass er noch immer kaputt war, und nicht mehr als ein paar Meter in die Luft stieg.

Pia lief los, genauso der Hund. Er knurrte sogar, als Pia Rieke zu nah kam.

Kitty meckerte ihn an und er hörte auf. Manchmal fragte ich mich, ob die Tiere untereinander besser kommunizieren konnten, als ich ihnen zutraute.

Pia kniete sich derweil vor das Mädchen. »Hallo, ich bin Pia. Von der Polizei.« Sie holte ihre Marke aus irgendeiner Innentasche und zeigte sie dem interessierten Mädchen. »Bist du Rieke?«

Das Mädchen nickte, dass ihre braunen Locken wild durch die Gegend flogen.

»Deine Mama sucht nach dir.«

Das Mädchen legte den Kopf schräg. »Mama? Mama hat gesagt, ich soll bei Bernhard bleiben.« Sie deutete auf den Hund, wie um zu beweisen, dass sie alles richtig gemacht hatte.

Kitty meckerte den Hund an, doch er warf ihr nur einen kuriosen Seitenblick zu.

»Wollen wir zu deiner Mama gehen?« Pia hielt dem Mädchen die Hand hin.

Bernhard wollte da gerne ein Wörtchen mitreden.

Mit gehobenen Händen wich Pia zurück. »Schon gut, wir wollen ihr nicht wehtun.«

Sehr überzeugend.

Kitty schüttelte sich, stampfte mit dem Huf und meckerte lautstark. Sie wollte, dass der fette Köter seinen dämlichen Hintern sofort zurück zu seinem Frauchen bewegte.

Er blickte verdattert.

Ich deutete Richtung Strand. »Such Frauchen.«

Das funktionierte erstaunlich gut dafür, dass ich exakt null Hoffnungen in diese Taktik gelegt hatte.

Die Bonuspunkte, die mir das bei meinem Date einbrachte, nahm ich aber gern entgegen. Pia ergriff meine Hand und drückte einen Kuss auf den Handrücken. »Nicht schlecht.« Ich fand, es wurde Zeit, dass ihre Lippen auf meinen landeten, aber jetzt mussten wir zunächst dafür sorgen, dass Hund und Kind unterwegs nicht doch noch in ernsthafte Schwierigkeiten gerieten.

Kitty musste dem Kaninchen zugutehalten, dass es sich die ganze Zeit über in die richtige Richtung bewegt und ungefähr ein Viertel der Strecke zurückgelegt hatte. Die Menge allerdings war verschwunden, aufgelöst, vermutlich um lieber ungestört allein zu suchen.

Rieke lief auf ihre Eltern zu, den kaputten Drachen ausgestreckt. »Mama, kaputt gegangen.«

Ihren Eltern war herzlichst scheißegal, was ihr Kind da von sich gab, es war unter den Freudenschluchzern eh nicht zu hören.

Ich lehnte mich an Pia und genoss ihre Wärme, als sie einen Arm um meine Schultern legte. »Siehst du? Je eine effektivere Detektivin gesehen?«

»Noch nie.« Pia küsste meinen Scheitel.

Nicht ganz perfekt, aber schon mal näher dran.

Ich zog sie zu unserer Decke und bereitete das Hauptevent des Abends vor. Aus der Box nahm ich eine Kühltasche, in der sich eine geschlossene Schüssel befand. Darin: Teig. Außerdem kamen aus der Box ein paar Holzscheite zum Vorschein. Sogar mir selbst blieb ein Rätsel, wie ich das alles darin verstaut hatte. Nicht zuletzt zog ich ein Feuerzeug und ein paar getrocknete Blätter hervor. Holz und Feuer übergab ich an Pia, die das Ganze in stiller Faszination beobachtet hatte. Jedenfalls deutete ich ihren Gesichtsausdruck so.

»Entzünde bitte das Feuer.«

Pia tat, wie ihr geheißen, und pünktlich zum Sonnenuntergang saßen wir vor einem Feuer und beobachteten, wie sich der Himmel rot und lila färbte. Wir kuschelten uns aneinander und genossen den Anblick, das Rauschen der Wellen, die salzige Meeresluft. Im Hinterkopf hatte ich gehofft, der Meeresgeruch würde mich auf Ideen bringen, die mich dem Täter näherbrachten. Doch da war nichts, nur das stumpfe Gefühl, dass die Zeit zu schnell verging.

Um das Thema für den Moment beiseitezuschieben, suchte ich zwei Stöcke, umwickelte das vordere Drittel mit Alufolie und wickelte den Teig darum, der signifikant klebriger und schlechter zu handhaben war als vorhin bei der Zubereitung.

Wird schon funktionieren.

Ich reichte Pia einen Stock und hielt meinen eigenen übers Feuer.

Auf der anderen Seite saß Kitty und starrte in die Flammen, als wären dort die Antworten zu all ihren weltlichen Problemen versteckt.

»Und? Hast du dich entschieden?«

Die Wärme des Feuers brannte bereits auf den Wangen, während mein Rücken die Abendkälte zu spüren bekam. Ich rückte näher an Pia, was bei keinem dieser Probleme half, außer indem mir rundum ein kleines bisschen wärmer wurde.

»Na gut. Aber wenn ich die Zusammenarbeit annehme, musst du mir ein paar Dinge versprechen.«

Das Feuer knisterte und Stockbrotteig tropfte hinein, was er sicherlich nicht tun sollte. Ich rotierte den Stock langsam, um das Unvermeidliche aufzuhalten, bis der Teig fest war.

»Zuerst einmal musst du mir sofort alles berichten, was du herausfindest.«

Ich nickte.

»Zweitens musst du auf mich hören, wenn wir zusammen unterwegs sind.«

Ich nickte.

»Und drittens: Wenn es zu gefährlich wird, dann hörst du sofort auf zu ermitteln.«

»Und wer entscheidet, wann es zu gefährlich wird?«

»Ich.« Ernst und Sorge lagen in ihrer Stimme.

»So wie ich das sehe, wäre das deiner Meinung nach schon erreicht.«

Sie drehte langsam ihr Stockbrot, das sich genau wie meines weigerte, eine andere Farbe als teigig-blass anzunehmen. »Was, wenn du verletzt wirst?«

»Ich habe zuerst mit dem Ermitteln angefangen. Und ich weiß, was ich tue. Ich kenne die Risiken und ich bin vorsichtig.«

Kitty unterbrach ihre Feuertrance kurz, um das zu bemeckern. Was für eine hilfreiche Ziege.

»Werde ich das immer noch glauben, wenn du mir erzählst, wie du bisher ermittelt hast?«

Langsam kam sie mir auf die Schliche. »Nicht unmöglich.« Mein Stockbrot und das Feuer küssten sich fast, doch bis auf Vom-Stock-rutschen tat der Teig nichts. »Mit den ersten beiden Anforderungen bin ich einverstanden. Bei Nummer drei verlange ich eine gemeinsame Entscheidung. Es soll schließlich auch eine Zusammenarbeit sein und keine Zuarbeit.«

»Gut.« Ganz zufrieden klang sie nicht.

»Genug von der Arbeit. Wie geht es Leo und Edda?«

Pias halber Teig landete im Sand. »Gut, würde ich sagen. Hoffentlich kann man das nachher auch noch über die Küche sagen, er will ein neues Rezept ausprobieren.«

»Oh? Das wäre?«

»Veganes Schnitzel mit Pommes, Rotkohl und Sauerkraut.«

»Das klingt sehr … deutsch?«

»Das kann man wohl sagen.« Pia zog ihren inzwischen leeren Stock aus dem Feuer und pappte einen weiteren Klumpen Teig dran. Meine Hoffnungen auf fertiges Stockbrot sanken stetig. »Er meinte, falls du mal zu uns kommst, muss er dir etwas kochen können, das dich an zu Hause erinnert. Aber er ist Veganer, also ohne Fleisch.«

»Das kommt mir gelegen. Und das ist wirklich lieb von ihm.«

»Das ist es wohl. Wenn er mir nicht immer solche Sorgen bereiten würde«

»Tun das kleine Geschwister nicht immer, unabhängig davon, ob sie sich dabei Mühe geben oder nicht?«

»Auch wieder wahr.«

In einem letzten, kläglichen Teigfetzen löste sich mein Teig vom Stock. Ich kapitulierte und nahm das zum Anlass, mich näher an Pia zu kuscheln und ihre Schulter als Kissen zu benutzen. »Sieht so aus, als könnte ich beim Backen Leos Hilfe gebrauchen.«

»Vielleicht. Aber es war eine sehr romantische Idee.« Auch Pia gab auf und legte ihren Teigklumpen neben dem Feuer in den Sand.

Sie schlang ihre Arme um mich und schützte mich so vor der kühler werdenden Abendluft. Könnte auch die Hitze sein, die bei dem Gedanken aufstieg, sie könnte mich endlich küssen. Dann fragte ich mich, ob ich vorher noch einen Kaugummi kauen sollte, wie sie wohl meine Kusskünste einschätzen würde, und warum eigentlich nicht ich den ersten Schritt wagte. Voriges Mal wurden wir unterbrochen, doch im Moment war niemand bei uns außer Kitty, und die versuchte weiterhin, das Feuer zu hypnotisieren. Oder andersherum.

Ich positionierte mich so, dass ich Pia ansehen konnte. »Wo wir gerade bei romantisch sind. Wir wurden da letztes Mal bei etwas unterbrochen, das ich gerne nachholen würde.«

»Ach ja?«

Der Schein des Feuers spiegelte sich in ihren Augen. »Also? Darf ich dich küssen?«

»Ich dachte schon, du fragst nie.«

Bevor ich mich doch noch davon abhalten konnte, legte ich meine Hand an ihre Wange und küsste sie.

24

Am nächsten Nachmittag rief Pia mich an, während ich gerade mit Tomek und Kitty im Park spazieren ging.

Unablässiges Tippen untermalte ihre gestresste Stimme. »Ich würde mich gerne mit dir treffen, um alles zu besprechen, aber hier ist zu viel los, vor allem ohne Amissah. Der Ehemann Benjamin Heitmann ist Tatverdächtiger Nummer eins, aber keiner der Beweise kann ihm zugeordnet werden und das Verhör verlief erfolglos.«

»Er ist also wieder zu Hause?« Ich schüttelte einen Stein aus meinem Schuh, stellte den Schuh auf den Boden und verfehlte ihn. Nun hingen fünfmal so viele Steine an meiner Socke. Klasse.

»Ja. Ohne relevante Beweise kann von unserer Seite aus nichts unternommen werden. Denkst du, du könntest ihn unauffällig beschatten? Aus der Ferne versteht sich. Und sobald es gefährlich wird …«

»Ich weiß. Schick mir seine Adresse, dann hänge ich mich ran.«

Sie sandte mir die Daten und legte auf, nicht ohne mir zuvor nochmals zu versichern, dass sie mich persönlich zurück nach Deutschland tragen würde, wenn ich mich unnötig in Gefahr brachte.

Nachdem ich den Schuh wieder trug, suchte ich nach Tomek, fand aber nur eine Ente, die offenbar überlegte, was sie mit dem Stück Metall in ihrem Schnabel anfangen konnte. Ich kniete mich vor sie und holte eine vorbereitete Tüte mit Brotkrumen raus.

Von der nächsten Bank aus räusperte sich eine Dame, die Füße hochgelegt auf ihrem Rollator. Sie deutete auf ein handgemaltes »Bitte nicht füttern«-Schild mit einer durchgestrichenen Ente drauf. Ente und ich verzogen uns außer Sichtweite des Spielplatzes.

Kitty suchte unterdessen Tomek.

Mit den Fingerspitzen holte ich ein paar Brotkrumen aus der Tasche, als wäre ich eine Drogendealerin. »Hier, ist echt gutes Brot. Du kannst welches haben, wenn du mir das Metallding gibst.«

Die Ente starrte mich an. Dann meine Hände. Sie ließ den Ohrring fallen und als Belohnung bekam sie das Brot. Ihr Schwänzchen wedelte fröhlich und ihr Quaken deutete ich als Aufforderung nach mehr.

Denim hatte für mich längst recherchiert, wo das Ehepaar gewohnt hatte, und dieser Ort befand sich ganz in der Nähe. Mit etwas Glück waren hier zwei Fliegen mit einer Klatsche zu schlagen.

»Ich weiß nicht, was dieser Mann mit meiner Großmutter zu tun haben soll.« Tomek steckte seinen Ohrring wieder ins Ohrläppchen, nachdem ich ihn ordentlich desinfiziert hatte. Wir saßen auf der Bank unter dem »Bitte nicht füttern«-Schild und warteten darauf, dass der Bewegungsmelder etwas von sich gab, den ich heute Morgen nahe der Haustür des möglichen Täters versteckt hatte. Irgendwann musste er nach Hause kommen.

»Ich auch nicht. Aber die Polizei glaubt, er sei der Täter«, erwiderte ich.

»Und du bist dir sicher, dass die Fälle zusammengehören?«

Ich nickte. Es konnte kein Zufall sein, dass alle Tatorte nach Meer schmeckten. Oder war das einfach der Eindruck des niederländischen Todes? Nein, das klang absurd.

»Und was hast du jetzt vor?«

»Wir finden heraus, ob die Polizei die richtige Fährte hat, oder ich.«

»Indem?«

»Wir die Ente da davon überzeugen, einen Gegenstand des fraglichen Mannes zu stehlen.«

Besagte Ente kuschelte sich an Kitty, die noch nicht sicher war, was sie davon halten sollte. Nicht viel bisher.

Mein Handy vibrierte. Der Bewegungsmelder meldete Bewegung.

Wir erreichten das klassisch niederländische Reihenhaus, da öffnete sich die Haustür und ein blasser Mann Mitte dreißig trat heraus. Seine Augenringe waren fast so dunkel wie seine Haare und auch die Brille versteckte da nichts. Seine Klamotten sahen so aus, als hätte er sich damit ein paar Mal in einem Feld gewälzt und wäre dann in einem Graben eingeschlafen.

»Der sieht echt scheiße aus«, sagte Tomek und bekam zustimmendes Meckern von Kitty.

»Umso wichtiger, dass wir schnell klären, ob er schuldig ist oder nicht.« Ich lief voraus, hinter mir Tomek, dann Kitty und ganz hinten die Ente. Unauffällig war mal wieder was anderes, aber wenigstens kannte uns die Zielperson diesmal nicht und hatte auch für nichts Augen. Nicht mal für den Weg vor ihren Füßen. Mehr als einmal hatte ich Sorge, dass er das mit dem Schlafen auf offener Straße probieren würde.

Bei einem seiner Stolperer passierte, worauf ich gewartet hatte: Sein Handy rutschte aus der Tasche und landete auf dem Boden. Es knackte.

Ich blieb stehen, Tomek rannte in mich hinein.

»Sorr…«

»Shh!«

Herr Heitmann stockte, sah aber nicht hinunter, sondern ging weiter. Ich holte die Brotkrumen raus, da intonierte das Telefon

Highway to hell. Er bemerkte es, lachte freudlos und hob das Handy auf. Mist. Also weiter. Wir kamen nicht schnell voran, aber wir brauchten uns auch keine Mühe beim Verstecken zu geben. Er beachtete uns nicht. Die Ente quakte und ich nahm sie auf den Arm, um sie zu tragen. Als Snack zwischendurch bekam sie ein paar Brotkrumen und schon war sie wieder hochzufrieden.

Falls es eine bewusste Entscheidung des Mannes gewesen war, in seinem Zustand kein Auto zu fahren, dann musste ich ihm dafür meinen Respekt aussprechen, denn wir liefen fast vierzig Minuten, bis wir vor dem kleinen Laden standen, auf dessen Parkplatz Frau Heitmann ihr Ende gefunden hatte.

Mittlerweile gab es davon keinen Hinweis mehr. Zwei Autos parkten vor dem schwach beleuchteten Laden. Im Inneren arbeiteten zwei Kassiererinnen.

Zielstrebig betrat Herr Heitmann das Geschäft, stürmte durch die Gemüseabteilung, vorbei an der Schokolade bis zur Tür mit der Aufschrift: Nur Mitarbeiter. Da er nicht so aussah, als würde er heute oder hier generell arbeiten, ging ich davon aus, dass ihm das Schild einfach herzlich egal war.

Eine der Kassiererinnen rief durch den ganzen Laden: »Benjamin!«

Wollte er die Habseligkeiten seiner Frau abholen?

Hinter der Tür wurde etwas umgeworfen. »Wie konntet ihr sie nachts alleine lassen? Wie oft hat sie schon um Begleitung gebeten?«

Eine zweite Stimme erklang hinter der Tür. Die Neonleuchte an der Decke flackerte, wie um das Gesagte zu unterstreichen. »Du kannst uns nicht die Schuld geben, wir vermissen sie auch. Sie war eine liebenswerte, ehrlich…«

»Schwachsinn!« Er brüllte so laut, dass sich alle Kunden zur Tür drehten. Den nächsten Satz sprach er so leise, dass ich ihn kaum verstand, obwohl ich fast neben der Tür stand. »So ein

Schwachsinn. Sie ist nur tot …«, seine Stimme brach ab, »… nur tot, weil ihr euch einen Scheiß um sie gekümmert habt. Sie hat fast zehn Jahre hier gearbeitet!« Mit jedem Wort wurde er lauter. »Seit dem ersten Tag war sie euch Schnepfen treu. Sie hätte so viel mehr verdient!« Er schluchzte. »Meine arme Lisa.«

Die Frauenstimme antwortete, aber zu leise, um sie zu verstehen. Von den Kassen her erklang rhythmisches, langsames Piepen.

»Bullshit.«

Herr Heitmann stürmte aus dem Hinterzimmer. Mit einer Präzision, die nur eine determinierte Ziege aufbringen konnte, leckte Kitty die Spitze seines Handys an.

Lautes Knacken. Harter Boden. Das Gefühl zu fallen.

Ah, na super, bei dem Ereignis sind wir wohl eben dabei gewesen. Das Handy würde uns vermutlich nicht weit bringen. Herr Heitmann verließ den Laden fluchtartig, ohne uns weiter zu beachten und die Mitarbeitertür wurde geschlossen.

Die Ente quakte und ich kaufte ihr Premiumbrot, unter anderem, damit wir etwas weniger verdächtig wirkten.

Ich gab der Ente ein paar Stücke Brot für ihre Geduld und wurde von Kitty angemeckert, warum sie nicht auch ständig Snacks für ihre Mühen bekam. Ich erinnerte sie daran, dass sie das tat.

Die nächste Bank stand an einer angrenzenden Wiese und Herr Heitmann ließ sich darauf sinken. Er legte den Kopf in die Hände und sah nicht so aus, als würde er sich in naher Zukunft aus dieser Position bewegen.

Wir versteckten uns hinter der nächsten Hauswand, ich setzte die Ente ab und hielt ihr das Brot vor den Schnabel. »Du Brot.« Ich zeigte auf den Mann. »Ich Metall von ihm.« Zwar hatte ich keine Ahnung, ob er etwas Ausleihbares aus Metall mit sich trug, hoffte aber, dass die Ente verstand, was ich wollte. Kitty meckerte die Ente an, um die Aufgabe nochmal zu erläutern. Jetzt musste die Ente nur noch Mensch oder Ziege verstehen.

Sie wollte ans Brot, aber ich hielt es hoch und zeigte auf den Mann. Genervt quakend watschelte sie los. Ein Radfahrer musste eine Vollbremsung hinlegen, um sie nicht umzufahren. Zielstrebig fand sie ihr Opfer, flatterte geschickt zu ihm auf die Bank und hatte ihren Schnabel in seine Manteltasche gesteckt, bevor er überhaupt realisiert hatte, dass sie da war. Sie zog etwas heraus, hüpfte von der Bank und watschelte zu uns zurück. Herr Heitmann blickte verwirrt auf und sank dann wieder in sich zusammen.

Die Ente legte eine filigrane goldene Kette vor mir ab und verlangte ihre Bezahlung. Mit Enthusiasmus fiel sie über die Brotscheibe her.

Ich hob die Kette auf und wunderte mich, dass der Plan tatsächlich funktioniert hatte. Kitty meckerte. Sie hatte noch weniger daran geglaubt als ich.

»Die ist hübsch«, sagte Tomek. »Soll das ein Schmetterling, eine Libelle oder ein Mistkäfer sein?«

»Mistkäfer?«

»Bringen die nicht Glück oder so?«

Was es auch war, es hatte einen Körper und Flügel. Und ich vermutete mal, dass es Frau Heitmann gehört hatte. Ich ließ Kitty vorsichtig daran lecken.

Zuckerwatte. Lachen. Warme Hände.

Nichts an Herrn Heitmann wirkte mörderisch. Fragte sich nur, ob ich meinem Bauchgefühl vertrauen konnte.

Ich nahm die Kette und marschierte selbst zu ihm. Von Nahem sah er noch mitgenommener aus. Seine Augen rot und geschwollen, seine Haut blass und mit roten Flecken überzogen. Er sah auf.

Ich hielt ihm die Kette hin. »Ihnen ist etwas aus der Tasche gefallen.«

Er nahm die Kette an sich, umklammerte sie mit beiden Händen und presste sie an seine Brust.

»Geht es Ihnen gut?«

Er lachte freudlos. »Meine Frau ist ermordet worden und jetzt denkt die Polizei auch noch, ich war es. Als ob ich meiner Lisa jemals etwas antun würde.« Tränen rannen über seine Wangen.

Kitty legte den Kopf auf sein Knie. Er streichelte sie und beruhigte sich für den Moment.

»Haben Sie eine Ahnung, wer es sonst gewesen sein könnte?«

Er schüttelte den Kopf. »Mit ihren Kolleginnen ist sie nie warm geworden, aber ich glaube nicht, dass sie …« Er atmete zitternd ein. »Sie hatte keine Feinde. Sie war ein Schatz. Hat nächtelang am Küchentisch gesessen und Fotos bearbeitet. Das war ihre große Leidenschaft.«

»Fotos?«

»Ja. Vor allem von ihren Freundinnen.« Erstaunlicherweise ging sein Handy noch an, auch wenn auf dem Bildschirm einige Teile unkenntlich geworden waren. Mit ein wenig Mühe gelang ihm, seine Nachrichten anzuzeigen und im Verlauf ein Bild zu öffnen. »Auf das hier war sie besonders stolz. Das ist ganz neu.« Er drehte das Display zu mir und ich sah in die mir bekannten Gesichter des Gouda Back- und Tratschclubs.

25

Brav wie ich war, erzählte ich Pia auf dem Rückweg alles, was ich eben herausgefunden hatte. Währenddessen unterhielten sich Tomek und Kitty ein paar Schritte vor mir über Mistkäfertattoos. Bei dem strahlenden Sonnenschein wollten wir zu Fuß nach Hause gehen und dann in der Mühle essen.

Auf Pias Seite der Leitung rauschte es, als würde sie gerade von einem Orkan verschluckt. »Ich habe herausgefunden, warum die Fälle ad acta gelegt wurden. Ich komme nachher rum. Das erzähle ich lieber nicht am Telefon. Aber der Ehemann ist immer noch der Tatverdächtige, so viel kann ich dir sagen.«

»Ich dachte, die Beweise reichen nicht.«

»Das war, bevor die Bisswunde mit den Zähnen seiner Schlangen verglichen wurde.«

»Aber hat man Gift gefunden?«

»Der Toxikologiebericht steht noch aus.« Eine Tür wurde zugeknallt. »Shit!« Sie sog scharf die Luft ein.

»Alles gut?«

»Hab mir den Finger eingeklemmt. Ich muss los. Bis später.« Bevor ich überlegen konnte, ob angemessen war, irgendwas Pärchenhaftes hinterher zu schieben, legte sie auf und ersparte mir die Gehirnkapazitäten.

Kitty und Tomek waren so in ihr Gespräch vertieft, dass sie mein Zurückbleiben nicht bemerkt hatten. Ich zog meinen Rock ein wenig nach oben, betrachtete die niedrigen, aber dünnen Hacken und entschied mich gegen Rennen. Zügiges Gehen musste genügen.

Die drolligen Häuser, vor allem nahe den Kanälen, waren immer wieder einen Blick wert. Überall sprossen Blumen, an jeder Ecke entdeckte ich niedliche Kleinigkeiten. Hier lag ein

Stein mit einem Smiley drauf, dort füllten Legoteile eine Lücke im Backstein aus. Hinter jedem dritten Fenster lag ein Tierbett mit einer Katze - ich stockte - das war ein Hund, der sich in seinem Hundebettchen streckte. Dafür lief eine Katze durch die Vorgärten und sprang über eine Leiter auf die Dächer. Und meine Ziege war schon wieder kurz davor, etwas anzulecken.

Voraus lag die Brücke, neben der das Hausboot von Aikje und Klaas ankerte. Die beiden luden Kisten von einem Transporter in ihr Boot. Kitty und Tomek waren fast bei ihnen angekommen. Mit einer Mischung aus Sorge und Respekt beobachtete ich aus der Ferne, wie Kitty kurz zu mir sah und dann selbst entschied, eine der Kisten anzulecken. Tomek war derweil so in seinem Redefluss, dass er nicht darauf achtete. Aikje allerdings schon.

In weiser Voraussicht band ich meinen Rock hoch.

Kitty fuhr ihre Zunge aus.

Aikje ließ die Kiste fallen, die sie bis eben noch gehalten hatte.

Ich rannte los.

»Nimm dein Scheißvieh da weg!«

Tomek taumelte zurück, als Aikje ihm eine Ohrfeige verpasste.

Kitty rammte ihre Hörnchen in ihre Waden. Aikje schrie auf.

Sie wollte gerade zutreten, da hielt Tomek sie zurück. »Was sollte das denn?«

Sie befreite sich aus seinem Griff.

»Was machst du eigentlich hier? Bist du mit dieser Hexe unterwegs? Die ist noch aufdringlicher als deine Oma!«

»Was hat denn jetzt meine Großmutter hiermit zu tun?«

Ich kam an und behielt Klaas im Blick, der das Ganze aus sicherer Entfernung vom Boot aus beobachtete und nicht so aussah, als wollte er in naher Zukunft eingreifen.

»Wo ist sie? Oder passt du auf das Vieh da auf?« Sie drehte sich zu Kitty um und sah mich. »Ah, da bist du ja! Hab ich dir nicht gesagt, du sollst dich von uns fernhalten?«

»Tut mir leid, wir waren nur zufällig hier, es ist eben eine öffentliche Straße.«

Sie schnaufte. »Davon gibt es genug. Und außerdem, was wenn dein Vieh gegen meine Kisten gepisst hätte? Dann kann ich davon nichts mehr verkaufen!«

Kitty meckerte von ihrem sicheren Platz hinter meinen Beinen aus.

»Sie merkt an, dass sie kein Hund ist, der wild in der Gegen herumpinkelt, vielen Dank auch.«

Aikje stemmte die Hände in die Hüften. »Mir egal. Verzieht euch, bevor ich wütend werde.«

Wenn das noch nicht wütend war, dann wollte ich nicht herausfinden, was da noch käme. Plan A, möglichst schnell zu verschwinden, wurde allerdings dadurch vereitelt, dass Klaas aus dem Boot kam, als seine Tante gerade darin verschwand.

Der Bussard saß auf seiner Schulter und blickte genauso bedröppelt wie an dem Tag, an dem er gegen die Tür geflogen war. Das war wohl einfach sein Gesicht.

Tomek rieb sich die Wange. »Bist du hier, um dich für deine Tante zu entschuldigen, nachdem du nur zugesehen hast?«

»So in der Art. Mama geht es immer schlechter, deswegen ist sie gerade sehr gestresst. Nehmt es bitte nicht persönlich.«

»Sicher.« Tomek lehnte sich leicht vor, um dem Vogel in die Augen zu sehen. »Warum hast du uns eigentlich letztens ausspioniert?«

»Warum sollte ich das tun?«

»Das wüsste ich ja gerne.«

»Habe ich nicht.«

»Denkst du wirklich, dein Vogel hat nicht genug Wiedererkennungspotenzial?«

Klaas hob das Kinn. Viel selbstbewusster ließ ihn das allerdings nicht wirken, sondern unterstrich eher die offensichtliche Müdigkeit. »Und du willst einen Vogel erfolgreich identifizieren, wenn er hundert Meter über dir fliegt?«

»Ist es das, was du ihm befohlen hattest?« Tomek richtete sich auf. Langsam machte ich mir Sorgen, dass es nicht bei der Ohrfeige bleiben würde.

»Ich befehle ihm gar nichts. Das solltest du wissen.«

»Über den Klaas von damals hätte ich das womöglich behauptet. Aber du hast dich zu stark verändert, seit ich dich kannte.«

»Du nicht.« So herablassend, wie das klang, war das in keinem Fall ein Kompliment.

Die beiden vertieften sich in einen Anstarrwettbewerb. Das würde nicht gut enden, wenn Aikje wieder rauskam und wir noch immer rumstanden. Wobei ich durchaus versucht war, Kitty an den Kisten lecken zu lassen. Schließlich stand Aikje auch auf der Verdächtigenliste. Apropos …

»Wo wart ihr beide vorletzten Abend?«

»Wer? Wir?« Er deutete auf sich und den Vogel. »Oder wir?« Er deutete auf sich und Tomek.

»Du und deine Tante.«

»Ah. Keine Ahnung. Wieso?«

»Könntest du dir ein bisschen länger Gedanken machen, bitte?«

»Wozu? Was geht es dich an?«

»Kannst du dir bei meinem Beruf jetzt denken, oder?«

Der Vogel reckte seinen Nacken und stieß einen Kampfschrei aus. Dann breitete er die Flügel aus und hob ab. Bis er Flughöhe erreicht hatte, dauerte es einen Moment.

»Wir waren bei Mama im Krankenhaus, nehme ich an. Da sind wir eigentlich immer, wenn wir 'ne freie Minute haben.«

Sehr gut. Das Alibi sollte mit Polizeihilfe und Zugriff auf die Überwachungskameras leicht zu überprüfen sein.

Der Bussard kreiste über uns und ich war mir ziemlich sicher, dass er uns anvisierte. Wir alle beobachteten ihn.

Tomek verschränkte die Arme. »Kannst du deinen Vogel mal wieder ranrufen?«

»Ich sagte doch bereits, dass ich ihm nichts befehle. Er kann fliegen, wohin er will.«

»Der sieht aber aus, als würde er uns gleich angreifen.«

»Nicht mein Problem.«

Das sah nach einer guten Gelegenheit aus, mal im Rucksack nachzusehen, was sich da so fand. Ah, perfekt.

Der Vogel stieß einen erneuten Schrei aus. Ich öffnete den Regenschirm. Wie es sich anhörte, konnte er sich gerade noch rechtzeitig abfangen. Seine Krallen kratzten auf der Oberfläche entlang.

Die Männer starrten den Schirm ungläubig an und der Vogel landete beleidigt wieder auf der Schulter seines Partners. Kitty meckerte belustigt.

Ich klappte den Schirm zusammen und verstaute ihn im Rucksack. »Zeit für uns zu gehen. Wir haben noch zu tun.«

26

Wir trafen uns in der Mühle. Gerade als wir ankamen, fiel Tomek auf, dass er in die Uni musste, und wir warteten auf Pia.

Ihr niedlicher Golf fuhr den Schotterweg entlang. Sie sah ein wenig gestresst aus. Wir umarmten uns zur Begrüßung. Ihr Haar roch nach Zitrus.

»Hübsche Mühle.«

Ich nickte. »Gehörte einem der Mordopfer.«

»Oh.« Sie fuhr sich durch die Haare. Das Polizeioutfit, ausgestattet mit Pfefferspray und einem Taser, stand ihr wirklich gut. »Na gut, dann kommen wir mal zum Problem.«

Kitty machte sich auf dem Teppich vor dem Sofa so breit, dass Pia Mühe hatte, sich zu setzen. Ich warf ihr einen Blick zu, dass sie sich benehmen sollte, aber sie meckerte nur zurück.

»Also, was habt ihr herausgefunden?«

Ihre Augenbrauen waren zusammengezogen, ihr ganzer Körper wirkte angespannt. »Jemand hat jahrelang die Daten dieser Fälle im System geändert. Alle wurden als Selbstmorde deklariert, obwohl die Todesursachen verdächtig waren. Das hätte so leicht nicht passieren dürfen.«

»Weiß man schon, wer es war?« Ich hätte da jemanden im Kopf.

»Noch nicht. Nur die Abteilung hat man bisher festgemacht.«

»Und arbeitet dort jemand mit dem Namen Lilian Beek?«

Pia blinzelte überrascht. Sie zog ihr Handy aus der Tasche und scrollte darauf herum. »Tatsächlich.«

»Dann lohnt sich vielleicht, sich die Dame einmal genauer anzusehen.«

»Ich vermute, das hast du schon gemacht?« Sie lächelte herausfordernd.

»Ich habe mit ihr geredet, nur wollte sie nicht so richtig.«

»Dann wollen wir das doch nochmal probieren.«

Lotte öffnete die Tür. Sie trug eine Jogginghose und einen kuschelig aussehenden Mantel. Auf dem Arm hielt sie ein schlafendes Kind in einem Meerjungfrau-Onesie. »Kann ich Ihnen helfen?«

Pia zeigte ihre Marke vor. »Wir suchen nach Ihrer Mutter. Ist sie zu Hause?«

»Ja, sicher.« Sie drehte sich um. »Mama! Die Polizei will was von dir!«

Lil eilte die Treppe nach unten. Sie stockte auf der letzten Stufe, als sie mich erblickte. »Lucia.« Ich konnte mir gar nicht erklären warum, aber sie klang nicht glücklich, mich zu sehen.

Pia hielt ihre Marke hoch. »Haben Sie einen Moment Zeit?«

»Nicht wirklich, ich muss auf meinen Enkelsohn …«

»Ach was, Mama. Ist schon gut, ich nehme ihn einfach mit.« Lotte lächelte breit. »Brauchen Sie etwas von mir?«

»Nein, vorerst nicht.«

»Hervorragend.« Sie zog sich hüpfend und einhändig ihre Schuhe an und zwängte sich dann an uns vorbei. »Tschau, Mama. Viel Spaß!«

Lil rieb sich die Stirn. »Was ist?«

»Dürfen wir reinkommen?«

»Wenn es sein muss.« Lil führte uns in eine kleine, aber moderne Küche. Kein Staubkorn lag an der falschen Stelle, der Eindruck entstand, wir beträten ein Showhaus. Sie bot uns weder etwas zu trinken noch einen Sitzplatz an. Ich konnte ihr das nicht verübeln.

»Also?« Sie setzte sich halb auf ihren Küchentisch. »Worum geht es? Wieder um Piotra?«

Mir erschien sinnvoll, Pia hier das Reden zu überlassen. Sogar Kitty blieb ruhig, um das Ganze zu beobachten.

»Haben Sie auf der Arbeit Zugriff auf Mordakten?«

»Gelegentlich.«

»Zufällig bei Selbstmordfällen?«

Lil schnalzte mit der Zunge. »Und weiter?«

»Haben Sie Akten manipuliert?«

»Sie unterstellen mir ziemlich grauenvolle Dinge, De Vries.«

»Haben Sie?«

»Ich bearbeite Akten, das ist mein Job. Ich weiß nicht, was Sie mit manipulieren meinen.«

Pia verlagerte ihr Gewicht. »Hatten Sie mit den Daten von Piotra Kamerczak, Luca Bijl oder Lisa Heitmann zu tun?«

»Das ist vertraulich.« Ihr Blick huschte zu mir, aber nur für einen Moment.

Pia lehnte sich an die Arbeitsfläche. Die knarzte leicht. »Sie sind Mitglied im Backclub des Ortes, nicht wahr?«

»Ja. Und?«

»Was wird denn dort gebacken?«

Lil lachte und ich war überrascht, wie echt es klang. »Wir backen schon seit Jahren nicht mehr. Wir treffen uns nur in Küchen und quatschen, weil wir sonst alle vereinsamen würden.«

»Verstehe.« Pia holte ein Bild hervor und zeigte es Lil, zu schnell, als dass ich hätte erkennen können, was darauf zu sehen war.

»Kennen Sie diese Person?«

Lil überlegte einen Moment. »Vielleicht.«

»Sie haben nicht zufällig schon mal mit ihm zusammengearbeitet?«

»Nicht unmöglich.«

Das Bild verschwand wieder in Pias Hemdtasche. »Kommen wir zurück zu den Akten. Hat Sie jemand gezwungen, die Fälle zu bearbeiten? Ein Vorgesetzter vielleicht?«

Lils Kiefer begannen zu mahlen. Sie blickte aus dem Fenster. »Nein, kein Vorgesetzter.«

»Sonst jemand?«

»Sollte es so sein, denken Sie wirklich, ich würde Ihnen das einfach so mitteilen? Denken Sie nicht, das würde dem Erpresser missfallen?«

»Sie arbeiten doch bei der Polizei. Wenn es kein Vorgesetzter war, hätten Sie sich melden können.«

Lil grub die Fingernägel so stark in ihre Oberarme, dass der Anblick schmerzhaft wirkte. »Sie sind diesem Mann auf der Schliche, nicht wahr?« Sie fixierte meinen Blick. Ich meinte, eine gewisse Genugtuung darin zu erkennen. »Sehen Sie sich ihn genauer an. Mehr kann ich nicht sagen.«

»Können Sie auf dem Revier mehr dazu sagen?«

»Womöglich.«

»Gut, dann kommen Sie mit.«

Pia führte Lil zu ihrem Golf und rief nach Verstärkung.

Ich griff nach Pias Arm. »Wessen Bild hast du ihr gezeigt?«

Sie wandte sich um, packte meine Schultern und küsste meine Stirn. »Das von Herrn Heitmann. Sieht aus, als wäre der Fall bald gelöst.« Sie lächelte so ehrlich und erleichtert, dass ich ihr in dem Moment nicht widersprechen wollte. Aber ich war mir sicher, dass er nicht der Täter war. Ich sagte ihr das.

Sie schüttelte den Kopf. »Die Beweise sprechen gegen ihn. Wenn wir jetzt noch eine Aussage bekommen und der Toxikologiebericht kommt, wird er sicher heute noch festgenommen. Dann kannst du dir einen weniger gefährlichen Fall suchen und ich brauch mir nicht mehr solche Sorgen zu machen.«

»Pia, ich glaube wirklich nicht …«

Ein Polizeiauto fuhr um die Ecke und Pia ließ mich los. »Sehr gut, sie waren wohl in der Nähe. Ich ruf dich nachher an.«

Ich wartete, bis Lil im Wagen saß. Sie grinste mir zu. Warum auch nicht? Sie hatte ja mitbekommen, dass man nicht auf mich hörte.

Der Wind frischte auf. Ich musste den Rock festhalten. Kitty meckerte.

»Ich mag sie auch nicht.«

Kitty stampfte davon. Ich folgte ihr, wohin auch immer ihr kleines Ziegenköpfchen uns bringen mochte. Ich brauchte klare Luft und Ruhe, um nachzudenken.

27

Kitty führte mich erneut zu Herrn Heitmanns Haus. Wenn er festgenommen werden sollte, wollte sie sicher sein, dass er etwas mit der Sache zu tun hatte, ansonsten war der Fall noch offen.

Ich stimmte ihr zwar zu, glaubte aber nicht, dass wir an der Hauswand oder im Garten hilfreiche Infos fänden.

Kitty leckte ein paar Stellen an, doch nach fünf weniger als hilfreichen Eindrücken gaben wir auf und ich holte meinen Klappstuhl aus dem Rucksack. Ich rieb mir den Kopf. Schmerzen konnte ich wirklich nicht gebrauchen.

Wir beobachteten, wie das Licht in der Küche aus und oben wieder anging. Herr Heitmann erschien am Fenster und zog die Vorhänge zu.

»Kann man Ihnen helfen?« Ein Mann mittleren Alters parkte sein Auto vor uns.

»Nein.« Dass ich auf einem Klappstuhl saß, sollte doch signalisieren, dass ich hier sein wollte, oder nicht?

»Suchen Sie nach einer Mitfahrgelegenheit?«

»Sieht es so aus?«

Er zuckte mit den Schultern. »Na gut. Schönen Tag noch.«

»Ebenso.«

Er fuhr weiter und ich holte mein Fernglas raus, um so zu tun, als beobachtete ich Vögel in dem Baum über uns.

Eine Amsel hüpfte in den Ästen herum, das war aber auch alles Interessante, das innerhalb der nächsten anderthalb Stunden geschah. Herr Heitmann saß dem Licht nach zu urteilen im Wohnzimmer.

»Wer, denkst du, war es, Kitty?«

Sie lag mit dem Rücken auf meinen Füßen und streckte sich. Sie meckerte.

»Das Frettchen, was?« Aber wenn sie tatsächlich Schlangengift fanden … »Dina sagt, Aikje versteckt ein Seelentier. Vielleicht hat sie eine Schlange.«

Kitty meckerte.

»Lebenskraft für die Seifen?« Ich dachte darüber nach. Eine weitere Amsel landete im Baum über mir. Ich betrachtete sie durch das Fernglas. Könnte auch die Gleiche sein. »Soweit ich weiß, gab es das Seifenbusiness schon vor den Morden.« Auch wenn die Timeline passte, Lebenskraft in Objekte zu übertragen, war unmöglich, egal um was für eine Fähigkeit es sich handelte. Und außer der Kraft wurde den Leichen nichts entnommen. Dina und ihr Ehemann kamen als Duo ebenfalls in Frage und Lil hatte eindeutig die Daten manipuliert.

Kitty sah zu mir rauf und meckerte.

»Stimmt. Sie liegt im Büro.« Bei all der Aufregung hatte ich nicht mehr daran gedacht, die Seife zu probieren. Das hieß aber auch, dass ich Kitty noch an der Verpackung lecken lassen konnte.

Kitty meckerte. Ich musste lachen. Eine Mutter mit ihrem kleinen Kind warf uns einen eigenartigen Blick zu und eilte vorbei. Ich grüßte freundlich. Wir mussten gerade ein kurioses Bild abgeben. Aber wann taten wir das nicht?

Ich lehnte mich zu Kitty runter. »Nur weil sie gemein zu uns waren, heißt das noch nicht, dass sie die Täter sind.« Ein Auto fuhr vorbei, aus dessen offenem Dach sich ein Straußenhals streckte. War es möglich, ein Seelentier sein ganzes Leben lang geheim zu halten? Auf keiner Liste aufzutauchen? Vielleicht war es mal registriert gewesen und jemand hatte den Tod der Schlange vorgetäuscht? Ich nahm mein Handy zur Hand, um Pia zu schreiben und zu fragen, ob sie das einmal checken könnte, da leuchtete das Display auf. Pia rief an.

»Ja?«

»Er wird festgenommen. Die Streife ist unterwegs.«

Falsch. Mein Magen zog sich zusammen und die Amsel erleichterte sich auf meinem Schuh. Das war wohl das dazu passende Zeichen des Himmels. »Aufgrund von was?«

»Frau Beek hat gegen ihn ausgesagt. Er hat sie erpresst, indem er ihrer Tochter und dem Enkel gedroht hat.«

So eine Scheiße. Wirklich, Lilian? Ich hätte mehr Klasse erwartet.

»Lucia? Alles ok?«

»Ja. Ich bin schon vor Ort.«

»Wir auch gleich.«

Sie blieb ihrem Wort treu, denn zehn Minuten später standen drei Streifenwagen vor der Tür und zerrten den armen Herrn Heitmann in Handschellen aus seinem Haus, für ein Verbrechen, das er meinen Ermittlungen zufolge nicht begangen hatte.

Kitty und ich beobachteten das Ganze von unserem Platz auf der anderen Straßenseite aus.

Nachdem der vermeintliche Täter verladen war, kam Pia zu uns.

»Du siehst nicht glücklich aus.«

»Etwas stimmt nicht.«

Sie reichte mir die Hand und zog mich hoch. »Es ist vorbei.« Sie küsste meine Wange. »Ich kümmere mich noch um den Papierkram, wie wärs, wenn wir zur Feier des Tages etwas essen gehen?«

Kitty meckerte.

»Ihr wäre lieber nach zu Hause bleiben. Wie wärs, wenn du heute bei mir übernachtest? Dann musst du nicht den ganzen Weg zurück nach Amsterdam.«

»Das klingt verlockend.«

Ich rang mir ein Lächeln ab. Ich wünschte, ich könnte daran glauben, dass die Polizei den Fall gelöst hatte. Aber nichtsdestotrotz konnte ich Zeit mit Pia verbringen. Ihre Wärme neben mir spüren, ihren Herzschlag, ihr Lächeln. Mein Lächeln wurde echter und ich drückte ihr einen Kuss auf den Mund. »Bis später.« Wo käme ich denn hin, wenn ich mich davon aufhalten ließe, dass die Polizei eine andere Meinung hatte als ich?

Nachdem alle Polizisten abgezogen waren, klappte ich meinen Stuhl zusammen. »Auf geht's Kitty, wir haben einen Fall zu lösen.«

28

Jemand ist hier gewesen. Es sah alles noch aus wie immer: Der Wein rankte unberührt um den Türrahmen, die Tulpen blühten ungestört vor sich hin und der Fußabtreter hätte fast neu sein können. Aber etwas stimmte nicht. Ich zog meinen Brieföffner aus der einen, das Pfefferspray aus der anderen Rocktasche. Dadurch hatte ich keine Hand mehr frei für die Tür. Ich wollte den Brieföffner umlagern, sah hinunter und erblickte nur Pflastersteine. Kitty entdeckte ich hinter dem Pfeiler vom Gartentor, an dessen Seite ein Paar Öhrchen und ein Teil der Schnauze hervorschauten.

»Was machst du denn da hinten?« – Meckern.

»Komm schon, ich beschütze dich.« – Mehr Meckern.

»Nein, ich warte jetzt nicht auf Pia. Und was soll das heißen: Das ist nicht meine Kernkompetenz?«

Langsam und vorsichtig bewegte sie sich auf den Eingang zu. Meckernd.

»Wenn da eine ist, dann …« Tja, wenn hinter der Tür eine Schlange lauerte … »… lass dich einfach nicht beißen.«

Sie drehte wieder um.

»Ach komm schon.«

Kitty war der Meinung, wir sollten durchs Badezimmerfenster klettern. Also ich sollte klettern und sie würde draußen warten. Die Hintertür war ihr ebenfalls zu unsicher, wobei ich dagegenhielt, dass ich nicht schnell genug weglaufen konnte, wenn ich wie ein sterbender Krebs im Fensterrahmen hing.

Sie ließ sich umstimmen.

Ich untersuchte die Hintertür nach Spuren und zog sicherheitshalber Handschuhe an. Es sah allerdings nicht so aus, als wäre jemand eingebrochen.

Kitty meckerte. Sie stand unter dem Badezimmerfenster. Die Einbrecher hatten die gleiche Idee gehabt wie Kitty.

»Das könnte teuer werden.« Meckern und Augendrehen.

»Nein, das ist nicht mein einziges Problem. Aber es ist auch ein Problem.«

Meckern.

»Ja, ja, ich geh ja schon.« Ich schloss die Hintertür auf. Vielleicht sollte ich Pia vorher anrufen. Ich schrieb ihr eine Nachricht.

Was auch immer die Einbrecher gesucht hatten, sie hatten es wohl in der Küche, dem Bad oder der Vorratskammer gesucht. Dachte ich, bis ich den genauso verwüsteten Rest der Wohnung fand. Na super. Das alles wieder aufzuräumen würde Stunden dauern. Blätter lagen auf dem Boden, der Inhalt meiner Schränke verteilte sich überall, sogar ein paar Bilderrahmen lagen zerbrochen rum.

Mein Blick fiel auf den PC, der noch da war, den E-Reader, meinen Schmuck, der zwar nicht viel Wert war, den sich der Einbrecher aber offenbar nicht einmal näher angesehen hatte. Das hier war persönlich und damit eine gute Quelle für Spuren. Wenigstens etwas.

Ich achtete auf Bewegungen in dem Chaos, während ich jeden Raum nach Menschen absuchte. Doch alles war ruhig, niemand war mehr da.

Kitty betrat die Wohnung. Sie meckerte leise. Seelentier. »Hab ich mir schon gedacht.« Fragte sich nur, wessen Seelentier.

Pia schrieb mir, dass ich auf keinen Fall die Wohnung betreten und in sicherem Abstand warten soll.

Natürlich, ich bin vorsichtig, schrieb ich ihr und suchte währenddessen in meinem Schreibtisch nach der Seife und fand sie nicht. Hatte ich sie woanders hingelegt? Vielleicht in das Geheimfach. Ich öffnete es und fand sie. Ich steckte die Seife ein. Pia hatte nicht unrecht, wir sollten mögliche Spuren nicht verwischen.

Kitty schnupperte auf dem Boden entlang, ihr Näschen zuckte, dann leckte sie an einem zerknüllten Notizzettel.

Zischeln. Knüllen. Aufprall.

Das Zischeln war das Gleiche wie an den Tatorten. Das Zischeln einer Schlange.

»Nochmal.« Ich brauchte ein Bild. Kitty leckte erneut an der gleichen Stelle.

Fleckige, dunkelbraune Schuppen. Lautes Zischeln. Fließende Bewegungen.

Ich schloss die Augen, um das Bild der Schlange im Kopf zu behalten. Die oberen Schuppen waren braun, der Bauch grauweiß gefleckt. Ich suchte danach. Ringelnatter. Eine Wasserschlange, die bis zu zwei Meter lang wird. Ungiftig!

Ich schrieb Denim an und bat sie, herauszufinden, ob Herr Heitmann solch eine Schlange gehabt hatte. Laut seinem Social Media Profil nicht. Dort postete er nur Bilder von vier Giftschlangen.

Ein Grund mehr, nicht an Herrn Heitmanns Schuld zu glauben.

Kitty tippelte durch die Gegend und meckerte. Sie meinte, die Schlange schonmal gesehen zu haben.

»Wo denn?«

Gestresstes Meckern.

»Im Magiemuseum?« Stimmt, da hatte sich eine Schlange mit einem Hamster angelegt. Ohne Partner weit und breit in Sicht.

Pia schrieb mir, dass sie gleich da sei. Wir verließen die Wohnung, ich zog die Handschuhe aus und wir warteten brav ein paar Häuser entfernt.

»Ist alles in Ordnung?« Sie hatte die Autotür noch gar nicht richtig geöffnet, da rief sie uns schon entgegen. Ihre Haare hingen ihr wild ins Gesicht. »Geht es euch gut?«

»Alles bestens. Ist nicht das erste Mal.«

»Ist euch von außen etwas aufgefallen? Ihr wart aber nicht zu nah dran, oder?«

»Von außen fällt das kaputte Badfenster auf, innen die Verwüstung.«

Pia zog die Augenbrauen zusammen. »Von innen?«

»Deine Nachricht kam ein bisschen zu spät. Wichtiger ist aber, dass wir die Bilder einer Schlange gesehen haben. Und einer, die nicht Herrn Heitmann gehört.«

»Oh meine Güte. Du bist da einfach rein?«

»Alles gut. Ich hatte meinen Brieföffner zur Hand.«

Pia seufzte und rieb sich übers Gesicht. »Konntest du sie nicht aufhalten?«

Kitty meckerte zustimmend zurück.

»Fällst du mir jetzt in den Rücken?« Ich streichelte ihren Kopf. Sie meckerte zufrieden.

»Ich weiß, dass die Beweise gegen ihn sprechen, aber Herr Heitmann war es nicht. Wer auch immer hier eingebrochen ist, hatte die Schlange dabei, deren Eindrücke ich auch an den Tatorten gefunden habe. Und während hier eingebrochen wurde, habe ich Herrn Heitmann beschattet. Er war es nicht.«

Pia verschränkte die Arme vor der Brust und tappte mit ihren Fingern auf dem Arm herum. »Das gefällt mir nicht. Aber ich gebe zu, du könntest recht haben. Der toxikologische Bericht kam negativ zurück. Die Schlange war ungiftig.« Sie schloss die Augen.

Ich hielt den Mund, bis sie fertig nachgedacht hatte.

»Okay, ich gucke mir das gleich einmal an, dann rufen wir die Polizei, damit die alles aufnehmen können. Und dann schläfst du heute Nacht bei mir.«

Dagegen hatte ich nichts einzuwenden. »Wenn das für Leo in Ordnung ist, gerne.«

»Gut, dass du es sagst. Ich schreib ihm mal, dass er uns was zu Essen kochen soll.«

Pia sah sich die verwüstete Wohnung durch die Hintertür an, die Polizei kam, nahm den Einbruch auf und ließ uns dann mit dem Durcheinander allein. Kann man nicht viel machen, war das Fazit. Wurde ja nichts gestohlen. Das Badfenster wurde auf Fingerabdrücke untersucht und dann notdürftig verschlossen.

»Setzt euch schon mal ins Auto.«

Ich öffnete die Beifahrertür und Kitty drängelte sich an mir vorbei. Sie setzte sich und meckerte mich an, ich solle sie doch bitte anschnallen. Ich kam ihrer Bitte nach und setzte mich nach hinten. Der Himmel strahlte in Rot und lila, seichte weiße Wolken durchzogen das Bild und ließen es wirken wie eine Zeichnung von Zuckerwatte.

Ich trommelte mit den Fingern auf dem Türrahmen. Wer auch immer gewagt hatte, bei mir einzubrechen, würde dafür bezahlen. Vor allem für das Fenster.

Pia ließ sich seufzend auf den Fahrersitz fallen. »Das war zu viel Aufregung für einen Tag. Nur gut, dass ihr ni…« Sie drehte sich zur Seite und zuckte zusammen.

Kitty meckerte stolz.

Pia drehte sich weiter um. »Gut, dass ihr nicht zu Hause wart.«

Das sah ich anders, hielt es aber für besser, ihr das nicht zu verraten.

»Ich werde den Täter finden, dann könnt ihr wieder beruhigt schlafen.« Pia schaltete den Motor an. Warme, schale Luft blies mir aus der Lüftung entgegen.

Das war wohl der Moment, an dem ich stillsitzen und die Polizei übernehmen lassen sollte. Ich ballte eine Hand zur Faust und legte den Kopf darauf. Ich hatte diesen Fall angefangen, ich brachte ihn zu Ende.

Das Radio spielte die ersten Töne eines englischen Popsongs, bevor eine Stimme so schnell auf Niederländisch sprach, dass ich Probleme hatte, alles zu verstehen. Eilmeldung: Irgendwo war ein Stau wegen eines Motorrads und eines Emus. Mehr kam bei mir nicht an.

Bei Pia wohl mehr, denn »Scheiße«, war ihre Reaktion darauf.

Kitty meckerte und Pia missverstand das als Beschwerde, dabei wollte Kitty nur wissen, was los war.

»Sorry. Das ist die Strecke nach Hause. Der Umweg ist echt anstrengend.«

»Dann nehmen wir den Umweg eben nicht.«

Pia sah mich im Rückspiegel an. Ich lächelte und hielt einen Schlüssel hoch. »Schon mal in 'ner Mühle übernachtet?«

29

Pia saß im Wohnzimmer der Mühle und studierte erneut die Notizen, die ich geschrieben hatte. Kitty schlief auf dem Flauscheteppich und ich fragte mich, ob ein Bad zu nehmen, mir das Schleppen von heißem Wasser in Eimern wert war. Ich könnte jedenfalls gut eins gebrauchen und die Seife dabei gleich probieren.

Pia war so vertieft in ihre Gedanken, dass sie zusammenzuckte, als ich ihr eine Hand auf die Schulter legte. »Sorry. Hast du schon im Seelentierverzeichnis nach der Schlange gesucht?«

»Ja. Kein Treffer. Die einzige Person mit so einer Schlange als Seelentier lebt irgendwo in Deutschland.« Sie saß angespannt auf dem Sofa, so als wäre jeder ihrer Muskeln damit beschäftigt, über diesen Fall nachzudenken. Sah so aus, als könnten wir beide ein Bad gebrauchen.

Kurz überlegte ich, ob ich in der Schildkrötenküche etwas kochen sollte, erinnerte mich daran, dass da nichts war und bestellte uns Pizza. Jeder eine. Pizza teile ich nicht.

Und oh wie zufällig passend, in der Zwischenzeit blieb genug Zeit für ein Bad.

Ich hievte einen Eimer nach dem anderen voll mit warmem Wasser vom Badezimmer in die grüne Badewanne. Natürlich hatte ich sie vorher gereinigt. Während die Eimer vollliefen, zündete ich Kerzen an, denn das Deckenlicht zerstörte jeden Glimmer von Entspannung und Ruhe. Und ja, ich hatte Tomek um Erlaubnis gebeten, hier zu schlafen. Was wir benutzten, würde ich ersetzen.

Das Wasser floss platschend vom Eimer in die Wanne. Eine der Kerzen verbreitete den Geruch von Kaminfeuer, eine andere von Rosen. Interessante Duftkombi.

Zwei vollkommen unzusammenhängende Fragen schwirrten mir im Kopf rum wie das Wasser, das bei jedem Eingießen in Turbulenzen geriet.

Frage eins: Was hatten die Einbrecher gesucht und hatten sie es gefunden? Konnten sie meine Fallnotizen nicht finden oder die Seife? War sie wirklich gut genug versteckt gewesen, um sie zu übersehen, wenn jemand danach suchte? Ich wollte Kitty rufen, damit sie endlich an der Seife leckte, aber sie schlief. Das ließ ich lieber so, sonst wurde sie noch übermüdet und mit einer übermüdeten Ziege wollte ich mich nicht anlegen.

Die Wanne war voll, das Wasser annehmbar warm und auf dem Schreibtisch fand ich sogar ein Quietscheentchen.

Zweite Frage: Was waren Pia und ich? Um das herauszufinden, musste ich sie wohl direkt fragen.

Ich ging nach unten. »Pia?«

Sie sah auf. Ihre Locken waren zerzaust, ihr Blick konzentriert, wenn auch untermalt von Augenringen. »Ja?«

»Die Wanne ist fertig. Wollen wir rein?«

Sie nickte und schaute wieder auf ihre Unterlagen. »Geh du zuerst.«

Ich setzte mich neben sie und legte ihr eine Hand auf den Oberschenkel. »Ich hatte da eher an zusammen gedacht.«

Sie schwieg einen Moment. »Das wäre zeitsparender, aber einer sollte bereit sein, falls etwas passiert.« Ihre Finger flogen regelrecht über die Tastatur ihres Tablets.

Ich gab auf und ging allein in die Wanne. Pias Methode wirkte vielleicht effektiver, aber mich in den Fall zu verbeißen, ohne Raum für Gedanken, würde mich nicht zum Ziel bringen, das wusste ich aus Erfahrung.

Das warme Wasser wirkte Wunder. Einen Moment genoss ich die Stille, dann fing Kittys Schnarchen wieder an. Eine Tür ins Obergeschoss würde der Mühle vielleicht guttun.

Ich nahm die Seife zur Hand und löste sie aus ihrer Verpackung. Die Seife an sich zierte die Stempelung »Angel Soaps« und elegante blaue Linien zogen sich durch milchiges Weiß. Sie roch nach Buttermilch und fühlte sich angenehm weich an. Die Verpackung legte ich vorsichtig beiseite, damit sie nicht nass wurde. Sobald Kitty wach wurde, würde ich Eindrücke davon einholen.

Pia kam nach oben, sah mich in der Wanne und wendete ihren Blick ab. »Oh. Hey. Ähm, ich hab alle relevanten Infos durchgegeben. Der Fall sollte bald gelöst sein, wir müssen uns nur ruhig verhalten. Niemand weiß, dass wir hier sind. Richtig?«

»Richtig.« Wir hatten es niemandem erzählt, so viel stand fest. Fragte sich nur, ob ein gewisser Bussard Teil des Mörderensembles war. Ich schloss die Augen.

Der Schreibtischstuhl quietschte, als Pia sich setzte. »Sieht gemütlich aus.«

Ich legte meine Arme auf den Beckenrand und grinste. »Willst du mit reinkommen?«

Sie wurde rot und räusperte sich. »Dafür sieht die Wanne ein bisschen zu klein aus.«

»Findest du?«

Sie beäugte die Wanne grinsend, dann stutzte sie und roch an einer der Kerzen, die auf dem Schreibtisch standen. »Riecht die Kerze … verbrannt?«

»Soll nach Kamin riechen.«

Sie lachte ihr fröhliches, unbeschwertes Lachen. Grübchen zierten ihre Wangen. Ich musste ebenfalls lächeln. »Das muss der komischste Kerzenduft sein, von dem ich je gehört habe.«

»Wirklich? Dann warst du noch nicht auf der komischen Seite des Internets unterwegs, was?«

Sie wischte sich eine Lachträne aus dem Augenwinkel. »Davon wurde ich bisher zum Glück verschont.« Sie lehnte sich zurück und schloss die Augen.

Einen Augenblick fragte ich mich, ob der Zeitpunkt unpassend war, aber wann war er je passend. »Was sind wir eigentlich mittlerweile?«

»Was wir sind?« Sie dachte nach, die Augen noch immer geschlossen. »Ermittelnde, von denen eine im Visier der Täter gelandet ist und daher besch…«

Ich hob die Hand, das Wasser plätscherte. »Das meine ich nicht. Ich rede nicht von der Arbeit, sondern von uns.«

»Uns?«

»Sind wir jetzt offiziell zusammen? Wollen wir dem Ganzen noch keinen Namen geben?«

»Ach so, das meinst du.« Sie sah mir in die Augen und errötete noch mehr. »Ich denke …«

Jemand klingelte.

Kitty meckerte aufgeschreckt.

Pia sprang auf. »Wer könnte das sein?«

Ich sah auf mein Handy. »Die Pizza ist da.«

Wir aßen unsere Pizzen schweigend, denn wir waren zu hungrig, um das Essen für Konversation zu unterbrechen. Mein Pilze-Zwiebel-und-Paprika-Belag schmeckte, wobei ich das in diesem Moment über so ziemlich alles behauptet hätte, vermutete ich mal.

Auch danach war der Moment der romantischen Zweisamkeit vorüber. Ein wenig Zeit, um darüber nachzudenken, konnte auch nicht schaden, also schnitt ich das Thema auch nicht erneut an. Stattdessen schlug ich Pia Pläne vor, die Täter zu schnappen.

Sie sah mich mit einer Mischung aus »das ist jetzt nicht dein Ernst« und Sorge an. »Den Teil mit: Wir bleiben hier, bis für dich keine Gefahr mehr besteht, hast du aber mitbekommen, oder?«

»Wer sagt denn, dass ich hier sicherer bin als woanders?«

»Willst du jetzt argumentieren, dass hinter dem Täter herlaufen sicherer ist, als in einem geschlossenen Raum zu sitzen?«

Ich zuckte mit den Schultern. »Ja, schon. Wenn ich hinter dem Täter bin, kann er mir nicht in den Rücken stechen.« Pia sah nicht glücklich aus.

»Denkst du nicht, es besteht die Chance, dass es eine neue Leiche gibt?«

»Warum sollte es? Wenn deine Theorie stimmt, dann haben sie erst gerade neue Lebenskraft bekommen. Auch wenn sich der Abstand der Morde verringert, ist heute zu früh.«

»Wie kannst du dir da so sicher sein?«

Pia brachte die Pizzaboxen zum Papiermüll, versuchte, sie in die zu kleine Tonne zu pressen, gab auf und zerkleinerte sie einzeln mit dem Messer. Sie seufzte. »Bin ich nicht. Aber ich werde einen Teufel tun, dich da rauszulassen. Das ist einfach zu gefährlich.«

Kitty schoss mir von ihrem Teppichplatz aus einen Blick zu. Ich nickte nach oben. Sie stand auf, trappelte hoch.

Ich lehnte mich an die Arbeitsplatte, hinter mir ein Schildkröten-Serviettenständer. »Ich weiß es zu schätzen, dass du dir solche Sorgen machst. Aber das ist mein Job. Als ich ihn gewählt habe, wusste ich, dass er mit Gefahren einhergeht, und ich umgehe sie so gut wie möglich. Aber ich kann nicht hier sitzen, während jemand da draußen frei herumläuft und womöglich jemand anderem das Leben nimmt.«

Pia rutschte ab. Das Messer hinterließ eine kleine Kerbe in der Arbeitsplatte. »Mist.« Den Rest der Kartons stopfte sie so in den Eimer. »Wenn wir hier von einem normalen Fall für eine Privatdetektivin redeten, würde ich dir zustimmen. Ich glaube dir, dass du auf dich aufpassen kannst, aber das hier«, sie wedelte mit einem letzten Kartonstück herum, »ist eine Polizeiermittlung. Sei doch froh, dass du dich nicht mehr darum kümmern musst.«

Stampfen. Schneiden. Papiergeruch.

Mist. Mein Bauchgefühl sagte mir, dass ich mir Aikje und Klaas näher ansehen musste, aber die Beweise sprachen gegen mich.

Was hatte ich gehofft? Dass Kitty an dem Papier lecken würde, ich das Salz schmecken und riechen würde und klar wurde, wer der Täter war? Ja, genau das hatte ich gehofft.

Pia ging an mir vorbei. »Amissah ist zwar gerade nicht da, aber ich kann dir versichern, dass meine Kollegen und Kolleginnen kompetent genug sind, den Fall zu lösen.«

»Haben sie nicht vorhin erst den Falschen verhaftet?«

»Fehler passieren halt. Und ganz raus aus der Sache ist er nicht. Er hätte jemanden engagieren können, bei dir einzubrechen und Beweise zu sichern.«

Ich schüttelte den Kopf. Das passte einfach nicht.

Pia setzte sich auf das Sofa und klopfte auf den Platz neben sich. »Komm schon. Was würdest du überhaupt machen wollen? Wo würdest du hin wollen?«

Ich blieb, wo ich war, denn ich hatte keine Antwort auf die Frage. Trotzdem, ich konnte doch nicht hierbleiben und warten, oder? Zugegeben, der Platz neben Pia sah gemütlich aus.

Mein Handy vibrierte. Stojan fragte, ob Tomek und ich in der Mühle waren, er hätte die Lichter gesehen. Ich antwortete ihm.

Pia breitete eine Decke über sich aus und richtete sich gemütlich ein. Eigentlich ein perfekter Abend. Eine Frau, die ich mittlerweile deutlich mehr als nur ein wenig mochte, in der Luft hing der Duft von Kamin und Rosen, Kitty kam die Treppe herunter, vermutlich, um es sich wieder bequem zu machen, und die Polizei erledigte den gefährlichen Teil.

Ich stieß mich von der Arbeitsplatte ab, blieb aber stehen. Pia beobachtete mich. Ich hatte ihre Frage noch nicht beantwortet.

Kitty legte sich nicht wie erwartet auf den Teppich, sondern lief zur Tür und meckerte. Sah aus, als müsste sie einmal für kleine Ziegen.

Dankbar für die Ablenkung wandte ich mich zur Tür. Die frische Luft und Zeit zum Nachdenken würden guttun. »Wir gehen kurz raus.« Ich griff meinen Rucksack, schlüpfte in meine Schuhe und schaltete die Taschenlampe an.

»Wartet, ich komme mit.« Pia schälte sich aus ihrer Decke.

Sobald ich die Tür öffnete, sprintete Kitty los, hinein in die Dunkelheit.

»Hey, warte!« Ich rannte hinterher.

Kitty lief an den Tulpen vorbei, den Weg am Kanal entlang. Ich hatte Schwierigkeiten, ihr zu folgen. Ihre Hufe schleuderten Kies auf und sie meckerte etwas, das ich nicht verstand. Meine ganze Konzentration brauchte ich dafür, sie im Blick zu behalten und gleichzeitig nicht hinzufallen. Eine Taschenlampe, deren Schein beim Laufen hin und her wackelte, war eindeutig nicht genug.

»Mach mal langsam! Wo willst du hin?«

Sie wurde langsamer und ich konnte zu ihr aufholen. Sie meckerte und schnaubte.

»Ja, aber vielleicht kann die Polizei …«

Mehr Meckern.

»Hey! Das ist …« Ich wollte ihr sagen, dass das nicht fair war, aber ich wollte ebenfalls sichergehen, dass der Fall ordentlich gelöst wurde. »In Ordnung. Aber Pia sollten wir vermutlich mitnehmen.«

Sie trabte weiter vor sich hin, ohne einen Kommentar dazu abzugeben.

Ich drehte mich um. Niemand in Sicht. Wir waren ein gutes Stück gelaufen, vor uns baute sich eine Brücke auf. Ich sollte Pia wenigstens anrufen.

Kitty meckerte und lief wieder los.

Ich rannte hinterher. »Du hast mir noch nicht gesagt, wo du hinwillst.« Ein paar Meter weiter wurde mir das Ziel klar. Der verlassene Geräteschuppen stand nicht weit von hier. Der, in dem Luca verstorben war. Sie wollte mehr Eindrücke einholen.

»Na gut, aber nur kurz.«

Ihr Augenverdrehen war förmlich spürbar.

»Hey! Ich bin nicht weich geworden, ich hab nur endlich eine Chance mit einer Frau, die ich wirklich mag, und will die nicht gleich versauen.«

Sie starrte mich an.

»Nein, das ist natürlich nicht wichtiger, als Mörder zu überführen. Aber ganz unrecht hat sie nicht.« –Meckern.

»Ist ja gut.«

Der Schuppen tauchte wie aus dem Nichts zu unserer Linken auf. Eine Fledermaus flatterte über uns vorbei, ein Uhu sang, die Blätter raschelten. Die Tür quietschte so laut, dass jedes Tier im Kreis von ein paar hundert Metern wusste, dass wir hier waren. Ich hielt die Taschenlampe auf den Boden gerichtet, falls uns eine Schlange über den Weg kroch.

Vorsichtig schnüffelnd betrat Kitty den Schuppen. Ich versicherte mich so gut es ging, dass niemand in der Nähe war, beschrieb Pia den Weg zum Schuppen und betrat ihn dann selbst.

Die gleichen zwei Schaufeln, das halb zerstörte Lametta und die Schubkarre standen genauso da wie letztes Mal und trotzdem lief mir dieses Mal ein Schauer über den Rücken. Womöglich wegen des kühlen Windes, der durch die Ritzen fegte, und der Tatsache, dass ich keine Zeit gehabt hatte, nach einer Jacke zu greifen.

Kitty schnüffelte intensiv durch den Schuppen. Waren letztes Mal auch schon so viele Spinnenweben in den Ecken gewesen? Ich leuchtete an die Wände, dann auf den Boden. Keine Bewegung. Zum Glück. Mich überkam das Gefühl, dass jeden Moment eine Schlange aus einer Ecke kriechen und uns angreifen könnte.

Etwas raschelte, ich zuckte zusammen, leuchtete auf meine Füße. Ich war auf ein trockenes Blatt getreten.

»Wie sieht's aus, mein Zicklein?«

Sie meckerte. Ihr Näschen hob sich vom Boden und fing an, in der Luft zu schnuppern.

Mit einem Knall fiel die Tür zu. Einen Sekundenbruchteil lang fragte ich mich, wie der Wind das geschafft hatte, dann klackte ein Schloss.

Kitty rannte zur Tür und drückte mit dem Kopf dagegen. Nichts tat sich. Ich half ihr, ohne Erfolg.

»Wer ist da draußen?«

Niemand antwortete, wäre ja auch zu schön gewesen.

Kittys Meckern wurde energischer. Ihr Schnuppern ebenfalls.

»Was ist denn?« Ich hielt die Lampe auf den Boden gerichtet und meinen Absatz trittbereit, um jeder Schlange bei Sichtkontakt den Garaus zu machen. Doch da lag das Problem nicht.

Vielleicht hing mir noch der Kerzengeruch in der Nase, aber das Feuer fiel mir erst auf, als sich die Flammen auf dem Holz ausbreiteten. Die Taschenlampe konnte ich dann wohl ausschalten.

Ich warf mich mit vollem Körpereinsatz gegen die Tür, doch nichts tat sich. Also schnappte ich mir die Schaufel und versuchte, die Schippe in den Spalt zwischen Tür und Hütte zu klemmen, doch ich rutschte nur ab. Kitty drängte sich an mein Bein und meckerte.

»Was meinst du, was ich hier versuche?«

Rauch entwickelte sich schneller, als es mir lieb war. Ich riss ein Stück Rock ab und band es mir über Nase und Mund. Ich duckte mich, um dem Rauch zu entgehen, kam so aber den Flammen näher, die gierig nach oben züngelten.

Ich zog den Brieföffner aus der Tasche und rammte ihn in die Ritze neben der Tür, kam unter die Stelle, an der ich das Schloss vermutete. Ich drückte ihn so weit rein wie möglich und trat dann dagegen. Das Holz knirschte. So morsch wie es war, schaffte ich es, einzelne Stücke zu entfernen.

Kitty meckerte.

Ja, mir ist auch heiß, wollte ich zurückgeben, hielt es aber für sinnvoller, den Mund geschlossen zu halten. Das Loch wurde groß genug, dass ich meine Hand durchstrecken und nach dem Metallteil tasten konnte. Tatsächlich hing ein Schloss daran. Ich entfernte mehr morsches Holz. Hoffentlich schwächte das den Halt der Vorrichtung.

Ich trat zurück, nahm Anlauf und warf mich erneut gegen die Tür. Dieses Mal krachte es und Holz splitterte. Stechender Schmerz zog durch meine Schulter. Egal. Ich rannte nochmal los und dieses Mal flogen die Tür und ich zusammen auf den Schotterweg. »So ein Scheiß.«

»Lucia?« Pia kam angerannt, packte mich und zog mich weg vom Schuppen. Hinter uns knisterte das Feuer.

Kitty war derweil in den Kanal geflüchtet und drängte uns, dazu zu kommen.

»Alles in Ordnung?« Pia untersuchte mich nach Verletzungen. Ein paar blaue Flecken waren bei der Aktion ohne Zweifel herausgekommen.

»Mir gehts gut.« Nur, wer hatte das Feuer gelegt und warum? Unser Serienmörder und um uns loszuwerden, war mein erster Gedanke, aber der Wer-Teil war damit ja nicht beantwortet. Ich leuchtete auf die Brücke und siehe da, die reflektierenden Augen eines depperten Bussards. Es dauerte ein paar Sekunden, bis er raffte, dass er nicht gesehen werden sollte und losflog.

»Damit wäre unsere Wer-Frage endlich geklärt.« Aber ich konnte nichts davon beweisen.

»Was?«

Keine Zeit für Konversation. Wenn die Täter sich die Mühe machten, mich zu attackieren, mussten sie an anderer Stelle etwas vorhaben. »Pia, du bleibst hier und rufst die Feuerwehr. Kitty und ich gehen zurück zur Mühle. Ich muss etwas prüfen.«

»Du kannst doch nicht einfach rumlaufen! Wurdest du nicht eben erst angegriffen?«

Ich konnte und ich lief. Wenn Klaas sich mir in den Weg stellte, würde er schon merken, was er davon hatte.

30

Salz. So stark, dass alles andere überlagert wurde.

Salzgeschmack. Salzgeruch. Tränen.

Es war nie das Meer gewesen, sondern Tränen, die so salzig schmeckten. Kitty schüttelte sich. Ich half ihr dabei, den Seifengeschmack auszuwaschen.

Aikje und Klaas also. Nur wie passte alles zusammen. Wofür brauchten sie die Lebenskraft? Und wessen Tränen steckten in den Seifen? Wer Lebenskraft gebrauchen konnte, war Joline. Joline, die sich kaum auf den Beinen halten konnte und aussah wie ein laufender Schatten ihrer selbst. Wenn sie diejenige war, die sie erhielt, dann lief da eindeutig was falsch.

Ich rief Tomek an. Er oder Stojan könnten mir am ehesten sagen, wo Aikje und Klaas sich versteckten. In ihrem Boot nachzusehen war zwecklos, ich glaubte nicht daran, dass sie dort wären. Tomek ging nicht ran. Stojan dagegen schon beim ersten Klingeln. »Ist er mittlerweile bei dir?«

»Was?«

»Tomek. Ich kann ihn nicht erreichen.«

Die schmerzenden Prellungen rückten in den Hintergrund, denn vom Magen aus breitete sich ein verdammt ungutes Gefühl aus, so als würde man mich unter Wasser drücken. »Seit wann?«

»Schon seit ein paar Stunden. Wir wollten uns eigentlich vorhin treffen. Er liest nicht mal seine Nachrichten.«

»Und das erzählst du mir jetzt?«

»Naja, ich dachte nicht, dass dich das …«

»Wo hast du ihn zuletzt gesehen?«

»In der Uni. Das war heute Morgen.«

Ich sah auf die Uhr. Vor vier Stunden hatte ich Tomek gefragt, ob ich in der Mühle bleiben durfte.

»Wenn Klaas sich versteckte, wo würde er das tun?«

»Klaas? Was hat der mit allem zu tun?«

Ich schnappte meinen Mantel, Pias Autoschlüssel und lief los. »Er und seine Tante sind die Mörder. Mich haben sie eben versucht zu erledigen.«

Stojan schwieg einen Moment. »Warte.« Mehr Schweigen. Klang so, als müsste er das Gehörte erstmal verarbeiten. »Du meinst, Tomek …«

»Ja. Also? Versteckideen?«

»Nein. Also, keine Ahnung. Was … Wieso sollte Klaas sowas machen?«

»Das frage ich mich auch.« Ich schnallte Kitty an und startete das Auto. In der Ferne erklangen die ersten Sirenen.

Stojans Stimme entfernte sich, es raschelte. »Zuri!«

Auch wenn ich nicht viele Hoffnungen hatte, irgendetwas war besser als nichts, also fuhr ich zu Aikjes Hausboot. Oder dahin, wo es bis vor kurzem noch gestanden hatte. Ich hielt am Straßenrand und blickte auf die veralgten Taue, die als einziges noch von der Existenz des Bootes zeugten.

Stojans Stimme kam wieder näher. »Ich gehe Zuri fragen, ob die eine Idee hat, ich ruf zurück.«

Das dauerte zu lange. Ich umklammerte das Lenkrad. Ich musste ihn jetzt finden.

Mein Handy klingelte. Mary.

»Ah, Lucia! Du wirst es nicht glauben!«

»Was genau?«

»Joline! Dina hat gerade gesagt, dass Lotte meinte, sie hätte eben Joline auf dem Rückweg vom Backclub in der Innenstadt herumlaufen gesehen.«

Ich fuhr, vielleicht ein wenig schneller als erlaubt, in die Innenstadt.

»Danke Mary! Ich ruf dich zurück.«

»Halt mich bloß auf dem Laufenden.«

Ich schmunzelte. »Das Gleiche gilt für dich.«

Ich parkte, vielleicht nicht ganz legal, so nah am Marktplatz wie es ging.

Eine junge Dame mit ihrem Meerschweinchen meckerte mich an. Kitty meckerte zurück.

Wir fanden Joline in der gleichen Gasse wie die letzten beiden Male, doch dieses Mal stand sie zitternd hinter einer Hauswand. Sie ließ sich ungeschickt auf den Boden sinken, als sie mich erkannte. Sie sagte etwas, das ich nicht verstand.

»Geht es Ihnen gut?« Das war wohl die überflüssigste Frage, die ich je gestellt hatte. Kommunizieren konnte sie ganz offensichtlich auch nicht. Ich rief erneut den Krankenwagen.

»Können Sie mir sagen, wo Ihre Schwester ist?«

Joline schluckte, nickte, sagte aber nichts. Sie hustete.

Aus ihr würde ich nichts rausbekommen.

Kitty meckerte.

Ich drehte mich zu ihr um. »Bist du sicher?«

Kitty nickte.

Es klang nach einer echt blöden Idee, aber eine bessere hatte ich auch nicht. Auch wenn sie uns nur einen Schritt näher zu Tomek brachte, war sie wert, probiert zu werden.

»Frau Linden, ich muss dringend Ihre Schwester finden. Wäre es in Ordnung, wenn meine Ziege Sie anleckt?«

Joline blinzelte, runzelte die Stirn. Dann nickte sie.

Kitty schmiegte ihren Kopf in Jolines dürre Hand und leckte kurz an ihrem Handballen.

Harter, kalter Beton. Heiße Tränen. Schnappen wie von Raubtierzähnen.

Ich atmete tief durch und rieb mir die Schläfen in dem Versuch, die Kopfschmerzen zu verringern. »Nochmal.«

Harte Schuppen. Schwindel. Angst.

Ich musste mich hinsetzen.

Schuppen, Raubtierzähne …

Ich konnte nicht klar denken. Tief durchatmen.

Mein Handy klingelte. »Ja?«

»Zuri hat gefunden, wo Aikje und Klaas ihre Seifen lagern.«

»Wie das?«

Zuri antwortete. »Ich hab dir noch was geschuldet, weil du mich zum Krankenhaus gefahren hast. Jetzt sind wir quitt.« Sie sandte mir eine Adresse. Es handelte sich um eine gemietete Garage. Eine, die bestimmt einen Betonboden hatte.

Ich schaffte Joline zum Gasseneingang, übergab sie den gerade ankommenden Rettungssanitätern und lief weiter, Kitty direkt neben mir.

Leer. Nicht leer, aber leer. Die Regale an den Wänden waren zum Bersten voll mit Zubehör für die Seifenherstellung, es gab sogar eine kleine Küchenzeile. Was hier lag waren Beweise, aber ohne Tomek nützte mir das herzlich wenig. Und dafür hatte ich wertvolle Minuten verschwendet, heimlich das Schloss zu knacken.

Ich setzte mich neben die Garage und legte den Kopf in die Hände. Wenn sich noch jemand mit einer nützlichen Information melden würde, wäre das wirklich hilfreich. Ich holte mein Handy raus. Keine neuen Nachrichten, kein Anruf. Wäre ja auch zu schön gewesen.Ich nahm mir ein paar tiefe Atemzüge, um die Kopfschmerzen zu vertreiben und öffnete einen Browser. Denims Blog war noch geöffnet. Ich klickte auf ihren neusten Artikel. »Fischer will Krokodil gesehen haben, das in seinem Bootsschuppen schläft.«

Ich sprang auf. Der Angler hatte davon gesprochen, dass jemand in seinem Bootsschuppen herumlungerte. Und der Schuppen besaß einen Betonboden.

Der Golden Retriever wedelte fröhlich mit dem Schwanz, als der Vampirtheoretiker die Tür öffnete. »Ah, Frau Detektivin. Ist Ihnen bewusst, dass es mitten in der Nacht ist?« Er trug einen Schlafanzug und dazu passende karierte Hausschuhe.

»Das ist mir schon aufgefallen, ja. Haben Sie ein Boot, das ich mir ausleihen könnte? Ich glaube, ich weiß nun, wer sich in ihrem Bootsschuppen aufhält, und ich würde sie gerne erwischen.«

Er gähnte. »Gut, solange ich nicht mit muss.« Er warf mir einen Schlüssel zu. »Boot steht am Steg im Garten. Stell es einfach zurück und wirf den Schlüssel in den Briefkasten, wenn du fertig bist.« Er schloss die Tür. Das lief erstaunlich viel besser, als ich erwartet hatte.

Wir hatten etwas Mühe, im Dunkeln ins Boot zu steigen, was vor allem damit zusammenhing, dass Kitty nicht einsteigen wollte.

»Für sowas haben wir jetzt keine Zeit.«

Meckern.

»Das Krokodil war letztes Mal auch schon da und da ist uns auch nichts passiert.«

Sie tippelte nervös auf der Stelle herum. Und meckerte.

»Komm schon. Entweder du steigst jetzt ein oder ich fahre alleine.«

Widerwillig stieg sie ein, legte sich aber so flach wie möglich auf den Boden und bewegte sich von da an keinen Zentimeter.

Das Wasser schimmerte schwarz, genau wie der klare Sternenhimmel über uns. Tausende kleine Punkte standen dort oben und brachten uns hier unten absolut gar nichts, denn ich konnte kaum erkennen, wo ich hinfuhr. Auch mit Taschenlampe gestaltete sich das etwas schwierig. Einen Anhaltspunkt erhielt ich, als der Bootsschuppen in Sicht kam, hell erleuchtet. Jackpot.

Kitty hob ihr Köpfchen leicht an, ließ es aber sofort wieder sinken.

»Wir sind gleich da.«

Ich legte an der Sandbank vom letzten Mal an, hielt Brieföffner und Pfefferspray bereit und stieg aus.

Klaas' Stimme war die Erste, die ich hörte. Die Tür des Häuschens stand einen Spalt weit offen. »Können wir nicht wen anders nehmen?«

Aikje keifte zurück. »Das fällt dir aber früh ein. Und was hat denn da schon wieder so lange gedauert? Wir hätten schon fertig sein können!«

»Sie ist halt ausgebrochen und irgendein Idiot hat den Krankenwagen gerufen. Ich musste sie erst aus dem Krankenhaus schmuggeln.«

»Nutzlos! Alle beide! Los jetzt!«

Ich versuchte, durch die Fenster ins Innere zu spähen, aber die waren zu hoch. Aufgrund des Krokodils erschien mir auch der Weg durchs Wasser nicht ideal. Also musste ich wohl die Tür als Eingang nutzen. Ich bückte mich, stützte mich ab und musste mich zurückhalten, nicht zu fluchen. Meine Schulter hatte ich fast vergessen.

Kitty sah durch den Türspalt, schreckte zurück und hoppelte nervös herum. Ich signalisierte, dass sie ruhig sein sollte, aber sie meckerte.

»Was war das?« Aikje öffnete schwungvoll die Tür. Wir konnten uns gerade rechtzeitig um die Ecke retten. Ich warf Kitty einen bösen Blick zu. Sie blickte nur trotzig zurück.

»Scheiß Insel.« Aikje schloss die Tür hinter sich.

Kitty stupste meinen Rucksack an. Ach, stimmt ja! Da war noch der Klappstuhl drin. Ich baute ihn auf und spähte durch die Fenster ins Innere. Tomek saß gefesselt auf einem Stuhl in der Mitte. Joline lag daneben auf einer Pritsche, Aikje und Klaas standen an einem Tisch und verängstigt in der Ecke lag ein riesiges Krokodil.

Vorsichtig ging es zu Joline und legte seine lange Schnauze auf ihren Bauch. Sie streichelte darüber.

»Hey!« Aikje fauchte das Tier an, das daraufhin ins Wasser glitt. Nur noch seine Augen schauten hervor.

»Nerviges Biest.«

»Aikje«, fing Klaas an. Sein Blick huschte zwischen Joline, Tomek und Aikje hin und her. »Denkst du wirklich, es hat noch einen Sinn? Das letzte Mal hat doch schon kaum funktioniert.«

»Weißt du was passiert, wenn wir das nicht machen? Richtig. Kein Geld. Keine Wohnung. Kein Leben.«

»Können wir uns nicht andere Jobs suchen?«

»Die Menschen lieben unsere Seifen.«

»Aber nur wegen Mama.«

»Ja, und?«

Klaas ballte die Hände zu Fäusten. Wenn er sie gegen seine Tante richtete, wäre das eine enorme Hilfe. Aber das tat er nicht. Stattdessen wandte er sich an Tomek. »Tut mir echt leid, ok? Ich wollte nicht, dass wir dich als nächsten Spender nehmen.«

Tomek starrte nur wütend zurück, sein Mund war verklebt. »Und das mit letztens tut mir auch leid. Ich hoffe, du kannst mir verzeihen. Wir machen das nur, um meiner Mutter zu helfen.«

Das war ja mal eine wirklich herzliche Rede. Auf die Idee, sich zu entschuldigen, kam er also, aber nicht, die Sache zu beenden?

Ich stieg vom Klappstuhl. Wo zur Hölle waren die Schlange und der Bussard? Nach einigem Suchen fand ich den Vogel schlafend auf dem Schuppendach, doch die Schlange musste im Inneren sein.

»Also los, Schlangilein. Ich bin bereit.«

Ich öffnete die Tür einen Spalt breit. Aikje saß zwischen Tomek und Joline. Die Schlange machte sich bereit, Tomek in den Knöchel zu beißen. Ich trat gegen die Tür. Sie flog mit einem Knall auf, der dafür sorgte, dass eines der Regale von der Wand fiel und scheppernd auf dem Boden landete. Genau hier endete mein Plan. Jetzt fing das Improvisieren an.

»Nimm die Schlange da weg!«

Aikje starrte mich ungläubig an, Klaas entsetzt, Tomek erleichtert.

»Ich dachte, die wär tot?« Aikje redete mit ihrem Neffen, als wäre ich nicht da.

»Dachte ich auch!«

»Und warum steht sie da?«

»Was weiß denn ich? Die ist halt nicht normal.«

Aikje griff nach ihrer Schlange und warf sie in unsere Richtung. »Ist auch egal, vielleicht bringt es ja mit zwei Spendern was.« Die Schlange schnappte nach mir. Ich war nicht schnell genug. Kitty trat nach ihr und erwischte mit dem Huf die Schwanzspitze. Das gefiel der Schlange nicht. Sie machte kehrt, bäumte sich auf und biss Kitty ins Bein.

Scheiße. Kurz fühlte es sich so an, als würde die Zeit anhalten. Kittys erschrecktes Meckern, Klaas, der sich gegen die Wand drückte, Aikje, die triumphierend grinste.

Ich ließ meine Waffen fallen und warf mich nach vorn auf Aikje. Wir knallten gemeinsam zu Boden. Ich griff nach ihren Handgelenken und fixierte sie.

Sie starrte erstaunt zu mir auf. »Was wird das?«

»Um deine Fähigkeit zu aktivieren, musst du jemanden anfassen, nicht wahr?«

Ihre Wangen wurden rot, ihr Mund verzog sich und ihre Hände ballten sich zu Fäusten. Dann lachte sie, ekelhaft und kratzend. »Das ändert nichts daran, dass deiner Ziege gerade die Lebenskraft ausgegangen ist. Wen auch immer ich als nächstes berühre, wird sie erhalten.«

Ich hörte, wie Kitty auf den Boden sank. Ich spürte nichts außer heißer, klarer Wut. Ich packte Aikjes Handgelenke fester und drehte mich zu Klaas um. Er stand in der Ecke und beobachtete uns, als wäre er nicht Teil des Ganzen, als hoffte er, alle würden ihn vergessen. Das würde ihm wohl gefallen. »Du wirst Kitty nehmen und sie herbringen, damit deine Tante sie berühren kann.«

Er blickte genauso bedröppelt wie sein Vogel.

»Hörst du schlecht?«

»Ich kann nicht.«

»Ist mir herzlichst scheißegal. Bring meine Ziege her oder die Polizei, die hier gleich auftaucht, wird dein geringstes Problem sein.« Ich sprach so ruhig, wie ich konnte und legte jedes Gramm angestaute Wut in meine Stimme.

»Aber Aikje …«

»Beweg dich!«

Er zuckte zusammen und bewegte sich tatsächlich.

Ich blickte zurück nach unten, in das lächelnde Gesicht von Aikje Linden, ihre Fältchen, ihre trockenen Lippen. »Ich muss sie mit den Fingerspitzen berühren. Und du kannst mir glauben, wenn ich sage, diese Fäuste öffne ich nicht freiwillig.«

»Das werden wir ja noch sehen.«

Klaas legte Kitty neben uns ab. Sie atmete flach.

»Binde Tomek los.«

Klaas zuckte zurück, als hätte ich ihn geschlagen. »Aber …«

»Hab ich mich undeutlich ausgedrückt?«

Er tat, wie ihm geheißen.

Aikje kicherte. »Ich sollte dir wohl danken. Sieht so aus, als würde ich heute drei Nervensägen loswerden.«

»Denkst du wirklich, deine Schwester wird es dir verzeihen, wenn du ihren Sohn tötest?«

Aikje lachte. »Denkst du wirklich, mich interessiert noch, was sie denkt? Die Zeiten sind schon lange vorbei.«

Tomek tauchte neben mir auf. »Vorsicht!«

Ich lehnte mich zurück und schloss die Augen. Aikje schrie auf, als das Pfefferspray ihre Augen traf. Ich öffnete die Augen einen Spalt breit, sah, dass ihre Hände gelockert waren. Tomek bemerkte es auch. Ich erhöhte den Druck auf ihr Handgelenk, Tomek schob Kitty nah genug, dass sie sich berührten. Sofort fuhr sie auf und holte Luft. Verwirrt torkelte sie durch die Gegend.

Ich ließ Aikje los und umarmte Kitty, bis sie sich wieder beruhigt hatte. Und bis ich mich wieder in der Lage sah aufzustehen, ohne Aikje zu erwürgen.

Aikje lag stöhnend und fluchend auf dem Boden, Klaas stand verängstigt in der Ecke und Tomek mit dem Pfefferspray bewaffnet vor uns.

»Pass auf Klaas auf.«

Ich hievte Aikje auf den Stuhl und band sie fest. Sie blinzelte und versuchte, ihre Augen an den Schultern zu reiben. Ich schüttete ihr etwas Wasser über den Kopf. »Miststück.«

»Wie nett.«

»Und jetzt? Soll ich dir jetzt einen Vortrag darüber halten, warum wir das gemacht haben.«

»Das wäre sehr zuvorkommend.«

»Einen Scheiß werde ich! Ich will einen Anwalt!«

Kitty rammte ihr die Hörner ans Schienbein. Aikje schrie auf. »Schlange!«

Die Schlange lag in der Ecke und ruhte.

Tomek gestikulierte mit dem Pfefferspray zu Klaas. »Nimm die Schlage.«

»Nicht nötig. Sie ist erstmal außer Gefecht, wenn sie ihre Fähigkeit benutzt hat.«

»Denkst du wirklich, ich glaube ein einziges Wort, das aus deinem Mund kommt. Und verzeihen? Das war ein schlechter Scherz, oder?«

Klaas sank zu Boden. »So sollte es doch gar nicht enden.« Er zitterte. »Am Anfang waren es nur Leute, die sich freiwillig gemeldet haben, Leute, die eh sterben wollten. Und dann ging es Mama wieder gut. Aber in der letzten Zeit brauchten wir immer mehr Menschen und ihr ging es immer kürzere Zeiten gut. Vor allem seit sie mitbekommen hat, was wir machen.«

»Und das wundert dich?«

Klaas ließ den Kopf auf seine Knie sinken.

Tomek drehte sich zu mir um. »Was ist hier eigentlich los? Aikje und Klaas haben meine Oma umgebracht?«

»Ja.«

»Aber nicht mit Absicht!« Klaas sah auf. Tränen liefen ihm über die Wangen. »Bei ihr war es ein Unfall. Wir wollten sie wegen Mama um Hilfe bitten, aber sie hat gemerkt, dass etwas nicht stimmt und sich geweigert. Also hat Aikje sie gegen die Tischkante geschubst. Und dann war sie bewusstlos, also konnten wir auch gleich ihre Lebenskraft nehmen.«

Kitty scharrte mit den Hufen.

Ich strich ihr über den Kopf. »Interessante Definition von Unfall.«

Tomek sah so aus, als schwanke er zwischen weinend zusammenbrechen und sich mit Klaas prügeln.

Ich legte ihm eine Hand auf die Schulter. »Er wird zweifelsfrei festgenommen werden.«

Aikje lachte auf. »Und da hast du welche Beweise für? Es steht Aussage gegen Aussage.«

»So funktioniert das nicht. Dein Neffe hat gerade vor drei Zeugen einen Mord gestanden, wenn wir Joline mitzählen. Außerdem bin ich sicher, dass euer Lager weitere Beweise zu Tage fördert.«

Das Lachen stoppte abrupt. »Wie habt ihr das gefunden? Das ist nicht unter meinem Namen.«

»Ich hab eben meine Quellen.« Und war sehr froh über die Reaktion, denn ich war mir nicht sicher gewesen, ob die Polizei dort wirklich genug Beweise finden konnte.

»Warum habt ihr zwischendurch Gifte benutzt?«

Klaas zuckte mit den Schultern. »Um von der Spur abzulenken. War aber zu aufwendig.«

Motorengeräusche näherten sich. Lilith sei Dank.

Zwei lange Minuten später wurden die großen Türen zur Wasserfront von außen geöffnet und Licht flutete den Schuppen.

Pia war die Erste, die von dem Feuerwehrboot stieg. Sie klemmte sich erst Kitty unter den Arm und setzte sie ins Boot, dann kam sie zu mir. Angesichts ihrer ernsten Miene protestierte ich lieber nicht, als sie mich von den Beinen hob und ins Boot setzte. Erst dann umarmte sie mich, so fest, dass sich alle blauen Flecken gleichzeitig meldeten. »Tu sowas nie wieder.«

Ich legte meine Arme um sie. »Das kann ich nicht versprechen.«

31

Pia drückte meine Hand. »Bist du sicher?«

»Natürlich.«

Wir standen vor einer weißen Tür, die aussah wie alle anderen in diesem Flur. Ein Schwan mit Schwesternhäubchen watschelte schnatternd vorbei.

Ich klopfte.

Als keine Antwort kam, traten wir vorsichtig ein. Es dauerte einen Moment, bis Joline den Kopf in unsere Richtung drehte. Langsam hoben sich ihre Mundwinkel.

»Ihr habt sie aufgehalten.« Sie schloss die Augen, ihr Lächeln verschwand. »Es hätte nie so weit kommen dürfen, mein armer Klaas.« Wir lauschten ihren Atemzügen und warteten. »Wie lange werden sie einsitzen?«

Pia drückte meine Hand fester. »Das Urteil wurde noch nicht gefällt.« Sie pausierte, wartete auf eine Reaktion.

Joline verzog kaum merklich den Mund.

»Es würde mich wundern, wenn sie weniger als Lebenslang bekämen.«

Joline öffnete die Augen, hob die Hand und betrachtete sie. »Und wofür?« Sie ballte die Hand zur Faust. »Es hat so lange gedauert, bis ich es herausgefunden habe. So viele Jahre haben sie alles so gut versteckt. Hätte ich davon gewusst, ich …« Sie atmete tief ein und aus. »So viele Leben. Und die arme Piotra. Sie hat so vielen Menschen geholfen.«

Jolines Augen füllten sich mit Tränen, doch sie fasste sich wieder. »Ich möchte aussagen. Alles, was ich weiß, bevor es zu Ende geht.«

Pia nickte und holte ihr Notizheft heraus. »Wann immer Sie bereit sind.«

»Und? Sind das genug Beweise?«

Wir standen vor dem Krankenhaus an der Bushaltestelle. Die Sonne schien, doch alle paar Minuten schoben sich Wolken davor und ließen mich frösteln.

Pia legte mir einen Arm um die Schultern. »Mehr als genug.« Sie drückte mir einen Kuss auf die Wange.

»Ich möchte noch anmerken, dass ich nicht wie eine Prinzessin gerettet werden musste.«

»Oh, soll ich dich also nicht mehr so durch die Gegend tragen?«

Ich grinste und drehte mich so, dass ich ihre Augen sehen konnte, ihre Sommersprossen, ihr ansteckendes Grinsen.

»Das habe ich nicht gesagt. Aber ich würde schon gerne wissen, ob ich meinen Beziehungsstatus ändern kann.«

»Darauf bin ich vorbereitet. Zugegeben, ich hatte auf einen etwas romantischeren Moment gewartet, aber egal.« Sie zog einen Umschlag aus der Tasche. Eine getrocknete Lilie klebte darauf. Sie nahm meine Hand in ihre, warm und schwielig. »Möchtest du meine Freundin sein?«

»Unbedingt.« Die Wärme, die sich trotz der Wolken in mir ausbreitete, konnte auch nicht davon gestört werden, dass Kitty Würgegeräusche ausstieß und sich dann ein paar Meter von uns entfernt hinlegte, als kenne sie uns nicht.

Dann öffnete ich den Umschlag und Pia musste mich noch immer lachend fünf Minuten später in den Bus bugsieren.

32

»Tadaa!« Leo präsentierte uns leicht angebranntes veganes Schnitzel mit Kartoffelbrei und Rotkohl.

Wir saßen in meiner Wohnung, zwei Wochen nachdem Aikje und Klaas verhaftet worden waren. Die Beweislage war so klar, dass kein Zweifel an ihrer Schuld oder Verurteilung bestand. Und nachdem Pia den Schreck überstanden hatte, den Kitty und ich ihr verursacht hatten, telefonierten wir täglich und trafen uns, wenn es passte.

»Sieht gut aus.« Ich probierte und redete mir ein, dass der schwarze Teil dem Ganzen ein Röstaroma verlieh.

Kitty und Edda jagten sich durch die Wohnung. Die beiden waren unzertrennlich und ich war mir noch nicht sicher, ob das gut war.

»Also?« Leo sah uns an. »Was wolltet ihr mir sagen?«

Pia beäugte den Rotkohl skeptisch. »Nichts, du hast dich selbst eingeladen, schon vergessen?«

»Ja, aber nur, weil ich fühlen konnte, dass ihr mir etwas erzählen möchtet.«

»Ach, ist das so?«

Kitty legte ihren Kopf auf meinen Schoß. Ich hielt ihr ein Stück Schnitzel hin. Sie ging wieder.

»Ach kommt schon. Seid ihr jetzt zusammen oder nicht?«

Pia legte ihre Gabel ab und ich lächelte. »Willst du uns nicht erstmal aufessen lassen?«

»Nicht wirklich.«

Pia lehnte sich zu mir. Ihre Lippen berührten meine, ihre Haare kitzelten an meiner Wange. Sie roch nach Rosen und schmeckte nach Rotkohl. »Antwort genug?«, fragte Pia und widmete sich wieder ihrem Essen. Ein Lächeln konnte sie sich dabei aber nicht verkneifen. Ich hatte wirklich befürchtet, dass Pia unser Chaos zu viel wäre, aber zum Glück war das nicht der Fall gewesen. Als sie gefragt hatte, ob ich ihre Freundin sein möchte, hat sie mir allerdings dazu ein Sicherheitstraining und einen Selbstverteidigungskurs geschenkt. Die Erinnerung brachte mich zum Schmunzeln.

Leo war zufrieden und ließ uns in Ruhe weiter essen. Der Frieden hielt allerdings nicht lange. Erst kam Edda an und quiekte, dann kam Kitty und meckerte, beide, um uns mitzuteilen, dass gleich jemand klingeln würde. Dann klingelte jemand.

Ich öffnete die Tür. Mary stand davor, freudestrahlend. Sie streckte mir einen Brief entgegen, auf dem nur »An Lucia und Kitty« stand.

»Weißt du, ich hab allen erzählt, dass du diesen Fall gelöst hast. Und heute beim Backclub, da hat Dina mir einen Brief zugeschoben, den sie von einer Bekannten hat. Los, mach auf. Ich will wissen, was drinsteht.«

Ich öffnete ihn. In sauberer, schnörkeliger Handschrift stand dort: »Liebe Lucia, liebe Kitty, ich möchte euch hiermit als Privatdetektive engagieren.«

NACHWORT

Die Idee für dieses Buch entstand, während ich auf dem Weg in den Harz durch Pinterest scrollte. Da sah ich eine Illustration von einer jungen Frau mit einer schwarzen Ziege auf dem Schoß, drehte mich zu meinem Vater und sagte: »Wäre es nicht cool, wenn die beiden zusammen Fälle ermitteln würden?« Und hier sind wir nun, und ich könnte nicht glücklicher sein, meinen ersten Roman geschrieben zu haben! Aber alleine hätte ich das niemals geschafft.

Eine Weile schlummerte die Idee, und zwar bis ich im Schreibhain in Berlin die Autorenausbildung absolvieren durfte. Vielen Dank an alle, die mich und mein Projekt unterstützt haben! Vor allem Tanja, die alles gekonnt organisiert und Lisa Kuppler für viele hilfreiche Lektionen und Lektoratsanmerkungen. Ein besonderer Dank geht an meine lieben Ottilien, ohne euch wären Lucia und Kitty nie so geworden, wie sie heute sind. Danke an Alexandra, Amy, Anja, Coralie, Johanna, Katharina, Lisa K., Lisa T., Nga und Silke für die vielen Ideen, Brainstormings, Motivation und das Testlesen sowohl während als auch nach der Ausbildung! Und nicht zu vergessen: Danke an Johanna für die geniale Titelidee.

Weiter ging es nun mit einem handfesten Projekt. Vielen Dank an dieser Stelle an meinen Vater, der mir auch spät abends noch beim Plotten half und zuhörte, wenn ich nicht weiter kam. Und an meine Mutter, die auch wenn es mal wieder knapp wurde noch alles durchlas und auch gerne deutlich sagte, wenn ihr etwas nicht gefiel. Und auch meine Schreibgruppe WOBBS darf nicht unerwähnt bleiben, ein wilder Haufen wundervoller Menschen, die mich seit Jahren mit Kritik und Motivation unterstützen. Danke euch!

So wuchs das Projekt und im richtigen Moment hörte ich zum ersten Mal vom neuen Wunderzeilen Verlag und bewarb mich sofort. Vielen Dank, Vinachia, dass du an Lucia und Kitty geglaubt hast und dich so liebevoll um jedes Projekt kümmerst. Und danke an Michael für das lehrreiche Lektorat und Monika für das Korrektorat.

Zuletzt, aber nicht weniger wichtig, möchte ich Violet und Tempest danken, dass sie auch in langen Schreibnächten fleißig versucht haben, sich auf die Tastatur zu legen, mir den Sitzplatz streitig zu machen und ihre Pfoten in meinen Tee zu stecken. Man könnte sagen, davon ist ein wenig in Kittys Charakter eingeflossen. Von daher: Danke an alle Haustiere. Ohne euch wäre das Leben langweilig und lange nicht so flauschig!

EINE WELT OHNE MANGEL - ABER ZU WELCHEM PREIS?

Die größte Errungenschaft der Forschung sind die Magi. Ihre Fähigkeit, unbelebte Materie und Energie allein durch Gedanken zu kontrollieren, löste alle drängenden Probleme der Menschheit.

Melody Vitex, eine Unmagische aus Bakkai City, entdeckt an sich eine merkwürdige Fähigkeit. Sie wird daraufhin von den Freien Magi rekrutiert, die ihr ein schreckliches Bild von Bakkai offenbaren: Der Traum vom Leben ohne Mangel ist an der menschlichen Natur gescheitert – Korruption und Unterdrückung sind an der Tagesordnung. Um dem ein Ende zu setzen und die Vision von Bakkai zu retten, will die Zentralregierung mit skrupellosen Experimenten Magi erschaffen, die in den menschlichen Geist eingreifen können. Melody muss herausfinden, wem sie vertrauen kann und entscheiden, ob sie sich dem Kampf der Freien gegen die Regierung anschließen möchte. Dann versucht auch noch One, der mächtigste Magi von Bakkai und Sohn des Präsidenten, mit ihr Kontakt aufzunehmen. Weiß er etwa, was es mit ihrer mysteriösen Fähigkeit auf sich hat?

Dilogie jetzt überall im Handel erhältlich!
Mit Farbschnitt nur im WunderZeilen Shop